Mario Schlembach
Dichtersgattin

Mario Schlembach

Dichtersgattin

Roman

OTTO MÜLLER VERLAG

www.omvs.at

ISBN 978-3-7013-1249-8

Satz: Media Design: Rizner.at
Druck und Bindung: Christian Theiss GmbH, A-9431 St. Stefan
Covergestaltung: Vilma Pflaum (Zeichnung),
Thomas Bakos (Bildbearbeitung), Marc Damm (Design)

D. U.

Typisch Österreich, Hubert! Nichts da, und selbst was da ist, wird verschandelt. Da ist nichts da. Oder siehst du was? Nur der furchtbare schwarze Boden, der schon ganz dreckig ist, und schau, sogar auf der Decke, der hässliche schwarze Boden. Was soll das, Hubert? Bitte, was soll das? Das ist so eine schöne Architektur, so schöne hohe Räume, und dann das. Alle zwei Jahre auf der Biennale in Venedig, aber so verschandelt habe ich den Österreich-Pavillon noch nie vorgefunden. Wo ist denn da die Kunst? Wo? Kein Bild an der Wand, nichts, nur die schwarze Hässlichkeit oben und unten, als würde mir das Dach auf den Kopf fallen. Na, hoffentlich haben die keine Pfuscher engagiert. Zuzutrauen wäre es ihnen ja, statt einer österreichischen Qualitätsfirma ein paar Pfuscher zu nehmen und dann zu sagen: „Nein, nein, das waren eh Künstler!" – also die, die den Pfusch zu ihrem Beruf gemacht haben. Wieder typisch Österreich, Hubert, nicht? Typisch!

Hör auf, schon wieder das Programmheft zu lesen. Hubert, du weißt, ich lese keine Programmhefte. Selbst wenn sie gratis sind, wie du jetzt wieder sagen wirst, können sie mir gestohlen bleiben. Wie lange kommen wir schon hieher? Hubert, wie lange gehen wir schon ins Burgtheater, und immer musst du dir das Programmheft kaufen. Deine penetrante Landhöflichkeit konnte ich dir einfach nicht austreiben. Alles, was man dir anbietet, musst du sofort annehmen. Ich lese aus Prinzip keine Programmhefte. Das weißt du doch! Wenn sich mir die Kunst nicht sofort erschließt, wenn sich die Kunst erst erklären muss, dann ist es keine Kunst für mich. Wie oft muss ich dir das noch sagen. Wie oft habe ich dir denselben Vortrag schon gehalten, und du verstehst es noch immer nicht. Aber wie soll ich auch wissen, ob du es verstehst, wenn du ständig schweigst. Heute ist es besonders furchtbar. Kaum ein Wort von dir, Hubert, nur dein unerträgliches Schweigen.

Schau dir das bitte einmal an! So wollen wir als Österreich, als die Kulturnation, die wir zweifelsohne sind oder zumindest einmal waren, vertreten werden? Schrecklich! Und dafür zahlen wir Steuern? Überleg dir, was das kostet. Da werden irgendwelche Künstler eingeladen, die ich alle nicht kenne, und, Hubert, du weißt, ich kenne wirklich viele, ich traue mich sogar zu behaupten, ich kenne alle bedeutenden Künstler Österreichs. Selbst Ausländer laden sie hieher, wie beim letzten Mal, und das war natürlich auch furchtbar. Wenigstens ist es diesmal ein Österreicher, aber wieder nur so ein Randösterreicher, ein Vorarlberger. Also weiter weg von Wien geht wirklich nicht. Ein Österreicher und dann solch eine Kunst. Furchtbar, Hubert!

Die österreichische Kunst minimiert sich ins Nichts. Wenn die Leute in den Österreich-Pavillon hineingehen, der eh schon so weit vom Schuss liegt, auf einer eigenen Insel sogar, um den Rest an Kultur nicht mit so einer Stumpfsinnigkeit zu infizieren, erwarten sie schon lange nichts mehr. Ich würde es mir auch zwei Mal überlegen, hier reinzugehen, wenn ich nicht die patriotische Pflicht verspüren würde. Manchmal denke ich mir wirklich, die Leute gehen nur noch zum Österreich-Pavillon, damit sie dahinter ungestört urinieren können oder brunzen, um es mit deinem Lieblingswort zu sagen. Sie gehen alle nur Richtung Österreich-Pavillon, weil sie sich, statt in den künstlichen Plastikklos, lieber in den Brunzbüschen hinter dem Österreich-Pavillon erleichtern wollen. Österreich ist in Venedig nicht als Kulturnation, sondern als Bebrunznation vertreten.

Ich weiß, Hubert, du sagst, ich übertreibe, aber schau dir das bitte an. Da wäre es vernünftiger, wirklich nichts zu machen und den Raum einfach frei stehen zu lassen, um die Architektur aus einer besseren Zeit zu genießen. Aber dir hat der Österreich-Pavillon ohnehin nie gefallen. Jedes Mal, wenn wir den Pavillon schon von der Weite sehen, wenn wir über die Brücke gehen und du hinüberblickst, dann sagst du: „Eine Architektur der Selbstüberschätzung und Selbstgefälligkeit. Gefälligkeitsarchitektur, nichts weiter!“ Und holst zur großen, vernichtenden Rede gegen alles aus, was auch nur im Ansatz nach Nationalsozialismus riecht. Ich kenne deine Klagerede gegen den Österreich-Pavillon schon in- und auswendig. Deine erste Anklage hatte zumindest ein solides Fundament, aber heute ist es nur noch das Schlagwort „Selbstgefälligkeitsarchitektur“. Hubert, du glaubst, im Alter in deiner Argumentation dichter zu werden, aber du bleibst wie alle anderen an leeren Begriffen hängen. „Selbstgefälligkeitsfaschismus“, dieses Wort hat sich irgendwann in deinem Kopf festgesetzt, und du denkst, alles damit erklären zu können – zwei Kriege und zwei Republiken – und hast eigentlich keine Ahnung, was du mit dem Wort überhaupt sagen willst. Hubert, je älter du geworden bist, desto größer wurde die Inkontinenz deiner Gedanken.

Manchmal denke ich wirklich, wenn du wieder einmal mit deiner immer gleichen Anti-Nazi-Rede beginnst, dass du solche Sachen nur aus Boshaftigkeit mir gegenüber sagst. Egal, was ich sage, du sagst und denkst prinzipiell das Gegenteil. Als ich dir das erste Mal gesagt habe: „Ich lese keine Programmhefte", hast du von dem Zeitpunkt an ein jedes Programmheft gekauft. Nachdem ich gesagt habe: „Ich lese keine Ausstellungstexte", seitdem muss ich warten, bis du den Text von oben bis unten gelesen hast und natürlich in allen abgedruckten Sprachen, die du so oder so nicht verstehst.

So einen Reichtum an Kreativität, den wir heute schon gesehen haben, und dann kommen wir zum österreichischen Pavillon und vorbei ist es mit der Kreativität. Ich sollte einen Brief an den Bundeskanzler schreiben. Ich habe mir das lange genug angetan. Hubert, es reicht! Wenn wir zu Hause sind, wird das ein Brief, der sich gewaschen hat. Natürlich schicke ich den Brief nicht mit der Post, der österreichischen Post ist so ein Inhalt nicht anzuvertrauen. Ich gebe ihn direkt der Tante des Herrn Bundeskanzlers, denn die sitzt gleich zwei Reihen vor uns im Burgtheater. Dem Kulturminister könnte ich ihn auch zukommen lassen, aber dem vertraue ich schon gar nicht. Schau dir die Kulturminister der letzten Zeit an, die ihr Ressort nicht ausfüllen konnten und dadurch die Kultur zerstört haben. Kein Kultur-, schon gar kein Kunstverstand in ihren Köpfen. Die waren alle froh, dass sie gratis zu jeder Premiere gehen konnten, um dem tristen Politikeralltag zu entfliehen und um hinter der Bühne ein paar Fotos mit den Schauspielern oder Musikern zu ergattern. Hubert, selbst ein Burgschauspieler hat sich einmal für die Politik abgeordnet. Nicht zum Aushalten, nicht zum Anschauen, wenn sich ein Mensch der Kunst für die Politik prostituiert und dann denkt, er könnte noch Künstler sein. Im Politischen geht alles Künstlerische am Menschen verloren. Ich habe dir das ständig gesagt. Ich verliere jegliches Interesse an der Kunst, wenn sie politisch wird und dadurch völlig berechenbar. Mischt sich das Politische mit dem Künstlerischen, dann ist alles vorbei.

Ich kann mir heute keine Nationalratssitzung mehr anschauen, und natürlich läuft sie bei uns zu Hause ständig im Fernsehen, als würdest du erahnen, dass ich ins Zimmer komme, und schon rennt diese ermüdende Veranstaltung völliger Geistlosigkeit im Fernsehen. Und andauernd musst du, gerade wenn ein Politiker spricht, den Fernseher auf volle Lautstärke stellen, damit ich ja höre, wie sie alle nie zu ihrer Sprache gefunden haben und als invalide Sprachgeister ihre Zeit absitzen. Hubert, ich habe ein Burgtheatergehör und muss mir anhören, wie sie bei jedem rausgestotterten Halbsatz den halben Satz verschlucken.

Es ist unerträglich, den Verfall der österreichischen Kultur mitzuerleben. Die Kultur wird bei allen politischen Programmen hinten angestellt, es wird gesagt: „Kultur steht nicht auf unserer Prioritätenliste!“ Weil sie heute noch immer den Schuldenstand ihres eigenen Parteistumpfsinns abbauen müssen.

Ich könnte mich stundenlang aufregen, wenn ich den Österreich-Pavillon betrete und, Hubert, du weißt, das ist nicht gut für meinen Blutdruck. Ein neuer Gustav Klimt, ein neuer Oskar Kokoschka, das sollte an den Wänden hängen, irgendwas Erhabenes und Schönes, was unser Land auch würdig repräsentiert. Aber das, Hubert? Die Verschandlung zur Kunst erheben, das ist schon allerhand. Als würde man den Besuchern am

Eingang die Augen verbinden und sagen: „Sehen Sie, das ist Österreich." Furchtbar, Hubert! Da haben wir uns so einen Prunkbau bauen lassen, und dann so was. Andere Länder haben nicht einmal einen Abstellraum zur Verfügung, aber natürlich die bessere Kunst. Selbst die Dritte-Welt-Länder haben sich etwas Vernünftiges einfallen lassen, was auch zum Thema passt: „Die Zukünfte der Welt." Also welche Zukunft erwartet uns in Österreich? Stumpfsinn und Verblendung, wenn es nach dem Pavillon hier geht. Ein Niedergang, um es auf den Punkt zu bringen.

Das ist ein Ort der Kunst, sollte ein Ort der höchsten Kultur sein, und wir, die Kulturelite, machen einen Ort der Reflexion und Ruhe daraus, wie du es vorher im Programmheft gelesen hast. Ein Ort der Reflexion soll das sein, geh bitte, Hubert, da kann ich zu Hause sitzen und reflektiere entspannter und müsste mich nicht so furchtbar aufregen. Dieser Ort ist lebensgefährlich für uns, Hubert, vor allem in unserem Alter, wo alles schon lebensgefährlich ist. Ein Ort der Reflexion und Ruhe, aber du nimmst das viel zu wörtlich. Hubert, jetzt sag einmal was! Spätestens, wenn ich mit den größten Klischees beginne, erhebst du deine Stimme, zumindest zu einem Wort der Gegenstimme. Wie soll ich dich denn noch provozieren, damit du endlich etwas sagst? Ich komme mir schon blöd vor. Hubert, jetzt sag was. Ich halte dein Schweigen nicht aus. Wenn du einmal in den Rausch deiner Gedanken fällst, dann hast du auch etwas zu sagen, aber natürlich sagst du es dann nicht, sondern schreibst es immer nur auf. Mir kommt es so vor, als würden wir nur durch das Schreiben miteinander kommunizieren. Ich rede und du schreibst. Wir monologisieren beide, Hubert.

Wenn ich nicht eines Tages zufällig dein offenliegendes Notizbuch gelesen hätte, Hubert, wenn ich nicht jeden Tag ohne dein Wissen deine Notizen lesen würde, dann wüsste ich gar nichts von dir. Warum kannst du nicht so sein, wie du schreibst, Hubert? Warum kannst du im Leben nicht so sein, wie du es in Worte packst? Wir hätten ein hochgeistiges Leben führen können, aber du sitzt nur da und schweigst.

Da steht groß „Austria“ auf dem Pavillon und da geht man natürlich mit allerhöchster Erwartungshaltung hinein, weil Österreich stets ein Etikett für besondere Geistesgröße war. Und jetzt schau in ihre Gesichter, Hubert. Sie lachen verlegen und suchen, wo die Kunst sein könnte. Der Ausstellungstext ist auch so versteckt, dass man ihn gar nicht entdeckt. „Tsss“, ist das einzige Geräusch, das man aus ihren Mündern als Kommentar zu dieser Kunst hört und der ist in allen Sprachen gleich. Sie gehen einmal im Kreis. Riechen an den Gartenpflanzen und marschieren wieder raus. Und was bleibt dann hängen von Österreich in den Köpfen der Besucher? Ah, das war doch der leere Pavillon.

Es wäre alles da, um wirklich einen tollen Kunstpavillon, eine grandiose Ausstellung zu gestalten, aber das einzig Kunstvolle wurde verschandelt, und so kann man gerade noch den Bäumen und Büschen im Garten beim Gedeihen zuschauen und selbst die hat man ohne jeglichen Kunstverstand wild wachsen lassen. Gartenarchitektur, Hubert! Was haben wir für schöne Gartenanlagen in Österreich! Wir sind berühmt für unsere einzigartige Landschaftsarchitektur. Alleine in Wien: Schönbrunn! Belvedere! Das Belvedere, Hubert! Überall das Wort „Schön“ im Namen, und hier stellen wir die Hässlichkeit unserer eigenen Niedertracht zur Schau. Selbst die italienischen Büsche von draußen lässt man in den österreichischen Garten wachsen und vermischt dadurch Kulturen, die gar nicht zusammenpassen.

Hätte man da wenigstens einen Jagdpavillon daraus gemacht. Ein paar Jäger hergesetzt, die die Vögel von den Bäumen schießen. Das ist nicht zu ertragen, die ständige Zwitscherei, und da soll man reflektieren? Eine Jagdgesellschaft her, die sich in den Österreich-Pavillon einkaufen kann. Das wäre einmal ein richtiger Kunstakt und hätte auch hundertprozentig mit Österreich zu tun. Das Jagdwesen ist ja im Wesen des Österreichers tief verankert. Am Hochstand sitzen und so lange schweigen, bis man die Tiere geködert hat und von hinten erschießt. Hubert, ein Jagdpavillon, das wäre was, das hätte Wellen geschlagen und einen handfesten Skandal ausgelöst. Der Österreich-Pavillon bräuchte einen wilden Aufruhr, um da wieder Lebensgeister hineinzubringen. Das ist eine tote Veranstaltung hier und ich bin gespannt, wen sie als nächsten einladen. Noch weniger als jetzt kann es nicht sein, aber die Österreicher, wie ich sie kenne, schaffen selbst das und schicken irgend so einen mickrigen Wurm hieher. Wenn wir Glück haben, erleben wir es gar nicht mehr, Hubert. Wir sind in einem Alter angekommen, wo jede Biennale unsere letzte sein könnte.

Seit jeher heben wir uns den Österreich-Pavillon für den Schluss auf, und dann so was. *Der* Schlagobers zum Schluss, sage ich immer, immer *der* Schlagobers zum Schluss und, Hubert, du weißt, wie sehr ich *den* Schlagobers liebe. *Den* Schlagobers nie oben drauf auf den Kaffee, sondern stets auf einen Extrateller und mit dem letzten Schluck genießen. Genau das wollte ich jetzt auch machen. Hubert, wir haben uns den Österreich-Pavillon extra als krönenden Abschluss aufgehoben und jetzt bleibt uns nichts als dieser bittere Nachgeschmack.

Da haben es die Ungarn schon geschickter gemacht. Ihr Pavillon liegt genau in der Mitte der Giardini und ist ein viel schöneres Gebäude als unseres. Der ungarische Pavillon ist wunderbar, nur die Ausstellung darin ist natürlich auch furchtbar. Fast noch schrecklicher als hier, obwohl man das Nichts hier mit nichts vergleichen kann. Wenigstens wurde im Pavillon von Ungarn nicht die Architektur so verstellt. Sie haben einen Pavillon im Jugendstil und du weißt, Hubert, wie sehr ich den Jugendstil liebe. In unserer Biedermeierwohnung halte ich es nicht mehr lange aus, das habe ich dir schon vor über zwanzig Jahren gesagt. Ich halte es nicht aus, Hubert. Jugendstil! Jugendstil habe ich zu dir gesagt, und ich komme nach Hause und wir leben in einer Biedermeierhölle. Wie dir das nur gefallen kann. Ich verstehe es nicht. Jahrelang bist du jede Woche ins Dorotheum und bist mit einem anderen Biedermeiermonster dahergekommen. Furchtbar, Hubert. Statt Blumen hast du mir die nächste Biedermeierhässlichkeit mitgebracht.

Sogar die Briten, Hubert, haben es geschafft, in ihrem Pavillon einen Österreichbezug herzustellen. Du hast selbst für Minuten auf den riesigen gelben Phallus am Eingang gestarrt, der bis zur Decke reicht. Das hat wenigstens im Ansatz einen Österreichbezug. Hubert, schau mich jetzt nicht so dumm an. Steht das nicht in einem deiner geliebten Programmhefte? So eine junge Führerin hat das gesagt: „Die Künstlerin hat die Skulptur in Erinnerung an den österreichischen Bildhauer Franz West gemacht, den sie verehrt hat." Wenigstens eine Arbeit, die mit Österreich was zu tun hat, ein Beidl, der bis zur Decke reicht. Hubert, du liebst doch solche billigen Pointen, nicht? Und heute nichts, nicht einmal eine Erregung, nicht einmal ein Zucken im Mundwinkel oder zumindest dein von mir verabscheutes Augenwegdrehen.

Zum Glück ist die Schweiz heuer auch nicht besser dran. Die haben gleich den ganzen Pavillon geflutet und melden wahrscheinlich noch Wasserschaden an, damit sie von der Versicherung abkassieren können. Die Schweiz ist das einzige Land, das selbst aus ihrer Kunst Geld herauspressen will.

Und in jedem zweiten Raum schon eine Filminstallation, als wäre das so furchtbar neu, überall Filme, in jeglicher erdenkbaren Projektion und auf jeder verfügbaren Projektionsfläche. Wie viele Beamer sie für die Biennale brauchen, ist unvorstellbar. China macht einen Beitrag mit dem Titel „The deep nothing", „Das tiefe Nichts", Hubert, und braucht dazu in jedem Raum mindestens zehn Beamer. China ist das Paradebeispiel für die Zerstörung jeglicher Tradition. Welch reiches Land war das? Und dann machten sie eine Kulturrevolution und jetzt ist nichts mehr da, und selbst das müssen sie mit Hunderten von Beamern nach Europa projizieren. Wir haben zumindest heute noch etwas, was man zustellen und verschandeln kann, Hubert, aber wenn wir so weitermachen, werden auch wir bald für das Nichts bezahlen müssen.

Gleich links von Österreich ist der jugoslawische Pavillon. Na, wenigstens ist das Land in dem Pavillon noch vereint. Groß über dem Torbogen steht „Jugoslawien" einbetoniert, weil man glaubte, das sei ein ewiges Reich. Da waren die Österreicher schon gescheiter und haben das, im vollen Bewusstsein ihrer identitätsstiftenden Entscheidungslosigkeit, nicht in Stein gemeißelt, sondern ein austauschbares Schild an die Wand gehängt, wo jetzt „Austria" draufsteht, aber auch jeder andere Name hängen könnte.

Jugoslawien hat heuer eine wirklich großartige Ausstellung und ich sage selten etwas Positives über die *Jugos*, wie du weißt. Aber schon ihr Pavillon alleine symbolisiert den Niedergang von ideologischen Ideen, und genau das wird in der Ausstellung diskutiert. Sie haben Schilder aufgehängt, in die die „Vereinigten toten Nationen" wie Grabinschriften eingraviert wurden – Gründungszeit und Endzeit – und darunter liegen ihre ausgewaschenen Fahnen, die der Künstler auf den Boden geschmettert hat. Und natürlich liegt da auch unsere Monarchie am Boden, Hubert. So eine großartige Idee, Jugoslawien. Das Medium gleich zur Botschaft machen. Grandios! Und dann geht man ein paar Schritte weiter, betritt Österreich und starrt der Leere ins Auge. Aber vielleicht ist genau das die einzige Botschaft, die unser Land heute noch vermitteln kann, Hubert, nicht?

Wenigstens muss die Aufpasserin im Österreich-Pavillon nicht, wie in all den anderen Ausstellungsräumen, zu den Leuten hinlaufen und ständig sagen: „Don't touch it." Im Österreich-Pavillon gibt es nichts, was man berühren könnte oder gar was einen selbst berührt, einen zur Berührung zwingt. Im Österreich-Pavillon wären sie froh, wenn einmal irgendwer Hand anlegen würde. Das ist ein typisch österreichischer Wurschtigkeitspavillon, Hubert. Der wird dagestanden sein, der Künstler, und sich gedacht haben: „Schau ma mal.“ Und dann war die Biennale da und er ist noch immer dagestanden und hat gesagt: „Na, schau ma mal, was sie sagen.“

Das Minimalistische, worauf sie im Österreich-Pavillon hinauswollen, ich bin ja noch nicht ganz verblödet, Hubert, ist prinzipiell ja gut, aber man muss auch eine Idee dahinter erkennen. Ich will nicht, bevor ich in so eine Ausstellung gehe, eine Dissertation über das Nichts in der Kunst lesen müssen, um das dann zu verstehen. Das ist – es tut mir für den Künstler leid, das zu sagen – einfach schlecht umgesetzt. Man muss bedenken, wo wir sind. Wenn die Kunst nicht im Bruchteil einer Sekunde klickt, dann schalte ich ab. Irgendwann ist es genug mit der Kunst. Irgendwann ist es aus. Wenn man nicht sofort die Idee hinter der Kunst erkennt, Hubert, dann kann sie nichts sein. Auf die Idee kommt es an. Wie lange kommen wir schon hieher, Hubert? Wie lange? Und was sage ich immer? Was habe ich all die Jahre gesagt? Hubert, du weißt es. Hubert, sag es. Hubert, sag's! Die Idee. Auf die Idee kommt es an. Aber vermutlich ist es auch besser für Österreich, keine Idee zu haben. Wir sehen ja, in welche Bedeutungslosigkeit uns die letzte große Idee geführt hat und müssen heute noch mit den Konsequenzen leben.

Du denkst dir sicherlich wieder, ich gehe zu weit, Hubert, und natürlich gehe ich zu weit. Lieber zu weit gehen, als auf halber Strecke an Atemnot und Geistlosigkeit zu verrecken und nur noch dahinzuvegetieren, wie meine Altersgenossen, das habe ich dir immer gesagt.

Hubert, du siehst ganz fertig aus, aber das ist kein Wunder. Es ist einfach zu viel für einen Tag. Ich habe es dir gesagt und sage es dir bei jedem Mal: Die Biennale ist an einem Tag nicht zu schaffen. Aber du wolltest einfach nicht hören. Hubert, wir haben jedes Mal mindestens zwei Tage hier verbracht, manchmal sogar eine ganze Woche, und heuer wolltest du alles an einem Tag sehen, nur weil du morgen zum Begräbnis in dein geliebtes Bauernkaff fahren musst.

Ich bin schon ganz blöd im Kopf, Hubert. Als ich vorher auf die Toilette gegangen bin, habe ich nicht mehr die Klozeichen erkennen können, so verblendet bin ich bereits von der Kunst. Mein Kopf ist nicht mehr aufnahmefähig und schüttet alles, was reinkommt, gleich wieder aus. Morgen werde ich mich an nichts mehr erinnern können, was wir heute gesehen, was ich gesagt habe. Alles weg. Unser Hirn ist auch nicht mehr das Jüngste, Hubert, das muss man akzeptieren. Auch wenn ich meinen Verstand ein Leben lang trainiert habe, merke ich, wie er langsam nachlässt. Es ist zu viel Kunst für einen Tag. Alleine das Wort „Kunst“, wenn ich das noch einmal höre, dann übergebe ich mich gleich. Ich brauche heute gar nichts mehr trinken, so berauscht bin ich von der Künstlichkeit auf jedem Quadratzentimeter, auf dem wir uns hier bewegen. Ich bin völlig kunsttrunken. Morgen werde ich mit einem endlos schweren Kopf aufwachen. Obwohl – jede Sekunde, die wir länger in dem Österreich-Pavillon verbringen, nüchtere ich nach und nach wieder aus. Vielleicht war es sogar besser, Österreich ganz zum Schluss zu machen. Überleg dir, Hubert, wir hätten mit Österreich begonnen! Von dieser Kunstlähmung hätten wir uns den ganzen Tag nicht mehr erholt. Von der Leichenstarre österreichischer Kunstlangeweile gibt es keine Auferstehung.

Weil wir auch immer mit dem Arsenal beginnen müssen. Hubert, was wir für Zeit in den riesigen Hallen des Arsenals liegen lassen, anstatt gleich mit den Giardini, also den Pavillons, also der richtigen Biennale zu beginnen. Im Arsenal wird man erschossen von den Eindrücken, da ist man eingesperrt und entkommt der Kunst nicht. Ich weiß nicht warum, aber jedes Mal bestehst du darauf, dass wir mit dem Arsenal beginnen. Vielleicht weil du sofort die Assoziation zum Arsenal in Wien herstellst, zu dem von dir geliebten Heeresgeschichtlichen Museum, wo du fast jede Woche einmal hinrennst. Der Krieg, der Krieg, ständig der blöde Krieg in deinem Kopf. Nur der Tod interessiert dich mehr als der Krieg. Von den Bildern deiner Kindheit konntest du dich nie befreien, Hubert. Hörst du „Arsenal“, dann ist schon der Krieg in deinem Kopf und natürlich auch der Tod, weil das unweigerlich zusammengehört, und nichts mehr bringt dich davon ab, dorthin zu laufen. Der Krieg ist der zügellose Sohn des Todes, hast du geschrieben. Selbst heute, wo wir nur einen Tag für alles Zeit haben, mussten wir unbedingt mit dem Arsenal beginnen und schau dich jetzt an, Hubert, du bist völlig erschöpft und erstarrt von all der Kunst.

Hörst du mir überhaupt zu, Hubert, oder schläfst du schon? Du bist Weltmeister im Hinsetzen-und-sofortwegnicken. Du hast diese Fähigkeit über Jahrzehnte hinweg im Burgtheater perfektioniert. Keine Sekunde sitzt du und sofort schläfst du ein. Hubert, jetzt sag einmal was!

Venedig verkommt während der Biennale zu einer einzigen Bühne der Künstlichkeit. Die Häuser stehen schon lange leer und werden alle mit Kunst bespielt. Einen wirklichen Venezianer findest du in der Stadt gar nicht mehr. Was wir heute Venedig nennen, ist alles, aber nur nicht Venedig. Die Künstlichkeit wird in ein unerträgliches Maß potenziert, bis wir von einer zur nächsten Scheinblase durch die Welt reisen. Hubert, Venedig war von Anfang an eine Scheinwelt, aber heute ist da kein Leben, kein Geist mehr zu finden. Wie in einer Glaskugel schütteln wir den Schnee auf uns herab und begeben uns in die verfälschten Landschaften unserer Seele.

Wir haben das „Venedig in Wien" nicht mehr gesehen, Hubert. Wir sind zu spät geboren. Mein Vater erzählte mir von einem Anblick im Prater, den ich tief in mir trage, als wäre ich selbst dabei gewesen. Wie mein Vater „Venedig in Wien" beschrieben hat, so habe ich mir das wirkliche Venedig stets vorgestellt, aber nie erlebt. In Wien wurde Venedig in seiner ganzen Bedeutung dicht, heruntergebrochen auf die wesentlichen Dinge. Einmal ein dichtes Venedig. Stell dir das vor, Hubert! Und der Prater, zu was ist er heute geworden? Zu einem Spiegeltrinkkabinett für Sozialschmarotzer und einer Jugend ohne Zukunft, die ihre Ideale in Wachs formt. Es ist furchtbar.

Hubert, wenn die Spielzeit zu Ende ist, dann reisen wir. Wir schwitzen uns in Venedig zu Tode, aber immer noch besser, als die Sommertheater in Österreich ertragen zu müssen. Ich verabscheue die Sommertheater. Wie das Unkraut schießen sie aus allen Löchern und sind auf das sogenannte Wohlfühltheater aus, wie sie in ihren Ankündigungen schreiben, wo auch einmal gelacht werden darf. Eine zweieinhalbstündige Kur-Anwendung zur Reinigung der Seele vom Wahnsinn der Zeit, wie sie schreiben und nichts von Katharsis jemals verstanden haben. Ich habe mich dem Sommertheater verweigert, weil es für mich kein Theater ist. Das Theater vermodert hier, Hubert, ich habe es dir immer gesagt, zu einer reinen Unterhaltungsmaschine, und ich halte davon wirklich nichts. Hubert, die Sommerfrischeveranstaltungen bringen nur die lächerliche Präpotenz der Leute zum Vorschein, die das ganze Jahr, also die ganze Spielzeit theaterblind durch die Städte laufen, aber sobald die Karten das Zehnfache kosten und die Inhalte wie ein Sommerspritzer verwässert werden, doch einmal im Jahr sich dem Theater hingeben und dann auf Kulturmenschen tun. Erst dann, wenn sie wirklich tief in die Tasche greifen müssen und das Drumherum an Bedeutung gewinnt, erst dann wird es interessant, wie es scheint. Hubert, vor allem die Salzburger Festspiele sind mit den Jahren zu einer Scheinveranstaltung degradiert worden und haben nichts mehr mit der eigentlichen Idee, die dahintersteckte, zu tun. Nur ein Gulasch wird besser, wenn man es immer wieder aufwärmt, aber nicht das Theater und schon gar nicht die Salzburger Festspiele. Und Salzburg selbst ist nur noch ein Hollywood für Alpenfaschisten, in dem die asiatischen und amerikanischen Touristen aus irgendeinem medialen Irrglauben heraus die dummen Edelweißösterreicher wie die Affen im Zoo in ihren Lederhosen und Landestrachten abfotografieren wollen. Und wir spielen das Spiel mit.

Wir sind stets aus Österreich geflohen, Hubert, wenn dort die Dummheit und Stumpfsinnigkeit im Sommer zum Überkochen gerät. Ich hasse den Sommer und fiebere – nach zweimonatiger Geistesstarre – wie ein aufgeregtes Schulmädchen meinem ersten Tag im Burgtheater entgegen.

Sag endlich was, Hubert. Gib zumindest irgendwas von dir. Heute bist du besonders still. Es ist immer so schwer, mit dir zu reden. Als hättest du nichts zu sagen und dann schweigst du so furchtbar. Du passt so richtig in den Österreich-Pavillon. Der Schweiger Hubert! Nicht Rodins Denker, sondern der österreichische Schweiger und eigentlich Verschweiger. Du schweigst ja nicht, Hubert, du schreibst das dann alles auf und hier verschweigst du mir deine Gedanken, was natürlich die schrecklichste Form der Lüge ist. Du bist so ein richtiger Österreicher, Hubert. Ein richtig typischer Österreicher, immer schon gewesen. Ich konnte dir das nie austreiben.

Hubert, ich rede mit dir. Ja, noch immer. Weißt du schon, wohin wir essen gehen? Du bist in allem so unschlüssig. Was wärst du für ein Mann geworden, wenn du dich einmal entscheiden hättest können. Was für ein Dichter, Hubert! Damals war das noch charmant, so am Anfang, da dachte ich, was für ein Gentleman, aber mit der Zeit entlarvte sich dein Schweigen als Denk- und Entscheidungsstarre.

Du bist so passiv, Hubert, so furchtbar passiv. Der Österreich-Pavillon kann dich nicht so vereinnahmen, dass du jetzt gar nichts mehr sagst. Nicht einmal ein Zwinkern, als wärst du völlig zur Kunst erstarrt. Hubert, du sitzt da, als wärst du tot. Das würde noch fehlen, ein Toter im Österreich-Pavillon. „Zu Tode gelangweilt im Österreich-Pavillon der Biennale Venedig“ wäre dann morgen die Schlagzeile in irgendeinem Boulevardblatt.

Hubert, jetzt sag was! Es ist nicht mehr witzig, was du da machst. Nur weil du auf das Begräbnis im Dorf nicht verzichten kannst, hängst du da, als wärst du tot. Hubert! Hubert, bist du tot? Das ist aber eine ganz schlechte Pointe, Hubert. Ganz schlecht. Hubert, das kannst du mir nicht antun, was denken die Leute.

Hubert! Hubert!! Hubert!!!

Ich hoffe, du hast wenigstens nicht vergessen, den letzten Versicherungsbeitrag zu zahlen, Hubert, wie bringe ich dich denn sonst zurück in deine abscheuliche Provinz? Geh, Hubert, so kannst du mir nicht wegsterben.

Hubert! Typisch.

Hubert, du kannst nicht so einfach im Österreich-Pavillon sterben. Deinen Tod hast du minutiös geplant, einen jeden Schritt, den ganzen Weg, genau, wie du das haben wolltest. Du Wahnsinniger hast schon mit vierzig angefangen, beim Wiener Verein einzuzahlen, damit die Raten billiger sind, wie du gedacht hast. Natürlich ist in den über vierzig Jahren auch dein letzter Weg teurer geworden. Wofür man damals noch eine Luxusbeerdigung veranstalten konnte, selbst mit Fiaker und allem Firlefanz, dafür bekommst du heute vielleicht ein besseres Sozialbegräbnis mit Kremationssarg. So ein schönes Sterbezimmer habe ich dir gleich neben deinem Arbeitsraum, bei all deinen Schriften eingerichtet, und dann stirbst du mir einfach ohne Vorwarnung.

Du wolltest unbedingt bei offenem Sarg aufgebahrt werden, Hubert. Ich weiß nicht, warum dich das Bild von deinem Großvater, den du als Bub so gesehen hast, derart fasziniert hat. Alle sollten dich noch einmal sehen, in dein totes Gesicht schauen können. Nichts furchtbareres, als wenn sie dich in Erinnerung behalten wollen, wie sie dich gekannt haben, hast du in deinen Aufzeichnungen geschrieben. Nein, das tote, das letzte Gesicht sollen sie sich einprägen, und alle anderen Eindrücke von dir in ihren Köpfen auslöschen. Selbst auf deinem Partezettel wolltest du ein Porträt deiner Totenmaske haben. Du hast es sogar wortwörtlich so in einen deiner vielen Testamentsentwürfe hineingeschrieben: „Das letzte Gesicht von mir soll das tote sein.“ Ich glaube, du hast sogar das Wort Fratze benützt, wenn ich mich genau erinnere. „Auf meinem Partezettel soll meine Totenfratze zu sehen sein.“ Aus deinem politischen Protest heraus natürlich links oben und am besten auch noch als Wasserzeichnung über die ganze Parte im Hintergrund. Statt irgendeinem kitschigen Sonnenuntergang, Waldweg oder Kreuz, wolltest du deinen aufgerissenen zahnlosen Mund und die ins Nichts starrenden Augen auf deiner Parte. Ich habe nur den Kopf geschüttelt, als ich deinen Wahnsinn gelesen habe. Hubert, ich bin wirklich einiges gewohnt, aber solche Absurdität ist mir auch noch nicht untergekommen.

Das ist nicht auszuhalten, Hubert. Dein Leben hast du damit verbracht, Pläne zu deinem Tod zu schmieden, und dann so was. Du hast dich dein Leben lang mit der natürlichsten Sache auseinandergesetzt und dann stirbst du mir im Epizentrum der Künstlichkeit, was deinen Tod zu einem einzigen Witz machen wird. Hubert, sag doch was! Ich glaube dir das einfach nicht. Das kann nur einer deiner schrecklichen Scherze sein.

Du hast einen furchtbaren Sinn für Humor, Hubert. Zu Beginn unserer Beziehung wirkte er noch anziehend auf mich, weil ich das nicht kannte. Niemand konnte über deine makabren Scherze lachen, aber du bist mit einem bestialischen Grinsen herumgelaufen. Hubert, es ist nicht mehr witzig, wach auf. Ich dachte, wir hätten die blöden Spielereien überwunden und wir können endlich ernsthaft miteinander reden. So vieles konnte ich dir an schlechten Gewohnheiten austreiben, aber deine blöden Scherze sind geblieben. Furchtbar!

Vor fünfzig Jahren bin ich in dein Dorf gekommen, Hubert. Vor fünfzig Jahren, Hubert, stell dir das vor! So lange ist das schon wieder her. Ohne mich wäre aus dir nichts geworden. Wie deine Altersgenossen wärst du schon lange tot und hättest den Großteil deiner Zeit im Wirtshaus verbracht und dich furchtbar, im einstimmigen Chor mit allen anderen Spiegeltrinkern, die ihr eigenes Spiegelbild schon lange nicht mehr ertragen können, über die Schlagzeilen irgendeines Schundblattes aufgeregt. Hubert, ich habe dich aus der Provinz und vor einer vorhersehbaren geistigen Verwelkung gerettet, und kein einziges Mal hast du mir dafür gedankt.

Welch Ironie des Schicksals, dass wir uns gerade am Feuerwehrfest deines Dorfes trafen, obwohl ich das Land wie sonst nichts verabscheue. So ein Zufall ist überhaupt nicht denkbar, Hubert, und deshalb habe ich es als Bestimmung akzeptiert. Was für ein unbeschreiblicher Glücksfall war das für dich! Und ich bin noch zur rechten Zeit gekommen. Deine Kameraden standen kurz davor, dich zum neuen Feuerwehrhauptmann zu ernennen, aber ich habe dich davor gerettet, Hubert. Gerettet! Du warst auf dem sichersten Weg, der nächste Bürgermeister zu werden, und du wärst genauso zeitig gestorben wie alle anderen. Du siehst doch, wie früh solche Dorfbürgermeister sterben. Ein Bürgermeister, der überleben will, darf nicht bei jedem Verein das Glas heben, nur überlebt er dann als Bürgermeister nicht.

Ich weiß, du glaubst nicht an Schicksal, Hubert, ich doch auch nicht, aber wie willst du dir das sonst erklären? Ohne Nachfragen habe ich unsere Begegnung als Zeichen akzeptiert. Ich bin hinein in das Zelt und da bist du gestanden. Eine Eruption, Hubert, irgendwas geschah, als sich unsere Augen trafen. Ich habe eine fundamentale Kraft in dir erkannt und sah, wie du anderen zuhörst. Dein Gehör fasziniert mich bis heute, Hubert. Deine Kameraden haben alle auf dich eingeredet, ohne dass du auch nur ein Wort gesagt hättest, aber sie redeten weiter, weiter, immer weiter. Dein Gehör, ich hatte so etwas noch nie gesehen. Ich war so fasziniert, dass ich mich, ohne nachzudenken, in deine Runde drängte, Hubert, und mich vorstellig machte, was ich noch nie getan hatte. Ich habe geredet und du hast zugehört. Du hast wohl auch etwas gesagt, aber in deinem furchtbaren Dialekt, von dem ich natürlich kein Wort verstanden habe. Es war mir egal.

Hubert, wie lange es gedauert hat, dir deinen Dialekt abzugewöhnen, ist unvorstellbar. Ich habe mit allen Mitteln versucht, dich in meine Sprache einzuführen, Hubert, dir zumindest eine allgemeine Ausdruckssprache beizubringen. In der ersten Zeit sind wir stundenlang dagesessen und haben geübt und geübt. Wir sind jeden Abend ins Burgtheater, um dich einer Sprachkur zu unterziehen. Ich habe deinen Dialekt mit dem Burgtheaterdeutsch ausgelöscht und dich in die Hochkultur geführt. Nach Jahrzehnten des Dialektexorzismus, den ich an dir betrieben habe, Hubert, hast du endlich in der Schriftsprache gesprochen, aber der Dämon ist in mich eingefahren. Ich habe dir den Dialekt ausgetrieben und er ist an mir hängen geblieben. Entsetzlich! Sobald ich dich anschaue oder nur an dich denke, Hubert, kommt es mir so vor, als würde ich in deiner Sprache sprechen. Als hättest du nur deinen Dialekt aufgegeben, um ihn in mich einzuschreiben. Ohne es zu merken, bin ich zum Sprachrohr deiner Provinzialität geworden.

Hubert, ich weiß, du wolltest mir das nie glauben, aber bereits an deinem Schweigen sah ich, dass du ein Mann der Sprache bist. Allein, als ich dich schweigen sah, Hubert, war es mir klar, welch Potential in dir steckt. Durch dein Schweigen, Hubert, sah ich das

Theater, die Literatur, die Sprache einer neuen Zeit und war fasziniert. Ich war deinem Schweigen verfallen.

Nach dem Krieg war nichts da. Nichts! Der Boden war gelegt für einen Dichter wie dich. Hubert, du weißt gar nicht, welche Chance das war. Während die Avantgardisten und alle anderen mit ihren gekünstelten Sprachen experimentierten, hättest du ein Grundlagenwerk schaffen können, an dem sich alle anderen heute noch abarbeiten müssten. Etwas völlig Neues, einen Meilenstein der Literatur, Hubert, mehr habe ich von dir nicht erwartet. Noch bevor ich ein Wort von dir gelesen habe, Hubert, wusste ich, dass in dir eine noch nie dagewesene Dichtung liegt, die unser Literaturverständnis in unbekannte Bahnen lenken wird. Ich habe deine Urgewalt erkannt, Hubert, und einen Neubeginn der Literatur gesehen.

Du hast mit mir sofort das Feuerwehrfest verlassen und mir deine Gedichte gezeigt. Mir, der Fremden, konntest du dich anvertrauen, mir die Seite an dir zeigen, die niemand an dir kannte und die du allen im Dorf verheimlicht hast. Noch nie hatte ich so eine naive Dichtung – fern jeglicher Sentimentalität – gelesen. Deine Empfindungen entsprangen aus deinem tiefsten Selbst. Nie zuvor war ich so einem unbefleckten Menschen begegnet wie dir, Hubert. Was du fühltest, kam direkt aus dir heraus und steckte unverfälscht in deinen Worten. Ich war erstaunt.

Die ersten Gedichte, die ich von dir las, waren natürlich furchtbar, Hubert, aber sie hatten ihre eigene Melodie, die ich so noch nie gehört hatte. Es waren Gedichte voller Rohheit, Sehnsucht und von einer ungeheuren Gewalt. Selbstverständlich nicht publikationstauglich, aber es war das Potential einer unverblendeten Sprache vorhanden, einer Ursprache, die wie ein Urschrei klang. In jedem Wort merkte man, dass du kein Leser warst und nie einer gewesen bist. Ich sah einen reinen Menschen vor mir. Wie herrlich erfrischend! Du schriebst ohne Einflüsse, ohne Künstelei, als würdest du für dich die Sprache neu erfinden und ein jedes Wort zum ersten Mal benützen. Dein Großvater war Analphabet, dein Vater konnte zumindest lesen und du warst der Erste in der Familie, der überhaupt einen Satz verfasst hat. Hubert, welch unglaubliche Voraussetzungen für einen Dichter.

Du warst ein leeres Blatt, als ich dich aus deinem Dorf befreite, und ich begann, dich in meine Welt zu führen. Ich habe aus dir einen Kulturmenschen gemacht und jetzt muss ich dich zurück in dein stumpfsinniges Provinznest bringen.

Hubert, ich habe es nie verstanden, warum du dich nie ganz lösen konntest. Jedes Jahr mussten wir zurück in deine Heimat. Jedes Jahr für Tage eingesperrt in der Geistesprovinz im Dorf, weil du unbedingt das Haus deiner Eltern behalten wolltest. Es war die letzte Rache deines Vaters, als er dir das Haus als Erbe überließ und nicht deinem Bruder. Er wusste genau, es würde dich zugrunde richten, dich immer wieder zurückführen. Dein Vater hat damals von dir erwartet, dass du im Dorf bleibst. Er wollte dich als neuen Bürgermeister sehen, um seiner Familie das größtmögliche Ansehen zu verleihen, aber du bist mit mir in die Stadt geflohen. Ich habe dich befreit und deine Familie hat mich dafür verschmäht. Sie haben mich verflucht und in letzter Verachtung hat dir dein Vater das Haus vererbt. Es war seine letzte, dich erdrückende Zuneigung. Da bin ich mir ganz sicher, Hubert. So eine schöne Wohnung hätten wir uns in Wien kaufen können, gleich in der Nähe des Burgtheaters, aber nein, du musstest unbedingt die Ruine deiner Eltern behalten. Ich habe dich vom Land befreit, aber du hast dich von deinen unsinnigen Schuldgefühlen begraben lassen. Das Dorf hat dich vernichtet, Hubert.

Beinahe wärst du mir im Australien-Pavillon gestorben, Hubert. Wenn ich dich nicht förmlich von dem Pavillon, das sie mit völlig geschmacklosen Todesutensilien vollgeräumt haben, weggezerrt hätte, stündest du jetzt noch dort. Du warst von der australischen Künstlerin fasziniert, die alte Standuhren mit Zeichen des Todes übermalte, den Zeiger in die andere Richtung laufen ließ und schrieb: „Die Zeit wartet nicht auf uns." Du bist dagestanden und ich habe dich murmeln hören: „Genial! Die Zeit wartet nicht. Die Zeit wartet auf niemanden." Sollen das wirklich deine letzten Worte gewesen sein, Hubert? Sag doch was!

Überleg dir, wenn du wirklich im Australien-Pavillon gestorben wärst, Hubert. Da ist es besser, hier im Austria-Pavillon zu sterben, sonst würden sie noch blöde Witze über die augenscheinliche Namensgleichheit machen. Ich kenne die Banalität unserer Presse, die sich vor keinem Wortspiel geniert. Dein Tod hätte im Australien-Pavillon eine ganz andere Wendung und Bedeutung erfahren. Es wäre eine ganz schlechte Pointe für dein Leben gewesen, Hubert, wenn du unter den Todesutensilien gestorben wärst. Und überleg dir, welche Werbung du damit für Australien gemacht hättest. Die Schlagzeile überall: „Der Tod holte ihn im Todespavillon". Am nächsten Tag hätten sie vielleicht auch noch ein Schild angebracht: „Gevatter Tod ist anwesend". Furchtbar!

Da können wir fast von Glück reden, dass du im Österreich-Pavillon stirbst, Hubert, da bemerken sie bis jetzt nicht, dass du um dein Leben kämpfst. Ich weiß gar nicht, wie viel Zeit schon vergangen ist. Die Aufpasserin schaut zwar her und die Besucher gehen an dir vorbei, aber keiner unternimmt etwas.

Wir haben deine Beerdigung so schön geplant, Hubert, und meine wirst du jetzt gar nicht mehr erleben. Es war das einzige Mal, dass du ein wirkliches Interesse an mir gezeigt hast, als wir mein Begräbnis Punkt für Punkt durchgegangen sind. Du hast deinen Platz in der Provinz und ich liege am Wiener Zentralfriedhof. Ich zahle schon seit Jahren die höchste Standgebühr für ein leeres Grab, nur um neben den Burgschauspielern, zum großen Teil noch K.u.K. Hofburgschauspieler, liegen zu dürfen. Überleg dir, in welchen Himmel ich da aufsteigen werde. Parnass, Hubert, Parnass, stell dir das vor, der Theaterhimmel, das Burgtheater unter den Himmelsbühnen. Bis in alle Ewigkeit werde ich auf meiner roten Samtwolke sitzen und jeden Abend ein anderes Stück spielen lassen.

Heute ist ein Beckett-Abend, werde ich zum Beispiel sagen und zu den Oberspielleitern rufen, der Oskar Werner soll mein Lucky und der Werner Krauß mein Pozzo sein, der Helmut Qualtinger mein Estragon und der Hans Moser mein Wladimir. Stell dir das vor, Hubert! Wenn das größte Schauspiel, die höchste Kunst, auf das reine Wahrspiel trifft, dann kann etwas Magisches entstehen, das alle Zeiten überdauert.

Was du mir antust, Hubert, wenn du mir wirklich so einfach wegstirbst. Es hat Jahre, gar Jahrzehnte gebraucht, um dich burgtheatertauglich zu machen. Du weißt gar nicht, welche Fäden ich an dir ziehen musste, damit du überhaupt einmal über die Schwelle des Hauses treten konntest. Man kann nicht einfach so ins Burgtheater hineingehen. Nein! Es braucht die größte Art von Bildung. Hätte dich jemand ohne Vorbereitung etwas gefragt, wärst du sofort als Provinzmensch entlarvt worden. Wenn da jemand gesagt hätte: „So Schauspielerinnen wie die Charlotte Wolter gibt es heute gar nicht mehr", wärst du nur blöd dagestanden, anstatt wie aus der Pistole geschossen zu sagen: „Die Wolter natürlich, welch ein Organ, welch ein Schrei und welche Wucht auf der Bühne. Unglaublich! Bis in ihr Grab hinein eine wahre Burgschauspielerin – ein letzter Schrei, als den Sargträgern die Seile beim Hinabsetzen in die Gruft aus den Händen rutschten. Wunderbar!" Oder: „Natürlich Werner Krauß! Bei Krauß habe ich mich verloren. Die Kraft und die Präsenz seiner Stimme oder die erhabenen, langsam ausgeführten Gesten – atemberaubend. So als wäre er im ständigen Rausch."

Man muss die Burgschauspieler besser kennen als sich selbst, Hubert. Wie lange hast du gebraucht, um das zu verstehen. Man muss so viel wie möglich über das Burgtheater wissen, bevor man überhaupt daran denkt, einen Schritt in das ehrwürdige Haus zu setzen. Theater ist nicht gleich Burgtheater, Hubert. Ich habe dir das immer gesagt. Burgtheater ist nicht gleich Theater, das ist mehr, das ist ein Gesamtkunstwerk. Das Burgtheater ist nicht nur die Bühne. Es ist alles Drumherum, auch die Menschen, die hier arbeiten, die man nicht sieht. Die früheren Billeteure, die alles über das Burgtheater wussten, nicht so wie die heutigen privatisierten Dienstleister. Oder die Portiere, die über den

Einlass in das Heiligste entscheiden und die Briefe, Glückwunschkarten, Blumen für die Burgschauspieler entgegennehmen und wie Zerberus über den Eingang wachen. Oder der zahnlose Türsteher bei der Feststiege Volksgartenseite, den ich nie verstanden habe, aber du ein jedes Wort von ihm, von seiner lang vergangenen Karriere als Pianist in Deutschland, wie ein Verdurstender aufgesaugt hast. All das ist das Burgtheater, und vor allem die wenigen Schauspieler, Hubert, zu denen man noch mit Überzeugung sagen kann: „Das ist ein Burgschauspieler!"

Aber die wahren Burgschauspieler sind eine aussterbende Rasse. Die Theaterjünglinge vertreten schon lange nicht mehr, wofür das Haus stehen sollte. Sie werden für ein Stück oder für maximal ein, zwei Jahre engagiert und dann gehen sie wieder. Namen tauchen auf, an die man sich nicht erinnern wird, und die damals nicht einmal die kleine Zehe auf die Burgtheaterbühne hätten stellen dürfen. Es ist furchtbar, die heutigen Schauspieler bei Interviews zu sehen und als Untertitel steht „Burgschauspieler". Die Inflation hat auch hier nicht haltgemacht, Hubert, und führt zu einem Aufweichen des Hochkulturellen im Sumpf des Banalen und Trivialen. Alleine wenn ich sehe, wie diese geleckten Jungschauspieler herumstolzieren, kommt mir das Grausen. Wie sollen denn die bitte Theater spielen, wenn sie im Leben schon so gehen, als hätten sie ständig Juckpulver im Arsch? Wie sollen die ohne Arsch in der Hose Theater spielen? Die können doch niemals einen Verführer, einen Casanova oder einen richtigen Österreicher spielen, Hubert. Das kann ich mir bei bestem Willen nicht vorstellen.

Einen Oskar Werner gibt es nicht mehr und wird es wohl nie wieder geben. Ein Oskar Werner war einfach grandios. In allem! Auf der Bühne und im Leben ein echter Burgschauspieler. Seine Stimme war die Heimat des Burgtheaters und sogar sein Name eine Ode an das Burgtheater. Ein einziges, ein wahres Relikt, Hubert, Oskar Werner! Wenn Werner über das Burgtheater, von Raoul Aslan, von Werner Krauß, erzählt hat, dann hat er geweint, seine Augen waren feucht und seine Stimme zittrig. „Ich durfte am Tisch der Götter sitzen.“ Alleine wenn ich diesen Satz in meinen Gedanken aus dem Mund Werners höre, dann bekomme ich eine Gänsehaut. Demut, Hubert, kennen sie heute nicht mehr. Heute ist alles fürchterlich, aber sie kennen keine Ehrfurcht vor dem Burgtheater.

Oskar Werner war ein Gipfel und der einzig wirkliche Theatermacher. Wie sehr bereue ich, dass wir damals nicht nach Krems gefahren sind, zu seiner letzten Vorstellung. Es wäre ein Höhepunkt gewesen, ihn dort zu sehen, aber natürlich hast du dich verweigert, Hubert. Mit deinen Kunstverweigerungen, die alleine mir galten, wie ich heute denke, hast du die Höhepunkte unserer kulturellen Zeit verpasst. So ein Theaterwahnsinn, wie ihn Werner gelebt hat, ist nur von einem durch und durch burgtheaterinfizierten Menschen möglich. Der „Prinz von Homburg“ in der österreichischen Provinz. Die ersten Worte, die Werner auf der Burgtheaterbühne bei seinem Vorsprechen sagte, sollten auch seine letzten sein. Welch unglaubliche Fügung, Hubert, nicht?

Damals durfte niemand etwas Schlechtes über das Burgtheater sagen. Nicht einmal die Kritiker, Hubert, die von den Schauspielern abgewatscht wurden, wenn sie es wagten, nur ansatzweise etwas Respektloses zu schreiben. Das Burgtheater war stets ein Schutzschild für alles, ansonsten wäre so etwas wie der Raoul Aslan gar nicht möglich gewesen, der nach dem Krieg sogar zum Burgtheaterdirektor ernannt wurde. Das Burgtheaterwappen auf der Brust war ein Ehrenabzeichen und ein Schutzschild gegen eine jede Politik. Was glaubst du, wäre aus Aslan mit so einer Gesinnung, in so einer turbulenten Zeit geworden, wenn er nicht den Titel Burgschauspieler getragen hätte? Auch sein tagtägliches In-die-Kirche-rennen hätte da nichts genützt. Das Publikum hat Aslan, trotz seiner Liebe zu dem viel jüngeren Tonio Riedl, gerettet, aber davon spricht heute niemand mehr. Du hast mir eines Tages ihren Briefwechsel geschenkt und dann für dich selbst behalten. Die Burglegende und der junge, aufstrebende Schauspieler, der ihn anhimmelte, ihm nachstrebte, ihn als griechischen Gott verehrte. Der alte Mann und der Junge in der Lederhose. Das Foto in dem Buch hat dich fasziniert und die in den Briefen formulierte Zärtlichkeit und Hingabe völlig betroffen gemacht. Du hast in deinem Leben keine zartere Sprache entdeckt, als sie in den Briefen zwischen den zwei Männern formuliert wurde. Mit welcher Zärtlichkeit du ihre Worte in deinen Notizen wiedergabst, es war erstaunlich für mich. Ich konnte mit dem Briefwechsel, mit der mir aufgezwungenen Privatheit zweier Menschen, die mich wirklich nichts angeht, nie etwas anfangen. „Begegnungen im Licht“, alleine der Titel des Buches ist ja eigentlich eine Verhöhnung, wenn man die Umstände bedenkt.

Dein erster Weg in Grinzing führt dich zum Grab von Aslan. Jedes Mal müssen wir zuerst zu Aslan gehen, wobei so viele österreichische Geistesmenschen in Grinzing begraben liegen. Vor dem Grab von Alma

Mahler verziehst du keine Miene und aus reinem Protest gehst du an Paula Wessely vorbei, genauso wie du das Grab von Werner Krauß am Zentralfriedhof keines Blickes würdigst. „Burgtheater“, Hubert! Ich habe dir diesen Film so oft vorgespielt, die Quintessenz all dessen, was das Burgtheater ist, war und noch immer sein könnte. Aber sobald du Krauß gesehen hast, konntest du nur noch an den Film „Jud Süß“ denken, an all seine Judenrollen, die er verkörperte und bis zur Ausreizung jegliche Klischees exerzierte. Es ist furchtbar, einen Schauspieler auf seine Rollen zu beschränken, auf die Inszenierung. Er hat nur gespielt, Hubert. Gespielt! Du hast die Aufgabe des Schauspielers nie verstanden. Es war alles nur gespielt! Was hätte Krauß denn machen müssen, damit du ihm vergibst? Hätte er sich erhängen, lebendig begraben, aus dem Fenster springen sollen? Hubert, du warst unerbittlich und hast auf alles eingeschlagen, was auch nur in den Verdacht des Nationalsozialistischen gekommen ist, ohne jemals zu filtern. Deine primitiven Gebärden ließen sich nicht aus dir austreiben. In deiner Wut bist du in deine Provinzialität zurückgefallen und warst damit um nichts besser als unsere in die Bedeutungslosigkeit geachtete Literaturnobelpreisträgerin. So wie du Krauß „Jud Süß“ nie verzeihen konntest, konnte diese Schreibfurie Wessely „Heimkehr“ nie verzeihen und hat sie, und gleich dazu ihre ganze Familie, mit einem Stück, wo sie auch noch die Frechheit hatte, es „Burgtheater“ zu nennen, in den Dreck gezogen. Hubert, diese ständig mit den schrecklichsten Mitteln der Kunst sich zu jedem aktuellen Thema äußernde Sprachkünstlerin hat das Burgtheater mit „Burgtheater“ befleckt, durch ihre aus dem Zusammenhang collagierte und ungefilterte Sprache, die alles mit einem linken Auge sieht und jede Bedeutung damit sofort mit der Moralkeule erschlägt. Hubert, überlege dir, welches Stück sie schreiben hätte können. Sie hätte mit ihrem Stück „Burgtheater" ein Burgtheater wie im Film „Burgtheater" zeichnen können, also ein Burgtheater, das alleine vom Mythos her gedacht wird, aber sie hat die allergrößte Chance, da ein Königsdrama zu entwerfen, auf Grund ihrer blinden Wut so leichtfertig vergeben und nichts weiter als einen Kalauerschundfetzen produziert, der mir nicht einmal ein Schmunzeln abringen würde. Sie hat nie den größeren Rahmen gesehen und deshalb ist diese Schmiere auch in Vergessenheit geraten. Zum Glück wurde ihr „Burgtheater" am Burgtheater nie gespielt, sonst hätte ich es verweigern müssen, und, Hubert, du weißt, es wäre die erste Aufführung gewesen, die ich aus tiefster Überzeugung boykottiert hätte. Ich könnte mir „Burgtheater" im Burgtheater nicht antun. Es hat gereicht, dass du das Stück mit Genuss verschlungen hast und ich es in deinen Aufzeichnungen nachlesen musste.

Furchtbar der Niedergang des Burgtheaters in unseren letzten Jahren, Hubert. Eine Frechheit das undurchschaubare Konstrukt der sogenannten Theaterholding. Man hat die Vormachtstellung und den Mythos des Burgtheaters eingebüßt, als man es zu einem von vielen gemacht hat. Das Burgtheater ist ein eigener Olymp und sie haben es den profanen, geldgierigen Wirtschaftlern überlassen, die vor lauter schwarzen Zahlen eine jegliche Kunstfärbung verlieren.

Selbst die Aufbahrungen der Ehrenmitglieder auf der volksgartenseitigen Feststiege wird sich das Burgtheater nicht mehr lange leisten können. Welch Untergang unserer ganzen Kultur! Wenn ein Ehrenmitglied starb,

Hubert, bist du wirklich gern ins Theater gegangen. Das Spektakel hast du dir nie entgehen lassen: die Fackeln, die Nekrologe, der Trauerzug um das Theater und dann die Fahrt hinaus zu deinem geliebten Zentralfriedhof oder sonst wohin. Es war ein Fest für dich und das einzige Theater, das du akzeptieren konntest.

Zum Glück haben wir letztes Jahr noch dein Abonnement gekündigt, Hubert. Wenigstens etwas, woran ich nicht denken muss. Ich war auch schon drauf und dran, das Burgtheater zu verlassen, als das Theater hinter der Bühne größer wurde als auf der Bühne, aber es wäre mein Selbstmord gewesen. Den Verlust des Burgtheaters könnte ich nicht überleben, Hubert, du weißt.

Wach auf, Hubert, lass uns gehen. Wie peinlich wäre es, wenn du hier wirklich stirbst. Aber du wolltest ohnehin wissen, wie die Bestattung in Venedig arbeitet. Jetzt erlebst du es aus erster Hand, aber kannst dir keine Notizen mehr machen. Unzählige Abholungen hast du beschrieben, aber scheiterst an der Niederschrift deiner eigenen. Vielleicht kommen sie mit einem schwarzen Boot und einer Kühlbox, wie du das einmal gesehen hast. Aber für dich, Hubert, werden die Gondeln keine Trauer tragen. Es muss furchtbar sein, in Venedig zu leben, und noch schlimmer, hier zu sterben, hast du notiert.

Hubert, Tod in Venedig! Wirklich? Welch ein Klischee, Hubert! Tod in Venedig, geh bitte! Alleine das Buch von dem Thomas Mann. Furchtbar! Wenn ich wo lese oder sehe, was nach Verdrängung unverarbeiteter und unausgelebter Sehnsüchte riecht, reagiere ich allergisch darauf. Das Buch stinkt fürchterlich. Ich habe es dir gesagt, Hubert, „Tod in Venedig“ stinkt nach der schrecklichen Sehnsuchterei, die auch deine Texte unerträglich macht. Als ich die Beschreibungen von dem schönen blonden Jungen las, musste ich sofort abbrechen. Immer alles in die Literatur verpacken müssen, immer die Sehnsüchte in die Bücher packen. Das einzig wirklich Gute an dem Buch ist der Titel, nur deswegen hast du es in deine Bibliothek aufgenommen, Hubert, nicht? Und natürlich, weil ich es schrecklich fand.

Ein Mann, egal welcher, ist für mich unleserlich. So oft ich es auch versuche, bereits nach den ersten Seiten schlage ich zu. Bei einem Mann muss ich sofort zuschlagen. Mann ist für „Tod in Venedig" zu verabscheuen, genau wie alle anderen Dichter, die Schreiben als Therapie verwenden. Sie können etwas nicht ausleben und finden plötzlich in der Literatur ein Ventil dafür. Furchtbar, Hubert! Und im Alter können sie das Ventil nicht mehr schließen und geraten in eine Publikationsinkontinenz, die ich in solch einem Ausmaß wie jetzt noch nie erlebt habe. Der Peter Handke zum Beispiel publiziert heute prinzipiell ein jedes Wort, das aus seinem Kopf herausfällt: Traumbücher, Tagebücher, Versuche über die stillsten Orte, alles findet sich von Handke in den Buchläden und trotzdem ist er für mich unverständlich. Selbst seine Theaterstücke werden vom Verlag vorab gedruckt und an denen erkennt man, wie alt Handke geworden ist. Ich habe dir ein Exemplar erst letztens in der Buchhandlung gezeigt, Hubert. Ein Buch gedruckt im Format eines Partiturauszuges, also fast doppeltes A4, und in einem Schriftgrad für Sehbehinderte, wie es scheint. Der Verlag spart sich den Zwischenschritt und druckt die neuen Handketexte gleich für Behinderte. Hubert, die Größe einer Schrift lag wirklich noch nie in der Größe einer Schrift.

Handke tut jetzt alles, um endlich verstanden zu werden. Eine jede Seite seiner Notizen legt er in Literaturmuseen oder in einen Vorlass, aber trotzdem versteht ihn in seiner Heimat keiner. Die Dichter haben heute alle den Wahn, dass sie ihren eigenen Nachlass überleben wollen, um vielleicht ihre Wirkung noch mitzuerleben, was nichts anderes als ein aufgewärmtes Jenseitsgeheule für mich ist. Hubert, ich habe Handke nie verstanden und manchmal habe ich den Verdacht, Handke definiert Literatur als Sprache, die man überhaupt nicht verstehen darf, deswegen war er für mich nie ein Literat, sondern höchstens ein Sprachkünstler.

Handke hatte natürlich seine Höhepunkte, das darf man nicht verachten. „Die Stunde da wir nichts voneinander wussten“, zum Beispiel, ist schlicht großartig! Im gesamten Theaterstück wird kein Wort gesprochen. Da hat sich Handke wirklich selbst übertroffen und auch nie wieder solch eine Poesie erreicht. Den einzigen Handke, den ich wirklich gerne im Burgtheater gesehen habe. Aber natürlich auch wieder so ein furchtbar origineller Titel. So ein poetisches Stück und dann immer der Originalitätsdrang bei den Titeln: „Die Fahrt im Einbaum. Oder das Stück zum Film vom Krieg“, „Zurüstungen für die Unsterblichkeit: ein Königsdrama“, „Die Unschuldigen, ich und die Unbekannte am Rand der Landstraße“ oder was weiß ich was noch.

Ich verabscheue seit jeher die zwanghafte Originalität. Hubert, du weißt, ich reagiere allergisch auf das Originelle, deshalb sind mir Handke und alle sogenannten Sprachkünstler zuwider. Bei Handke war es für mich gleich nach der „Publikumsbeschimpfung“ vorbei. Wenn man einen Hauch von Kunstgespür hat, dann erkennt man an den ersten Dichterworten, wo es hingehen wird. Man muss ein Gefühl dafür entwickeln und es hat sich immer bestätigt. Bei Handke ist nichts mehr gekommen, außer politisch höchst fragwürdige Entscheidungen und Reden. Auch seine egomanische „Selbstbezichtigung" konnte mein Urteil nicht revidieren, Hubert. Was soll mir ein Dichter über das Leben, oder noch viel wichtiger, über Österreich erzählen können, der sich selbst in einem Vorort von Paris in einem Elfenbeinturm verbarrikadiert?

Hubert, du hast nichts von Handke gelesen, weil du nie über den ersten Satz, die erste Seite hinausgekommen bist. Es ist eines der wenigen Dinge, wo wir einer Meinung waren. Die Handkeabneigung hat uns vereint. Vielleicht ist es sogar das Einzige, worin wir uns einig sind: Handke – Nein.

Bei Thomas Bernhard waren wir uns uneins. Dich hat seine inszenierte Kritik und sein gekünsteltes Gehabe stets amüsiert, aber ich habe ihn für seine kleinkarierten und rein populistischen Abrechnungen verabscheut. Nichts Leichteres als sich hinzustellen und in einem immerwährenden Monolog, bei dem sich nur der Rahmen etwas ändert, seine verdrängten Probleme und Konflikte auszukotzen. Wie du diese endlosen Monologe ertragen konntest, Hubert, ist mir bis heute ein Rätsel.

Nur die Buchtitel von Bernhard finde ich wirklich grandios. Es reicht, die Titel von Bernhard zu lesen. Ich wage sogar zu behaupten, die einzige Dichtung bei Bernhard sind seine Titel. Ehrlich gesagt, nicht einmal die Gedichte von Bernhard sind ganz dicht. „Frost", ein klares Wort, ein großartiger Titel, der alles sagt. Oder Titel wie „Verstörung", „Korrektur", „Beton" und „Auslöschung“ sagen natürlich schon alles. Das ist Dichtung, Hubert! Alles andere sind bedruckte Seiten voller Wiederholungsmanie und Befindlichkeitsliteratur, die in die furchtbarste Kunst führt. Da können mir die blinden Bewunderer so oft und so gern sie wollen mit ihren sinnbefreiten Argumenten über Musikalität und Sprachsog kommen, ich sehe das nicht so.

Hubert, es ist schrecklich, wenn man die natürliche Poesie durch Künstlichkeit ersetzt, das erinnert mich dauernd an die Frauen, die im Kaffeehaus fast schon zwanghaft ihre Melange mit Kandisin versüßen. Wir haben einen so guten Wiener Zucker, aber sie geben die weißen Pillen in ihren Kaffee, als würden sie zu Hause nicht genug Pulver einwerfen müssen, damit sie noch ein paar Jahre dahinvegetieren können.

Manchmal könnte ich echt weinen, Hubert. Wenn ich alleine in Wien im Kaffeehaus sitze und mir die Menschen so anschaue, dann kommt in mir eine tiefe Traurigkeit hoch. In den Kaffeehäusern, wo damals die geistige Elite saß und über neue Theaterprojekte, über das Theater an sich, über alle Tische hinweg lautstark diskutiert wurde, sitzen heute die Touristen bei einem überteuerten Kaffee und machen Fotos von den Fassaden der Vergangenheit. Man spürt die Stadt nicht mehr. Als wäre das Leben einfach verpufft. Wenn ich damals ins Café Landtmann oder ins Central oder ins Sacher gegangen bin, dann wusste ich alles über das Theater in Wien, kannte jedes Gerücht, war über jede neue Entwicklung und Entdeckung am Laufenden. Es war Teil vom gesellschaftlichen Leben, der Kultur, Hubert. Welche wunderbaren Streitgespräche ich im Café führen konnte mit den Josefstädtlern oder den Volkstheatlern, die ihre Bühne bis aufs Blut verteidigten und mir einreden wollten, welch großes Stück sie gerade spielen, welch wunderbares Theater in ihrem Haus stattfindet, das sie im Burgtheater so schon lange nicht mehr gesehen haben. Hubert, ich blühte auf in den Gesprächen, und im Hintergrund saßen die Kaffeehausliteraten, die alles notierten, was wir sagten. Die Kaffeehausliteratur, Hubert, gibt es nicht mehr. Heute starrt mir nur noch der Stumpfsinn von Tisch zu Tisch entgegen, als würde ich in seelenlose Masken blicken, durch die keine Stimme mehr dringt. Die Stadt wurde von innen ausgehöhlt, Hubert, und leere Fassaden zurückgelassen.

„Es täuscht nur noch das Außen, das Leben vor", hat Hans Weigel, den ich wirklich nicht mochte, sehr schön gesagt. Die Überheblichkeit von Weigel war mir äußerst zuwider und mit welch Selbstgefälligkeit er in seinen Kritiken auf die Burgschauspieler eingeschlagen hat. Wenn Weigel mit seinen Aschenbechern vor den Augen im Theater gesessen ist, konnte er vom Spiel doch gar nichts mitbekommen und hat sich wohl während der Vorstellung bereits irgendwelche gemeinen Überschriften ausgedacht, um sein Publikum zu bedienen, die auf seine Verrisse, die Anklagen gegen das ehrwürdige Burgtheater, sehnsüchtig gewartet haben.

Dass man einen Maulwurf zum obersten Theaterkritiker der Stadt ernennt, Hubert, ist auch nur in Wien möglich. Der Weigel hat sich mit seinen Burgtheaterkritiken einen Spaß erlaubt, genauso wie mit seinen sogenannten „Stimmen der Gegenwart". Er hat den ganzen Nachkriegsautorenmüll zusammengesammelt und in dem größten literarischen Satiremagazin aller Zeiten vereint, aber keiner hat den Schmäh verstanden. Weigel hat die lächerlichsten Schriftsteller zur Publikation gedrängt, sie dadurch vernichtet und letztlich seine eigentlichen Götter – Nestroy, Raimund, Stifter – als Klassiker gefestigt. Ich habe dir Weigel nie vorgestellt, Hubert. Wir sind nie, wie alle anderen, ins Café Raimund marschiert, um sich an seinen Rockzipfel zu hängen. Weigel hätte dich vernichtet, Hubert, und deinen Wahn, die Naturgewalt deiner Sprache, für sich selbst benützt. Nirgends wird so unverschämt gestohlen wie in der Literatur, Hubert, und heute erheben sie den Diebstahl auch noch zur Dichtung. Furchtbar!

Jeden Abend sind wir ins Burgtheater gegangen, Hubert, um dich in meine Welt einzuführen, aber manchmal ist es mir vorgekommen, als würdest du nur ins Burgtheater gehen, um zu schlafen. Sobald du auf dem roten Samtsitz Platz genommen hast, bist du sofort eingeschlafen und ich musste dich alle zehn Minuten anstoßen. Hubert, was ich mich geniert habe wegen dir, und dann hast du auch noch zu schnarchen begonnen. So als hättest du es mir zu Fleiß gemacht, drang bei den ruhigsten Stellen im Stück dein Schnarchlärm aus dir heraus, der eine jede Szene der Stille zerstört hat. Es war nicht auszuhalten. Der Burgtheatersamtsessel, der eigentlich der unbequemste überhaupt ist, war der einzige Ort, wo du ohne Übergang gleich in die Tiefschlafphase gekommen bist. Manchmal hast du noch vor dem ersten Wort, sobald die Lichter ausgingen, in die Stille hineingeschnarcht. Wie viele Uraufführungen alleine mit deinem Schnarchen begonnen haben, Hubert, kann ich gar nicht sagen.

Ich bin kein einziges Mal im Burgtheater eingenickt, nicht einmal bei einem Handke-Stück, weil ich mich stets akribisch vorbereitet habe. Ein Burgtheaterabend braucht Tage, je nach Stück sogar Wochen an Vorbereitung, in der ich alles lese. Die gezielte Lektüre ist das Wichtigste, Hubert. Gehe ich nicht ernsthaft ins Burgtheater, dann brauche ich erst gar nicht das Haus zu betreten, und das Geschehen auf der Bühne verkommt zur bloßen Unterhaltung. Aber leider war das Burgtheater auch davor nicht zu retten. So viele Stücke, die offensichtlich nur dazu gemacht wurden, um dem Herrn und der Frau Direktor irgendeiner Bank oder sonstiger Institution einen schönen Abend zu ermöglichen, damit ja das Geldbörsl weiterhin locker sitzen bleibt.

Ein Burgtheaterabend ist nicht nur das Stück, die Inszenierung selbst, sondern alles Drumherum. Das Kostüm, mit dem man ins Theater geht, ist zum Beispiel von zentraler Bedeutung, und natürlich auch die Frisur, Hubert. Wie viele Frauen ohne Theaterverstand habe ich erlebt, die mit einer Hochsteckfrisur im Parkett des Burgtheaters Platz genommen haben. In einer Loge lässt sich eine Hochsteckfrisur rechtfertigen, aber nicht im Parkett oder im Parterre. Furchtbar! Und die zehn oder zwanzig Menschen dahinter sehen statt Hamlet die Stecknadel der Frau Direktor. Es herrscht seit jeher ein Theaterungeist und sie laufen alle ohne Theaterbewusstsein zu jeder Vorstellung. Allein die unerträglichen Parfums haben mich unzählige Theaterabende gekostet. Sie verpesten die gute, geistreiche Luft des Burgtheaters und benebeln mir alle Sinne. Wenn ich ein stinkendes Parfum, in meinem hochkonzentrierten Zustand, in dem ich das Burgtheater betrete, auch nur von zehn Metern Entfernung rieche, dann ist der Abend für mich ruiniert. Sie stellen sich zu Hause in eine Parfumwolke, in die sie aus Gewohnheit eintauchen, und begreifen nicht, wie sie damit ihre ganze Umwelt verpesten. Diese Gerüche im Theater sind furchtbar und potenzieren sich ins Unerträgliche, wenn Dorfpomeranzen das Haus betreten, die vielleicht alle zehn Jahre einmal ins Burgtheater gehen, alle paar Jahre überhaupt einmal aus ihrem Dorf herauskommen und sich in den wirklich billigen Parfums aus dem Supermarkt baden, weil sie glauben, in der großen Stadt muss man so riechen, und versuchen damit von ihrem Gestank abzulenken, der sich bereits so in all ihre Poren gefressen hat, dass im kleinsten Schweißausbruch das Burgtheater wie ein Schweinestall zu stinken beginnt. Und heute scheint es für das Publikum unmöglich zu sein, einfach ruhig sitzen zu bleiben. Ständig springt jemand auf und will raus. Selbst bei einem Zwei-Stunden-Stück rennen manche drei Mal aufs Klo. Sie haben so eine nervöse Blase, die völlig ungeeignet fürs Theater ist. Ich habe eine richtige Burgtheaterblase, die ich mir schon mit jungen Jahren antrainiert habe. Es ist nichts als Disziplin, Hubert, die viele gar nicht mehr kennen und ihren eigenen Bedürfnissen wie Schoßhündchen folgen. Selbst bei einem Sechs-Stunden-Stück gehe ich nicht auf die Toilette, nicht einmal in der Pause. Ich verabscheue Menschen, die während des Stücks unbedingt rausmüssen, die es nicht schaffen, die paar Theaterstunden still sitzen zu können, oder noch schlimmer, die zu blöd sind, ihre Telefone abzuschalten und dann panisch in der Tasche wühlen. Und heute ist es noch einmal schlimmer geworden mit ihren sogenannten Smartphones, die das einzig Smarte an ihnen sind und die mit ihren riesigen Bildschirmen eine jegliche Finsternis und Illusion im Theater zerstören. So eine Regieanweisung wie bei „Der Ignorant und der Wahnsinnige“ von Bernhard ist heute gar nicht mehr zu inszenieren. Wenn da steht „vollkommene Finsternis“ und sogar die Notleuchten abgeschaltet werden müssen, dann leuchten noch immer die Displays, als würde die Welt untergehen, wenn sie für zwei Stunden nicht mit der Welt verbunden sind. Aber dich hat das alles nie gestört, Hubert, weil du so oder so geschlafen hast.

Es gehört so vieles zu einem Theaterabend, woran die Leute gar nicht denken. Ich habe eine wirkliche Theaterexistenz geführt und musste dadurch ständig auf einem intellektuellen Höchstniveau bleiben, was sowohl die Geschichte des Theaters als auch die politische Tagesaktualität betrifft. Ganz wichtig ist die Tagesaktualität für einen Burgtheaterabend, Hubert! Ohne eine gebildete Meinung zu den aktuellen Geschehnissen, kann man das Theater nicht betreten. Es ist ein öffentlicher Raum und jederzeit kann eine Figur der Presse vor einem stehen. Man muss stets in der Lage sein, aus dem Stand heraus eine Meinung über das Stück, über die Inszenierung zu bilden, folglich sofort eine Kritik zu üben und auch zu vertreten. Ein Satz, Hubert, aus dem Stegreif gedacht, der den ganzen Abend auf den Punkt bringt, erfordert den schärfsten Theatergeist. Ich bereite mich seit jeher auf alle Eventualitäten vor, auch wenn ich noch nie gefragt wurde.

Das angebrachte Verhalten des Publikums am Ende der Vorstellung, Hubert, ist von zentraler Bedeutung und kann ein Stück in den Himmel heben oder es völlig vernichten. Sobald sich der Vorhang senkt und das Licht angeht ist der Moment der Zuschauer gekommen. Solch eine Verantwortung! Selten ist mir ein Buh ausgekommen, Hubert. Ich finde es unangebracht, im Theater zu buhen, genauso wie die ständige Gefälligkeitsklatscherei. Stille, Hubert! Darauf sollte sich das Publikum einigen. Schweigen, Hubert! Aber wie überall, gibt es auch im Theater begeisterte Vorklatscher oder entgeisterte Buhrufer, die die eigentliche Stimmung, das eigentliche Stück und die darin erbrachte Leistung aus irgendeinem Selbstzweck heraus verzerren. Es ist furchtbar, Hubert. Wie die Klageweiber am Friedhof sitzen die Claqueure im Theater und schaffen ein Perpetuum mobile des hiesigen Kunstverständnisses.

„Tod oder Theater, T.o.T, tot." Es war einer der ersten Gedanken, Hubert, die du notiert hast, nachdem ich dich ins Burgtheater führte und auf der Bühne einer starb. Der Tod auf der Bühne war das Einzige, was dich am Theater interessiert hat. *„Der Schauspieler fällt um und ist tot."* In jedem deiner Stückentwürfe kommt so eine Regieanweisung vor. Aber das Leben ist kein Stück, das du dir erschreiben kannst, Hubert, schon gar nicht die Inszenierung. Die Inszenierung ist nie gewiss, im Leben nicht und im Theater schon gar nicht.

Der Claus Peymann andererseits hätte dein Stück natürlich so aufgeführt, wie du das geschrieben hast, Hubert, Wort für Wort, inklusive der Regieanweisungen. Wenn Bernhard in einem Stück geschrieben hätte: *„Das Burgtheater explodiert!"*, dann wäre es heute nicht mehr da. Wir können froh sein, dass auch Bernhard Grenzen kannte, die Peymann, der gut abgerichtete Regiehund, nicht kennt. Peymann hätte seinen Lebensdramaturgen Hermann Beil holen lassen: „Holt Beil! Beil soll kommen. Ich brauche Beil.", und zu ihm gesagt: „Beil, da steht, dass das Burgtheater explodiert. Ich bin ratlos. Was heißt das?" Und Beil hätte nüchtern gesagt: „Ja, das Burgtheater explodiert halt. Das steht ja da.“ „Ach so, ach so“, hätte Peymann geantwortet: „Ja, ja, ja, ja, ja, ja, ja, ja, ja, ja, ja, ja, ja, das hat was! Ich bin verblüfft“, und schon wäre das Theatersprengkommando angerückt und hätte das Haus in die Luft gejagt.

Auch wenn ich Peymanns Gehabe zu Beginn nicht ertragen konnte, habe ich den verbissenen Theaterwahn in seinen Augen gesehen, den das Burgtheater so dringend wieder braucht. Hubert, du hättest dich an Peymann halten sollen. Ich hätte alles dafür getan, dass Peymann deine Stücke inszeniert. Du, Hubert, wärst das fehlende Puzzlestück zwischen der Sprachkunst Handkes und der Suaden Bernhards gewesen und hättest den Olymp bestiegen. Seine Schauspieler verehrt Peymann, aber mit seinen Dichtern geht er ins Bett. Er ist so ein richtiger Dichtersgatte, Hubert, ohne ihn hätten Bernhard und Handke nicht einmal ein Drittel der Stücke geschrieben. Peymann hätte ein jedes Wort von dir zerpflückt und einen in allen Farben leuchtenden Kunststrauß gestaltet. Peymann hätte die Leute so lange mit deiner Sprache erregt, bis sie gar nicht anders gekonnt hätten, als deine Worte als Poesie zu begreifen. Er hätte dich zu einem wahren Dichter gemacht, Hubert, und in seine Truppe aufgenommen. Da bin ich mir ganz sicher.

Irgendwann hatte Peymann sein Ensemble gefunden und mit dem immer gleichen Personal seine Weltkomödie gespielt. Und noch heute steht er auf der Bühne und sagt die schärfsten Sätze, die selbst ich mir nur denke. Peymann hat Österreich durchschaut und er soll es ja nicht wagen, um Einlass in meinen Parnass zu bitten, Hubert. Ich hoffe, dass Peymann ewig lebt und als Rumpelstilzchen auf den irdischen Bühnen wütet.

Österreich hat Peymann verdient und du weißt, wie ich das meine! Als ich den kommenden Spielplan las, Hubert, habe ich nur den Kopf geschüttelt und hörte die Worte Peymanns schon: „Fängt das schon wieder an!" Kinder und Narren, Hubert, reden die Wahrheit, und Peymann ist beides immer geblieben.

Ich habe in meinem Leben noch keinen Menschen wie Peymann erlebt, der es so konsequent verweigert, sich weiterzuentwickeln. Als Peymann ans Burgtheater kam, hat er es als Museum bezeichnet, und heute ist er selbst nur noch ein Leierkasten für Theateranekdoten. Eine „Traditionstrutzburg" nannte Beil das Burgtheater und jetzt sehnen sie sich nach diesen Zeiten zurück, wo mit dem Theater, gerade durch diese Tradition, noch etwas zu ändern war. Sie haben nach und nach den Mythos meines Burgtheaters vernichtet, und das hat natürlich weit vor Peymann begonnen.

Hubert, du weißt, ich hatte mich vehement gegen die Aufhebung des Vorhangverbots ausgesprochen. Als die Schauspieler damals mit dem Ende des Stückes entschwunden sind, war das reine Magie für mich. Es war so, als würden sie die Rolle wirklich sein, Hubert, als wäre das alles wirklich vor unseren Augen geschehen. Heute müssen die Burgschauspieler zum Bedanken auf die Bühne, sich vorm Publikum verbeugen und mit dieser Beklatscherei wird jegliche Illusion zerstört. Welch Untergang, Hubert! Ein Burgschauspieler hat sich nicht zu bedanken. Ein Burgschauspieler muss mit seiner Rolle aus der Welt verschwinden, aber heute existieren nur noch diese grinsenden Seitenblickeschauspieler, wie es scheint, die sich über alle Belange der Welt äußern müssen. Ein Burgschauspieler hat in meinen Augen das Maul zu halten, Hubert, dann hat er sich den Titel auch verdient. Burgschauspieler sind Teil eines größeren Mythos. Sie müssen ihr Leben für die Kunst geben und dürfen fern der Bühne nicht existieren. Punkt! Mit diesem Mythos bin ich aufgewachsen, in diesem Mythos habe ich Wurzeln geschlagen und ich lasse mir diesen Mythos nicht austreiben, Hubert, egal wie sehr sie es auch versuchen. Deine Heimat ist die Bauernerde, Hubert, und meine ist das Burgtheater, aus dem sie mich nach und nach mit ihrer Stumpfsinnigkeit herausreißen wollten. Aber ich wehre mich, Hubert. Ich wehre mich und kämpfe wie eine Löwin dagegen an.

Hubert, so viel Arbeit habe ich in dich gesteckt und so gehst du jetzt, stirbst mir einfach weg und natürlich zum ungünstigsten Zeitpunkt. Wir haben gerade das ideale Alter erreicht! Hubert, du hättest jetzt das Weltstück schreiben können, wie ich denke, das alles niederbrennt, in einer Zeit, die geradezu gemacht ist für einen Großbrand der Kunst. Überleg dir, welche Komödien, welche großen Werke das geworden wären! Du wärst wieder zum Feuer deiner Jugend zurückgekommen, mit all dem Geist, den ich dir über die Jahre geschärft habe. Ausbrennen, Hubert! Das Burgtheater muss wieder ausbrennen. Das Fundament ist stark genug, dass es dabei nicht ganz zerstört wird.

Aber vielleicht war es auch besser so, Hubert. Besser so, als Peymann hätte dich zu einem Bernhard oder einem Bernhardverschnitt gemacht. Stell dir das einmal vor! Stell dir vor, du wärst genauso von schwärmerischen Direktorengattinnen umzingelt worden, die sich in deiner Nähe hochkünstlerisch gefühlt hätten, während du sie mit verachtenden Blicken gestraft hättest. Du hättest es dir zum Sport gemacht, die Horde anerkennungswütiger Schwärmerinnen, die sich von ihren Männern vernachlässigt oder nicht verstanden fühlen, an der Nase herumzuführen, nur weil du ihre Männer verachtet hast. Die Altnazis, wie du geschrieben hast, die nach dem Krieg plötzlich in die besten Positionen gehoben wurden und es sogar bis zum Bundespräsidenten schafften. Die Gattin des Bundespräsidenten wäre ja dein liebstes Opfer gewesen, nicht, Hubert? Oder doch die Gattin des Nationalratspräsidenten? Stell dir vor, was du da geschrieben hättest, welche Stücke und welche Verachtung da dringesteckt hätte.

Ich kenne diese Art von Frauen, Hubert, die sitzen alle mit uns im Burgtheater. Du hättest es nicht lange mit ihnen ausgehalten. Und wenn du dann gestorben wärst, hätten sie Bücher herausgebracht mit privaten Fotos von dir und dazu geschrieben: „Er war ja ganz anders, als er sich gab. Diese böse Schimpferei in seinen Büchern hat er eigentlich nicht so gemeint. Er war ja so ein lieber, ein so verletzlicher Mensch, der das Schreiben als Schutzschild, als Abwehr braucht, aber tief drinnen, ich habe es gefühlt, war er ein ganz ein warmherziger, ein ganz ein Lieber und Braver, eine Seele von Mensch!"

Ich bin keine Schwärmerin, das weißt du, Hubert. Ich habe nie geschwärmt, nur bewundert, wenn etwas wirklich großartig, und scharf kritisiert, wenn etwas einfach schlecht war. Nicht einmal für das Burgtheater habe ich geschwärmt, weil es dann für mich zerstört gewesen wäre. Ich hätte jeglichen objektiven Blick verloren und das wäre das Schlimmste für mein Burgtheater gewesen. Du, Hubert, hast dich in gehaltlose Polemik gestürzt, wenn du das Burgtheater kritisieren wolltest, aber ich habe in den allerklarsten Worten wahre, fundamentale Kritik geübt. Ohne einen neutralen Blick zu bewahren, hätte ich das Burgtheater nie retten können, Hubert.

„Denn jeder tötet, was er liebt", heißt es bei Oscar Wilde, „doch nicht jeder stirbt nachher". Im Gegensatz zu dir, Hubert, wird das Burgtheater ewig leben.

Seit meiner frühsten Kindheit schreibe ich Briefe an die Burgschauspieler, die ich ihnen natürlich nie gab. Es sind die schönsten Briefe, voller Verliebtheit und reiner Verehrung. Ich bin froh, dass ich sie nicht abschickte und ich die Distanz wahren konnte. Die Burgschauspieler waren in all den Jahren meine einzigen Gesprächspartner. Ich schrieb ihnen, und mit dem Schreiben kamen sie mir näher. Im Schreiben, dachte ich, mit ihnen zu reden und sie antworteten in ihren Rollen von der Bühne herab. Ihre Figuren sprachen zu mir, als hätten sie meine Worte gelesen. Gibt man sich dem unendlichen Kosmos der Sprache hin, dann verbindet sich alles und wird zum Teil eines ständigen Dialogs.

Meine Theorien übers Theater, die Literatur, die Poesie sind aus mir selbst erwachsen, Hubert, obwohl ich als junge Frau, als theaterbegeisterte junge Dame dachte, die Theater-, die Geisteswissenschaft kann mir all meine Antworten geben. Ich habe nach den ersten Vorlesungen gleich abbrechen müssen und habe die Universität nie wieder betreten. So ein Geistesunrat, alles das Theater Betreffende, ist nicht auszuhalten, Hubert. Das ist völlig gegen jeden Theaterverstand und hätte mir das Theater zerstört. Die Theorie hätte mir das Theater vernichtet, wenn ich mich vollkommen dem Studium ausgesetzt hätte.

Hubert, du weißt, ich habe einen Großteil meiner Kindheit in der Universität, in dem ehrwürdigen Gebäude der Hauptuniversität verbracht und habe gelernt, diese Institution zu verachten. Vor allem, als ich sah, was sie nach dem Krieg mit meinem Vater gemacht haben, wie einfach sie ihm seine Professur wegnahmen, obwohl er eine Ausnahmeerscheinung auf seinem Gebiet war.

Als Kind schlich ich von Vorlesung zu Vorlesung, war fasziniert von der Magie des Ortes, aber als ich mit den Jahren die Worte zu verstehen begann, verschwand das Magische und ich sah nur noch den Stumpfsinn aus den Wänden fließen. Die dauergestotterten Vorträge und Referate an der Universität sind nicht zu ertragen. Das Geistige scheitert an seiner unzureichenden Präsentation, und wenn es dann noch Themen des Theaters sind, wird es nur noch lächerlich, was sie dort veranstalten.

Es ist furchtbar, wie sie heute alles vermengen, und daran ist gerade die sogenannte Wissenschaft schuld, weil Theater plötzlich alles ist: Wir selbst spielen Theater und wir selbst inszenieren uns, so wie wir sind, also uns anziehen, reden etc. Da werde ich schon wahnsinnig, nur wenn ich mit dem Gedanken beginne, den brauche ich gar nicht weiter ausführen. Und wo kommen wir dann hin, Hubert? Hieher, auf so eine internationale Biennale der Kunst, wo sich jedes Land bemüßigt fühlt, irgendeine Performance aufzuführen. Hubert, die führen sich alle auf, das ist unglaublich.

Zum Glück hast du die Universität nie von innen gesehen. Es hätte dir deine Naivität dem Theater, der Literatur, der ganzen Kunst gegenüber genommen. Hubert, ich habe dich von der Universität ferngehalten und du solltest mir dankbar sein. Es ist an der Universität nicht auszuhalten, vor allem, wenn man mit so einer Kunstfertigkeit aufwächst wie ich, eine wirkliche Burgtheaterkindheit hatte, wo ich alles Überlebenswichtige gelernt habe. Nicht in der Schule, Hubert, schon gar nicht an der Universität, im Theater lernt man fürs Leben. Zumindest war das damals so.

Mein Vater hat mich als kleines Mädchen zum ersten Mal ins Burgtheater mitgenommen. Er ist mit mir die Feststiegen hinaufgegangen und hat mir ein Universum erschlossen. Du kannst dir nicht vorstellen, mit welchen Augen ich in das Burgtheater hineinging. Der Prunk, die Größe, ich liebte es vom ersten Moment an, und kann mich, mit zunehmendem Alter, an jedes Bild, an jeden Geruch, jeden Augenblick der ersten Begegnung besser und besser erinnern. Ich fühlte mich wie eine Prinzessin auf dem roten Teppich und stolperte fast, als mich die magische Deckenmalerei in ihren Bann zog. Hubert, wie viele Stunden meines Lebens habe ich wohl alleine mit diesem Blick nach oben verbracht und mich verführen lassen. Für mich sind das die bedeutendsten Werke Klimts und nicht seine verkitschten Goldbilder.

Wir gingen an den Logen vorbei, immer höher und höher, Stock für Stock hinauf. Die Stufen wollten nicht enden. Hubert, wie oft habe ich mich im Burgtheater verlaufen und jedes Mal mit Genuss. All die Gänge, die Porträts, die Büsten von den Schauspielern und der Blick auf den Rathausplatz. Wie ein Labyrinth des Geistes ist das Haus, der Ausgang war nie gewiss. Mein Vater hatte ein Abonnement in der ersten Reihe Parkett Mitte, aber mein erster Blick auf die Burgtheaterbühne sollte ein erhabener sein, und so führte er mich ganz hinauf zur Galerie, zu den Stehplätzen, vorbei an den Studenten und Schauspielschülern, die sehnsuchtsvoll in die Tiefe blickten und darauf hofften, irgendwann selbst dort unten auf den Brettern zu stehen. Hubert, mein Vater führte mich zum höchsten Punkt des Burgtheaters und ich sah auf die Bühne hinab. Ich war ergriffen! Du kannst dir nicht vorstellen, welcher Blick das ist, welche Größe, wenn man mit den Augen des Kindes vom Olymp hinuntersieht.

Die Menschen nahmen langsam ihre Plätze ein und es wurde dunkel. Dieser Geist, diese Atmosphäre, Hubert! Die Geräusche legten sich in eine atmende Stille. Ein schwaches Licht ging auf der Bühne an, ein Lichtkegel erleuchtete den Auftritt des Schauspielers und dann die Stimme, Hubert, nur dieser Klang, den ich von dort oben hörte. Es war magisch. Mein Vater hat mich in die Welt des Burgtheaters eintauchen lassen und ich bin seither dem Haus verfallen. Einmal den Zauber verspürt, die Poesie, Magie des Burgtheaters und es war um mich geschehen. Mein Vater hatte mich zum richtigen Zeitpunkt in diese Welt eingeführt und mich nicht gezwungen. Er hat mir den Mythos Burgtheater eingehaucht und in mir eine unstillbare Neugier geweckt. Noch heute gehe ich mit den Augen eines Kindes ins Burgtheater und dafür bin ich meinem Vater auf ewig dankbar. Hubert, ich durfte bereits als Kind von der Hochkultur kosten, während dich dein Vater im selben Alter zu deinem ersten Dorffest mitgenommen hat und dich einen großen Schluck von seinem Bier trinken ließ.

Meine Kammerdienerin, Hubert, hat mir die andere Seite des Theaters gezeigt. Sie hat mir die schönsten

Kostüme geschneidert, mir die elegantesten Frisuren geflochten und gesteckt. Ich war ein Kind, als sie zu uns kam, und sie hat mich zur Frau gemacht. Sie hat mir alles beigebracht und hatte eine Stimme wie ein Engel, in die ich mich an jedem Abend verloren, und wie ich sie nie wieder gehört habe. Täglich las sie mir mit ihrem leicht jiddischen Akzent aus ihren Lieblingsstücken vor und es ging ein Licht in mir auf. In die Finsternis hinein, durch die erdrückende Vereinnahmung meines Vaters und den Stumpfsinn meiner Mutter, entfachte sie ein Feuer in mir. Mein ganzer Körper vibrierte, wenn ich sie sah. Wenn sie las, bekam ich eine Gänsehaut. Kurz bevor ich einschlief, legte sie mir mit einem Sonett von Shakespeare den Weg in meine Träume. Hubert, es war unglaublich, ich habe so etwas vorher und nachher nie wieder gespürt. So ein Gefühl von Geborgenheit in ihrer Stimme. Sie nahm meinen ganzen Körper gefangen. Ich liebte sie, wie ich vielleicht sonst keinen Menschen mehr geliebt habe. So eine zarte Haut, der unschuldige Geruch, das verborgene Lächeln. Ich war zu jung, um es zu begreifen. Hubert, sie war die reinste Form von Theater für mich und noch heute glaube ich, wenn ich eine zarte Stimme im Burgtheater höre, sie steht auf der Bühne vor mir und lächelt mich an.

Mein Vater musste sie gehen lassen. So war die Zeit, Hubert, du weißt es doch. Er konnte nicht anders. Ich habe sie nie wieder gesehen, aber stets bei mir, in meinem Herzen getragen, in den einsamsten Stunden.

Wäre der Erste Weltkrieg anders ausgegangen, stell dir vor, Hubert, was das für meine Burgtheaterbesuche bedeutet hätte. Meine Mutter war eine Landadelige, aber mit dem Untergang der Monarchie wurde sie zur einfachen Hinterwäldlerin, die nichts gelernt hatte, außer der Repräsentation ihres Standes, den es nicht mehr gab. Ihre ganze Fassade war gefallen und sie wusste mit ihrem Leben nichts mehr anzufangen. Ich sah zeit ihres Lebens nur den letzten Abglanz dieses Adels, der sich darin ausdrückte, dass sie ständig mit mir in der dritten Person gesprochen hat: „Geht Sie ins Burgtheater, aber Ihr ist das zuwider."

Meine Mutter hatte nicht das geringste Interesse am Theater, Hubert, nicht einmal für die Grundzüge des Theaters hat sie sich interessiert. Sie ist hingegangen, ja, aber nur zur Erfüllung der gesellschaftlichen Pflicht. Es war unmöglich, mit ihr ein Gespräch zu führen, ihr überhaupt etwas zu erzählen. In ihrem Gesicht hat sich nicht einmal ein Funken Verständnis eingeschlichen, wenn über das Theater geredet wurde, und so hat mein Vater, seit meiner frühsten Kindheit, in seinem ständigen Monolog auf mich eingeredet.

Ich habe die Gene meines Vaters und auch seine Unerbittlichkeit allem Emotionalen gegenüber. Meine Mutter war eine äußerst sensible Frau. In ihrem pathetischen Gehabe merkte man eine weit zurückreichende Ostabstammung, wobei mein Vater die reine Seele der Rationalität war. Meine Mutter übertrieb alles und dachte jeden Tag, sie müsse sterben. Ständig hat sie über ihren Tod geredet und alle paar Wochen mussten wir nach der Kirche zu unserer Familiengruft gehen, wo sie sich – einen Schwächeanfall simulierend – auf den Grabdeckel legte und schrie, dass sie jetzt und jetzt sterben werde.

In den wenigen Jahren, die du meine Mutter kanntest, Hubert, hast du sie vergöttert. Du hast einen Beschützerinstinkt entwickelt, den du gegenüber anderen Frauen in deinem Leben nie gebraucht hast, – schon gar nicht bei mir. Trotz ihrer übertriebenen Gesten hast du meine Mutter geliebt. Sie war die einzige Person, die dich berühren konnte, ohne dass du sofort zurückgeschreckt bist. In ihr entdecktest du eine Wärme, die du, in der durch ständige Unterdrückung erzeugten Kälte deiner Familie, niemals spürtest und auch in mir nicht fandst.

Wenn wir alle beim Esstisch saßen, hast du meinen Vater mit deinen Blicken getötet, Hubert, und dich gefragt, wie meine Mutter es nur neben so einem Tyrannen aushalten kann. In meinem Vater fandst du ein Feindbild, das dich dein ganzes Leben lang trug.

Aber mein Vater hatte wenigstens eine Überzeugung, Hubert! Woran hast du jemals geglaubt? Mein Vater war der führende Autor für die rassenkundlichen Untersuchungen im Naturhistorischen Museum. Wie konnte er nicht davon überzeugt sein, wenn es seine Wissenschaft war? Man muss an etwas glauben, von etwas besessen sein, um wirklich etwas zu erreichen. Aber du, Hubert, hast dich nie so weit rausgewagt in deinen Überzeugungen und Meinungen. Du hast dich lieber auf deinen Friedhöfen und hinter deinen Notizen versteckt. Hast ausgeschrien, wo niemand dich hören konnte. Du hast nie einen Standpunkt eingenommen, Hubert, und ihn bis aufs Blut verteidigt. Mein Vater hat alles aus Überzeugung getan! Wie viele können das heute noch von sich behaupten? Hubert, du sicher nicht.

Mein Vater wollte, dass ich alles sehe, und so hat er mich bereits als junge Dame ins Kriegsgefangenenlager mitgenommen, wo er seine Untersuchungen und Messungen an den Häftlingen aus aller Welt durchführte. Keine dreißig Minuten mit dem Zug sind wir von Wien aus in den Osten gefahren und dort in einem völlig zivilisierten Lager angekommen, wo du nicht einmal drei Kilometer entfernt davon aufgewachsen bist. Es entsprach so gar nicht den Bildern, die nach dem Krieg in die Welt gesandt wurden, obwohl es eines der größten Lager der gesamten Ostmark war.

Meine Zeit im Lager war wie ein absurdes Schauspiel. Einige Soldaten begleiteten mich und zeigten mir alles, während mein Vater seine Messungen und Untersuchungen zur Rasse machte: Gipsmasken, Haar- und Schuppenproben, Abmessungen die Physiognomie betreffend. Mein Vater hat nichts Verwerfliches gemacht. Er hat rein die Daten genommen und nicht ihre Würde, wie du ihm das immer vorgeworfen hast. Im weißen Sonntagskleid ging ich von Baracke zu Baracke und sah Menschen in allen Farben. Sie spielten Musik, zeichneten und diskutierten laut, in so vielen unterschiedlichen Sprachen, die ich alle nicht verstand. Es hörte sich für mich wie Poesie an. Eine surreale Welt, so völlig fern von allem, was ich bisher gesehen hatte. Selbst ein Theater war in dem Lager. Sie haben gespielt, als wäre der Krieg eine große Komödie. Es war ein Biotop der Kulturen, kein Gefängnis. Hier war nicht der Tod zu Hause, hier war das pure Leben. Aber selbst du, Hubert, der das sehen hätte können, wolltest nie die Unterschiede erkennen. Du bist lieber den Bildern in den Dokumentationen gefolgt, als denen, die du selbst sahst. Bist in dieselbe Bilderfalle wie alle anderen geraten und hast daraus deine Meinung gebildet, die du nie überprüfen wolltest, Hubert.

Manche Gefangenen wollten gar nicht mehr nach Hause, du weißt es doch besser als ich. Viele arbeiteten als Knechte bei den Bauern in deiner Ortschaft und waren hier freier als in ihrer eigenen Heimat. Das ist die Wahrheit, Hubert. Du hast es selbst erlebt. Die Franzosen haben sich in deinem Dorf wie Gott in Frankreich gefühlt. Keine Männer da und sie hatten das Sagen. Man hat sie gebraucht! Männer, die gebraucht werden, Hubert, so ein Gefühl kennst du gar nicht. Selbst auf eurem Hof fuhren die Franzosen mit dem Fuhrwerk und du hast mit ihnen gesungen und gelacht. Es kann also nicht alles so grausam und unmenschlich gewesen sein, wie du das gerne sehen wolltest.

Welch Glück für die Studie meines Vaters, dass im unmittelbaren Umkreis so viel Untersuchungsmaterial zu finden war. 1941, vor den Toren von Wien ein Lager mit fast 50.000 Kriegsgefangenen aus der ganzen Welt. Es wäre fahrlässig von meinem Vater gewesen, wenn er diese Chance nicht für seine rassenkundlichen Untersuchungen genützt hätte. Er musste sich etablieren im Naturhistorischen Museum, hatte sich zu beweisen, als junger Forscher, und mit den Messungen konnte er einen unglaublichen Sprung auf seinem Gebiet und in seiner Karriere machen. Nie wieder hätte er so eine konzentrierte Untersuchung durchführen können. Im zivilen Leben fehlte völlig die Ordnung für derartige Aufnahmen und Messungen. Du weißt das, Hubert. Es ging nur um die Datensammlung, um „die möglichst umfassende Erfassung der rassischen Zusammensetzung des großen Kriegsmaterials“, wie er schrieb und auch dir immer wieder sagte. Es wäre wissenschaftlich nicht tragbar gewesen, wenn er sich das entgehen hätte lassen. Eine so große Anzahl an Nationalitäten, in so einer Vielfalt, war vorher und nachher nie wieder an einem Ort versammelt. Angehörige von fast allen Kolonien. Sie waren so oder so eingesperrt im Lager und haben auf das Ende des Krieges gewartet, also haben sie sich auch der Forschung aussetzen, also die paar Fotos und Abmessungen über sich ergehen lassen können, nicht? Es war rein wissenschaftlich, aber du hast es stets angeklagt. Hubert, du hast die Aufnahmen mit deinen eigenen Augen gesehen. Mein Vater hat alles filmen lassen, damit ja keine Zweifel über die Seriosität seiner Untersuchungen aufkommen, und da konntest du sehen, dass sie nichts Verwerfliches gemacht haben.

Sie konnten meinen Vater mit nichts belasten, außer einer Parteimitgliedschaft, und trotzdem musste er den größten Preis bezahlen. Er wurde zum Bauernopfer einer furchtbaren Nachkriegspolitik und musste sich später als Gerichtssachverständiger für männliche Erbbiologie verdingen. Mein Vater musste bis an sein Lebensende Vaterschaftstests durchführen, Hubert, wie erniedrigend ist das. Mit seinen Messungen zur Rasse hat er dem Naturhistorischen Museum einen wirklichen Schatz ins Haus geholt und so hat es ihm Österreich gedankt. Abscheulich! Mein Vater wurde für seine Forschung bestraft, die sein Leben war.

Wäre der Krieg anders ausgegangen, dann hätte mein Vater seine Untersuchungen zu einem Ende bringen und Frieden finden können, selbst wenn sich seine Theorie als Narrheit entpuppt hätte. Mein Vater hat seine Forschung nie abgeschlossen und mir jeden Tag davon erzählt. Tag für Tag musste ich mir seinen Rassenmonolog anhören, den ich lebenslang nicht aus meinem Kopf bekommen habe.

Auch dir, Hubert, hat mein Vater Stunden über Stunden seine Rassentheorien ausgebreitet. Du hast kein Wort gesagt, während deine Miene immer finsterer wurde. Ich dachte manchmal, jetzt ist es soweit, jetzt erschlägst du meinen Vater und ich habe einen Gatten in Stein. Ich hätte nie wieder ins Burgtheater gehen können, wenn du meinen Vater erschlagen hättest, Hubert. Was hätten die Leute gesagt?

Dein ganzer Hass auf die Nazis und die Zeit hat sich für dich in meinem Vater gebündelt. Mein Vater hat keine Menschen umgebracht und trotzdem hast du ihn angesehen, als wäre er ein Massenmörder gewesen. Du hast mich dafür bestraft und mich gezwungen, in jedes Lager zu fahren. Österreich ist mir bald wie ein einziges Konzentrationslager erschienen. Als habe man das Denken gegen das Gedenken eingetauscht, so ist es mir in dieser Zeit oft vorgekommen. Überall wuchsen die Gedenkstätten des nationalsozialistischen Terrors heraus und wir mussten alles sehen, Hubert, selbst und gerade die Lager, die nicht mehr zu sehen waren, und auf deren Boden heute Familienhäuser und Spielplätze stehen. Wie oft wollten sie dich von ihren Gartenzäunen verscheuchen, die Polizei rufen, weil du stundenlang in ihre Häuser starrtest, und ich musste dann sagen: „Er schaut sich nur das Konzentrationslager an." Selbst unsere Hochzeitsreise mussten wir über Mauthausen machen, Hubert. Furchtbar!

Als ich mit meinem Vater zum ersten Mal im Kriegsgefangenenlager war, sah ich einen Jungen, der von draußen durch den Stacheldraht blickte. Die Augen des Jungen blieben mir all die Jahre in Erinnerung. Die glänzenden braunen Augen, die durch den Stacheldraht blickten und alles mit einer unglaublichen Beobachtungsgabe aufnahmen, als würden die Augen eines Blinden zum ersten Mal mit Licht erhellt. Er hat sich nicht gerührt, Hubert, keinen Zentimeter, und hat nur die fremden Menschen beobachtet. Was sie zu ihm sagten, konnte er nicht verstehen und er stand stoisch da, während ich wiederum nur ihn sah, wie er alles aufsaugte, als würde ich durch seine Augen die Dinge wahrnehmen.

Es war ein Junge vom benachbarten Dorf, wie sie mir sagten, und bis heute glaube ich, nein, ich weiß, Hubert, du warst es. Ich war damals zarte sechzehn Jahre alt und du gerade einmal neun, aber diese Augen, Hubert, habe ich nie vergessen. Die Augen, sie blieben mir in Erinnerung und ich sah sie wieder, als du beim Feuerwehrfest, an deinen Freunden, an dem Käfig voller Stumpfsinnigkeit vorbei, in meine Richtung geblickt hast. Hubert, ich sah deine Augen beim Feuerwehrfest wieder. Nein, es kann kein Zufall sein!

Schau, Hubert, solange ich rede, wissen die Leute gar nicht, dass du stirbst und denken, du atmest einfach schwer. Niemand hört dein leises Röcheln.

Nichts ändert sich an dir, Hubert. Du hast dein Leben lang geschwiegen. Manchmal habe ich mich gefragt, wie du überhaupt das „Ja“ am Standesamt herausbekommen hast, Hubert, so geschwiegen hast du.

In den ersten Jahren, nachdem ich dich gerettet hatte, konzentrierte ich mich nur noch auf dich, Hubert, und habe dir alles ermöglicht. Wir sind durch die Welt gereist. Ich habe dir Europa, all die Kulturen nähergebracht, von denen du zwar gehört hattest, aber sie dir kein Begriff waren. Griechenland, Hubert! Unsere erste Reise führte natürlich nach Athen und ich habe dich auf die Akropolis gestellt und gesagt: „Hubert, da beginnt und endet alles." Von Griechenland aus habe ich dich durch den Geist der westlichen Welt geführt. Sokrates wäre für dich bis heute ein griechisches Lokal, wenn ich nicht gewesen wäre. Ich habe dich in wenigen Jahren von einem ungebildeten Einsiedler zu einem Kosmopoliten gemacht.

Es war eine große Zeit für uns, Hubert, so voller Erwartungen und Hoffnungen. Du hast alles mit den Augen eines Kindes gesehen und es war ein große Freude für mich, dir dabei zuzusehen. Wunderbare Jahre waren es, Hubert, in denen ich wieder Träume hatte und die größten Pläne schmiedete. Ich hatte den Plan zur Eroberung des Burgtheaters bereits detailliert im Kopf, und wir waren so nah an der Erfüllung.

Hubert, du musstest natürlich sofort mit deiner ersten Veröffentlichung in den Rang eines Dichters aufsteigen. Man sollte gar nicht in Versuchung kommen, dich Autor, gar Schriftsteller zu nennen. Ich habe solche Bezeichnungen stets verweigert. Jeden hätte ich verklagt, der es gewagt hätte, dich als Autor, als Schriftsteller oder noch schlimmer, in ihrer heutigen Unterwürfigkeit, nur als Schreiberling zu bezeichnen. Du solltest kein Handwerker der Kunst sein, Hubert, schon gar kein Interpret der Volksmeinungen, sondern ein schöpferischer Mensch, also folgerichtig Dichter. Andere Bezeichnungen für dich habe ich kategorisch ausgeschlossen und deshalb habe ich jede Veröffentlichung verweigert, die nicht dem Rang eines Dichters entsprochen hat. Stell dir vor, wir hätten deine ersten Ergüsse gleich von einem Kleinverlag drucken lassen, Hubert. Ich bin mir sicher, sie hätten sogar deine Fragmente unter dem Titel „Notizen" oder „Skizzen" veröffentlicht. Es wäre sicherlich kein Problem gewesen, wenn ich mich dafür eingesetzt hätte, aber ich konnte es nicht zulassen. Die Autoren heute geben sich zufrieden, überhaupt irgendwo verlegt zu werden, egal bei welchem Verlag, Hauptsache verlegt, ohne dabei auf ihr Werk zu schauen.

In der ersten Zeit wäre alles möglich gewesen, aber ich habe dich von einer zu frühen Publikation abgehalten, die nicht deinem Rang entsprochen hätte. Entweder Dichter und gleich einer der größten Dichter oder Nichts, Hubert. Ich habe es dir von Anfang an gesagt. Schon als du mir deine Gedichte gezeigt hattest, sagte ich: „Entweder Dichter oder Nichts." Ich habe mich nur mit einem Dichter zufriedengegeben. Den großen Dichter, den ich in dir erkannte, Hubert. Stell dir vor, du wärst nur ein Autor geworden, der alles von sich drucken hätte lassen, selbst in den Zeitungen, die morgen nur noch zum Anheizen und zum Auslegen des Vogelkäfigs verwendet werden. Ich habe dich davor bewahrt, Hubert, damit du nicht, wie alle anderen, in dem Autorensumpf versinkst.

Autorsgattin, Hubert. Stell dir vor, du hättest mich zur Autorsgattin gemacht. Die Hälfte der Bevölkerung glaubt heute noch, der Autor hat was mit Automobilen zu tun, und die andere Hälfte denkt, sie seien selbst

Autoren, weil sie vielleicht einmal einen schönen Satz formuliert und den dann zu einem Buch erweitert haben.

Oder Schriftstellersgattin, Hubert. Furchtbar bitte, da glaubt jeder, mein Gatte stellt Bücher her, anstatt sie selbst zu schreiben. Oder noch viel schlimmer, sie hätten geglaubt, mein Gatte ist ein Schrift*stehler,* wenn sie mich als Schrift*stehlers*gattin bezeichnet hätten, der die Schrift eines anderen stiehlt.

Zum Glück sind wir nicht in deinem Dorf geblieben, ansonsten hättest du mich noch zur Bürgermeistersgattin gemacht. Unerträglich das Flüstern auf den Dorffesten: „Ah, da kommt die Frau Bürgermeister." Mit dem Titel wird man nicht einmal bei der Kassa im Supermarkt vorgelassen. Aber als „Frau Burgschauspieler" oder als „Burgtheaterdichtersgattin", das ist was, da ist man wer in Wien und in ganz Österreich.

Titel, Hubert, ich habe es dir immer und immer wieder gesagt, den richtigen Titel in Österreich zu haben ist das Wichtigste überhaupt. Und überleg dir, wie sich das auf dem Grabstein macht. Mit dem richtigen Titel unterm Namen bleibt die Grabstätte sicher um zehn Jahre länger am Friedhof erhalten. Das waren deine Worte, Hubert. Ein eingravierter Titel am Grabstein erweitert die Standzeit um Jahre, hast du notiert, und da überlegt man sich zwei Mal, ob man so einen Stein einfach abträgt, wenn da eingraviert steht: „Burgtheaterdichtersgattin". Ein Stück von dir, Hubert, und der Titel wäre mir sicher gewesen. Ein Stück nur!

Ich könnte manchmal echt weinen, Hubert, wenn ich heute ein Buch oder eine Zeitung aufschlage und mir so widerliche Autoren über die ganze Seite entgegengrinsen, die damit ihren Text ins Nichts nivellieren, noch bevor ich eine Zeile von ihnen gelesen habe. Sie geben sich brav – wie sie sind – einer Tradition hin, bedienen ein Genre, anstatt es für sich selbst zu definieren. Schön im Rahmen bleiben, dann kann man schön von der Seite grinsen. Und in ihren Romanen oder Stücken schreiben sie womöglich einen bösen Satz, so wie: „Das ist aber eine hässliche Stadt." Oder, noch viel böser: „Das ist aber eine furchtbar hässliche Stadt und alle Menschen, die in der Stadt leben, sind dumm und blöd und hässlich dazu." Und wenn die Autoren ganz mutig und rebellisch erscheinen wollen, dann schreiben sie noch: „Und da wohnen auch noch immer lauter Nazis. Es wohnen heute mehr Nazis in Graz, St. Pölten, Linz und Salzburg als damals, und Wien ist so oder so eine Nazihofburg, was man spätestens bei der nächsten Wahl wieder sehen wird." Und schon stürzen sich die Medien darauf und schreiben dann: „Oh, oh, Vorsicht, das ist aber ein sehr kritischer Autor. Das ist so ein richtiger Nestbeschmutzer. Oh, oh." Was die Autoren natürlich dann vehement bestreiten und sagen: „Das sagt die Figur, nicht ich. Die Figur ist das und die Figur ist Kunst und das ist meine künstlerische Freiheit. In der Kunst ist alles erlaubt! Wo kommen wir denn da hin, wenn es keine Freiheit der Kunst, meiner Figur mehr gibt? So eine Figur braucht auch seine Freiheit, nämlich die Narrenfreiheit." Man setzt heute einen sogenannten Darmwind, um es im Beamtendeutsch zu sagen, oder Schaas, wie du das ausdrückst, Hubert, in die falsche Windrichtung und schon sagen sie, man hat die Heimat beschmutzt.

Die von den Magazinseiten grinsenden Autoren habe ich nie ausgehalten. Diese Systemerhaltergrinsekatzen der Literaturwirtschaft haben nichts Natürliches oder auch nur Ehrliches an sich. Nicht einmal eine natürliche Abneigung oder einen ehrlichen Hass haben die heutigen Autoren, und so wirkt für mich ein jedes Wort aus ihrem Mund oder ihren Schriften als geheuchelter Aussagezwang. Überall müssen sie ihren Senf dazugeben und machen alles ungenießbar.

Das Geheimnis, der Mythos eines Dichters geht durch diese widerwärtigen Autoren völlig verloren. Jeden unverdauten Dreck müssen sie heute publizieren und legen auch noch den künstlerischen Prozess ihres Schreibens offen. Die heutigen Autoren kommen nicht einmal in die Gefahr einer Dichtung, wenn sie sich völlig entlarven. Das Geheimnis, Hubert, das Geheimnis macht die Poesie.

Schon der literarische Nachwuchs, will er Eingang in das System finden, muss seine Texte – und gleich dazu sich selbst – auf jeder Bühne entblößen, wodurch jegliches Dichterpotential in ihnen bereits im Keim erstickt wird. Statt Dichtung, Poesie, Hubert, lese ich überall nur noch Befindlichkeiten. Es gibt heute viel zu viel von der abscheulichen Befindlichkeitsliteratur. Ich befinde, also bin ich. Sie glauben, sie müssen jede noch so kleine Erregung in ihnen bis zum Äußersten beschreiben, um ja authentisch zu sein, und schreiben über hunderte von Seiten, wie es ihnen geht, mit welch besonderen Augen sie die Welt sehen, wie arm sie nicht sind, an dem Leben erkrankt zu sein und gar nicht wissen, welche Identität sie jetzt haben. Sie beschreiben ihren Kampf mit dem Leben bis aufs letzte eitrige Pubertätswimmerl und machen sich zu Charakteren in einer Welt, die sie nicht beherrschen. Sie versuchen ihrem Leben Sinn zu geben, indem sie alle Leerstellen ihres Daseins mit Bildern und Worten füllen und erklären sich selbst in die Bedeutungslosigkeit.

Wir waren Kinder des Krieges, Hubert! Und heute wird mit allen möglichen Mitteln versucht, dieses Gefühl zu simulieren. Diese Jungautoren wollen heute alle das Leben spüren, um darüber schreiben zu können, und fahren in Dritte- oder Vierte-Welt-Länder, was weiß ich, diese Entwicklungsländer eben, und haben mit ihrer eigenen Entwicklung in Wirklichkeit gar nicht begonnen. Sie wollen die ganze Welt sehen und haben noch nicht einmal vor ihrer eigenen Haustür mit der Erkundung angefangen. Ja keine Wurzeln zulassen. Sich lieber betäuben mit dem Weltgeist, als die eigene Herkunft zu hinterfragen. Lieber weglaufen und aus der Ferne mit ihrer Kalenderspruchphilosophie die Heimat anklagen, statt im eigenen Dreck sitzen zu bleiben und sich daraus ins wirkliche Leben zu wühlen. Sie fliegen dahin wie das Blatt im Wind und haben nichts zu sagen. Diese Jungautoren wollen über die großen und existenziellen Themen schreiben, wie sie sagen – Tod, Budern, Liebe – und verpacken sie in die furchtbarste Sprache. Sie kratzen an der Oberfläche und erreichen nie eine Tiefe. Sie verwesen an der Fassade der Bedeutungslosigkeit. Wie widerlich, Hubert!

Es gibt keine Dichter mehr. Nicht einmal ein Dichterverdacht kommt heute mehr auf, da niemand mehr den Mut hat, nach vor zu treten und zu behaupten: „Ich bin Dichter!" Nur von anderen, die überhaupt keine Ahnung von der eigentlichen Definition des Wortes haben, werden Autoren zu Dichtern gemacht und diese lehnen die Bezeichnung in ihrer aufgesetzten Bescheidenheit natürlich sofort ab und referieren dann darüber, was und wer in ihren Augen wirklich ein

Dichter sei. Es gibt heute wirklich keine Dichter mehr, Hubert, weil der Wahn fehlt und nur noch die Armut der Sprache und das ständige beredte Schweigen vorherrscht. Es fehlt der Wahn, mit dem Schreiben auch etwas sagen zu wollen, Hubert, ein Aussage zu treffen, eine Stellung zu beziehen, anstatt sich hinter seinen Kunstfiguren zu verstecken und sich ja nicht angreifbar zu machen.

In den tausenden Autorenstimmen geht der Dichter unter, Hubert. Wir ersticken an Autoren, die alle keine Reibungsfläche bieten. Sie wollen alle möglichst glatt gebügelt sein. Kein Charakterkopf mehr, sondern eine Formmaschinerie der Widerstandslosigkeit. Öffne ich einen Buchdeckel und mir lacht ein Allerweltsgesicht entgegen, mache ich das Buch sofort wieder zu. Du, Hubert, hast so einen richtigen Dichterkopf. Aus deinen Augen leuchtet dein Werk, aus deinen versiegelten Lippen bricht das Schweigen, deine leicht gekrümmte Nase nimmt alle Strömungen auf, deine unverkennbaren Ohren horchen in die Welt hinein und in den Denkfalten deiner hohen Stirn fühlt man den Lauf der Zeit. Hubert, ich habe so oft von deiner Statue in Wien geträumt. Zwischen Goethe und Schiller sollte dein Denkmal den Ring schließen. Dein Kopf ist für ein Monument gemacht, Hubert, oder für den Strick.

Hubert, ich habe eine Idee von Dichtern, von wahren schöpferischen Künstlern im Kopf, die es heute gar nicht mehr gibt. Die heutigen Künstler sind verweichlichte Scheinakrobaten. Wir haben das hier auf der Biennale wieder bestätigt bekommen. Scheinakrobaten sind das, Hubert, die sich, wenn es darauf ankommt, in die Abstraktion verlieren und wenn der Krieg ausbricht im nächsten Loch verkriechen, um ja nicht in Verdacht einer Beteiligung zu kommen, und danach, wenn das Gras drüber gewachsen ist, am lautesten ausschreien und anklagen. Wir haben das alles schon einmal gesehen, Hubert. Man braucht nur in die Geschichte zu blicken, um die Zukunft zu erkennen. Schau dir die Künstler vom Ersten und Zweiten Weltkrieg an, die nur wegen des Krieges eine Künstlerexistenz führen konnten und mit dem Krieg auch wieder im Nichts verschwanden. Ohne die Kriege, die wir geführt haben, gäbe es um die Hälfte weniger Künstler, Hubert. Sie sind wie das Unkraut herausgewachsen und wir haben kein Gegengift gefunden. Die Künstlerseuche hält bis heute an.

Die heutigen Künstler sind gar nicht mehr dazu in der Lage, eine wirkliche Kritik zu üben. Der österreichische Künstler war früher jemand, der die präzisesten Einschätzungen formulierte, und wenn sie sich heute bemüßigt fühlen, ansatzweise etwas Kritisches zu sagen, dann ist das an Lächerlichkeit nicht zu überbieten. Infantile Lästerungen, nichts weiter. Die Kritik geht heute völlig verloren, Hubert, und selbst die Literatur wird nicht einmal mehr vernünftig kritisiert. Ein jedes Feuilleton ist, statt der Kritik eines Textes, auf eine neue schreibende Sensation aus, die sie entdeckt haben wollen, und so werden täglich Sensationen in den Zeitungen präsentiert, die morgen schon wieder keiner mehr kennt. Die Kritik kann sich keinen Marcel Reich-Ranicki mehr leisten. Aber ich befürchte, selbst die Kritik eines Reich-Ranickis hätte heute kaum Gewicht. Das „Literarische Quartett" ist zu einer „Literarischen Quadratur des Kreises" verkommen. Niemand schafft es mehr, eine fundierte Kritik zu üben, und so werden Meinungen aus dem Morast der kommentierten Oberflächlichkeit gebildet und wie eine Krankheit in die Welt getragen, bis uns die Epidemie der Stumpfsinnigkeit alle einholt.

Nicht einmal das Publikum bildet sich heute eine eigene Meinung. Sie laufen alle schön brav hier durch die Ausstellungen und wenn man sie dazu befragt, sagen sie zu allem „Ja, ja“ und „Ja, genau“. Und wenn sie wirklich einmal dazu genötigt werden, Stellung zu beziehen, dann zitieren sie unreflektiert zweitrangige Kommentare irgendwelcher Hobbyexperten und tragen ihr fürchterliches Halbwissen mit größtem Stolz in die Öffentlichkeit.

Als vor der Premiere von „Heldenplatz“ ein Haufen Schweinemist vor das Burgtheater geladen wurde, dann war das zumindest eine kreative Kritik, aber natürlich zur völlig falschen Zeit. Die Möchtegernkritiker sind den Skandalmachern auf den Leim gegangen und haben ihre Dummheit entlarvt. Hätten sie den Mist in der Pause oder am Ende des Stückes abgeladen, als Kritik auf das wirklich nicht beste Stück Bernhards, dann wäre das angebracht gewesen, aber so haben sie die Aussagen einer Kunstfigur dem Autor in den Mund gelegt und sich lächerlich gemacht. Typisch Österreich, Hubert! Da haben sie einmal eine gute Idee und dann wird sie zur völlig falschen Zeit verpulvert. Timing, Hubert, darauf kommt es an, um die richtige Pointe zu setzen.

Die heutigen Medienmacher machen Menschen groß, erheben sie zu meinungsbildenden Ikonen, die mit so einer Rolle gar nicht umgehen können und auf dem geistigen Niveau eines unterdurchschnittlichen Volksschulabsolventen dahinvegetieren. Und gerade solche

Menschen befragen sie über die Themen der Welt und drucken ein jedes Wort als in Stein gemeißelte Thesen, um darin ihre eigene Philosophie der Niederträchtigkeit bestätigt zu finden. Da werden Menschen befragt, Hubert, die ihre philosophische Bildung aus den Kalendersprüchen der Oma oder den Geburtstagsglückwunschkartensinnsprüchen ihrer übermotivierten Tante gezogen haben. Furchtbar! Menschen werden auf Schlagzeilen reduziert, aber lässt man sie einmal ausreden, lässt für den Bruchteil einer Sekunde zu lange die Kamera laufen, dann entlarven sie sich alle. Man braucht sie alle nur auf das Glatteis der Sprache führen und dann findet kaum jemand mehr Halt. Leider laufen sie alle mit den Nagelschuhen ihrer Vorurteile und vorgefertigten Meinung über das Eis, um ja nicht ausrutschen zu können.

Es wird geredet und geredet, wird immer lauter und lauter, weil man sich nicht verstanden fühlt, und schafft einen Nährboden für Populisten, wo nur Schlagwörter herauswachsen können. Wir hören nichts mehr im ewigen Lärm der Anklagen, die ständig gleich klingen. Ich höre nur noch eine Sprache der Gewalt sprechen, Hubert. Ich bekomme Angst vor einer Welt der Gleichheit, in der alle die gleiche Sprache sprechen. Um sich auszudrücken, werden bald wieder die Abzüge der Waffen gedrückt, wie du das irgendwo in deinen unzähligen Notizen auf den Punkt gebracht hast, Hubert, ohne auch einen Punkt zu setzen.

Nachdem ich dich in meine Wiener Gesellschaft eingeführt hatte, wollten alle deine Texte hören. Sie wollten dich lesen sehen, Hubert, aber du kannst nicht lesen. Was damals begonnen hat, hat sich bis ins Unerträgliche gesteigert. Es liest niemand mehr ein Buch, sondern man will es vorgelesen bekommen. Sie wollen alle Autoren schauen kommen und sehen, wie sich der Verfasser der Lächerlichkeit beim Lesen preisgibt und dotieren diese Selbstzerfleischung heute auch noch mit Preisen. Wie tief ist die Würde der Schriftsteller gesunken? Ich konnte dich nicht lesen lassen, denn sonst hätten sie deine Provinzialität erkannt. Hättest du deine Schriften in der Öffentlichkeit gelesen, Hubert, es wäre alles verloren gewesen. Du bist der schlechteste Interpret deiner Texte. Hubert, du vernichtest die schönsten Passagen, indem du einfach darüber hinwegliest, die Worte runterratterst, statt sie im Lesen auch zu denken, wie die wirklich guten Schauspieler das machen. Als ich dich ein einziges Mal dazu überreden konnte, mir etwas vorzulesen, da dachte ich, dass mir eine Maschine ohne Punkt und Komma den Text diktiert. Ich hörte nur das Auf und Ab, ständige Auf und Ab deiner Stimme, ohne auch nur einen Funken Bedeutung im Text auszumachen. Völlig mechanisch hast du deinen Text vergewaltigt und es herrschte kein Gefühl in deiner Stimme. Du nahmst keine Rücksicht auf mich und gabst mir nicht einmal die Chance, deine Gedanken zu verstehen. Bis heute weiß ich nicht, ob du gar nicht anders lesen kannst oder mit purer Absicht so gelesen hast, da du Angst hattest, entlarvt zu werden.

Sobald du aus dem Haus gingst, Hubert, schlich ich in dein Arbeitszimmer und nahm deine Schriften zur Hand. Zuerst schlug ich deine schwarzen Notizbücher auf, die fein säuberlich aneinandergereiht ganz oben in deinem versperrten Kasten standen. Bevor ich zu lesen begann, habe ich mir die ganze Seite angesehen. Bereits am Bild deiner Handschrift konnte ich deine Gedanken erkennen. Mit welcher Zügigkeit du schriebst, ob es leserlich war, wie groß oder wie klein, mit welchem Druck, ob die Schrift rund war oder kantig, all das ließ auf dein Befinden hindeuten. Mit der Zeit glaubte ich, durch deine Handschrift schizophrene Neigungen an dir zu erkennen, Hubert. Jeden Tag kam sie in anderer Form daher und ich dachte, dass ein anderer den Stift geführt haben musste. Und wenn du einmal getrunken hast und dich voller Euphorie dem leeren Blatt ergabst, dann war es so oder so vorbei. Wenn du betrunken geschrieben hast, Hubert, erreichten deine Gedanken den Nullstrich.

Jeden Tag waren deine Wellen in unterschiedlicher Intensität auf dem Papier. Ich habe oft beobachtet, wie du deinen Stift gehalten hast, mit welcher Verkrampfung, welchem unnatürlichen Griff, der dir, nach wenigen Worten und Strichen, Krämpfe verursachte. Du hast in das Blatt hineingeritzt, als würdest du den Druck, der auf dir liegt, ausdrücken wollen. Mit meinen Fingerspitzen strich ich über die Rückseiten der Notizen und fühlte deine Worte wie Narben auf der Haut.

Deine Handschrift war für mich in den Anfängen kaum zu lesen. Es dauerte Jahre, bis ich sie halbwegs entziffern konnte, und selbst dann musste ich mehr interpretieren, als ich tatsächlich verstand. In der Unschärfe ihrer Bedeutung war ich von deinen Sprachkonstrukten fasziniert. Hubert, ich habe in der ersten Zeit die absurdesten Texte aus deiner Feder herausgelesen. Eine Sprache, die völlig neu für mich war, und die mich in der Willkür ihrer Bilder fesselte. Aber als ich nach und nach lernte, dein Gekritzel deutlicher zu erkennen, ernüchterte ich. Die Worte, die ich für grandiose Wortschöpfungen hielt, waren nichts als verheerende Rechtschreibschwächen.

In der ersten Phase deines Schreibens hast du all deine Gedanken in deine Notizbücher gekritzelt und anschließend die Worte durch die Schreibmaschine gepresst. Du hast deine Handschriften in die Maschine übertragen und es kam etwas völlig anderes dabei heraus, deshalb musste ich immer beides lesen und die gesamte Textgenese verfolgen. Deine Handschriften fungierten auf der Schreibmaschine nur noch als Anreiz, als Zündung für Gedanken, die du im Klang der aufschlagenden Lettern weiterdachtest. Als würdest du im Schreiben zu sprechen beginnen und endlich dein Schweigen brechen. Du musstest dich stets selbst überlisten, um zu deiner inneren Stimme vorzudringen. Die Maschine war die Aussprache der Stille deiner Gedanken. Wollte ich dich sprechen hören, Hubert, dann musste ich den Morsecode entziffern, der durch die Wände deines Arbeitszimmers drang.

Wenn die Geräusche der Schreibmaschine nicht gewesen wären, hätte ich nichts von dir wahrgenommen, Hubert. Nur die mechanischen Schläge der Schreibmaschine haben mir gezeigt, dass du noch lebst. Egal wo wir sind, Hubert, wenn es still wird, ich kurz einnicke, höre ich das Geräusch deiner Schreibmaschine und werde aus meinen Träumen gerissen.

Deine Schreibmaschine lief in der Nacht wie ein Maschinengewehr. Ich fragte mich andauernd, was tippst du da? Wen erschießt du schon wieder mit deinen Worten? Welche Hinrichtung vollziehst du gerade? In dem Tempo, mit dem du schriebst, konnte doch kein Satz mit Bedeutung entstehen, wie ich dachte. Du hast deinen eigenen Zensurapparat mit der Schreibmaschine vernichtet und drauflosgefeuert. All deine aufgestaute Wut hast du an der alten L. C. Smith meines Vaters ausgelassen, die ich mehrmals im Jahr zur Reparatur bringen musste. Nur die Schreibmaschine meines Vaters konnte über die Jahre deiner Gewalt standhalten. Eine jede Reiseschreibmaschine, die ich dir als Ersatz besorgte, war spätestens nach ein paar Tagen völlig ruiniert. Es war so, als würdest du mit jedem Wort auf meinen Vater einschlagen und hast Seite um Seite durchlöchert.

Jede Nacht musste ich den Lärm deines Schreibmaschinengewehrs ertragen und deinen Sprachhinrichtungen folgen. Du hast getippt, Hubert, und ich habe mir ausgedacht, was du wohl gerade schreibst. Zu deinen Tippgeräuschen habe ich ganze Romane in meinem Kopf geschrieben. Von den Klängen aus deinem Arbeitszimmer wurde ich zu so vielen Libretti höchster Dichtung verführt. Und als ich dann voller Hoffnung jeden Morgen las, was du in der Nacht geschrieben hattest, war ich tief enttäuscht. Nichts hatten deine Worte von der Poesie, die ich aus deinen Schlägen hörte.

Trotz meiner Enttäuschung war ich beeindruckt von der Masse deiner Worte, Hubert. Ich war erstaunt, wie viel du in einer Nacht schreiben konntest, und jede Nacht schien es mehr zu werden. Bereits in einer deiner frühen Schriften hast du die Angst formuliert, deine Gedanken verlieren zu können, und bist mehr und mehr in die Manie verfallen, alles aufschreiben zu müssen. Ohne jegliche Eingriffe und Korrektur hast du alles niedergeschrieben, genau so wie du es gerade dachtest. Die Korrektur der Gedanken ist eine Arbeit für später, hast du geschrieben, eine Arbeit für die wahre

Dichtung. Du hast irgendwann nichts mehr korrigiert, jegliche Zensur in dir vernichtet und dich erschlagen lassen von deinen Gedanken, die ohne Eingriff auf das Blatt überliefen. Hubert, du wurdest besessen davon, alles so aufzuschreiben wie du es im Moment des Denkens dachtest. Deine Gedanken hast du nach außen gelegt und geglaubt, dass irgendwann der Zeitpunkt kommen wird, wo du deine hingefetzten Niederschriften zur reinen Dichtung korrigierst. In deinen Aufzeichnungen fand ich keinen einzigen Strich, Hubert. Du hast nichts durch-, nichts weggestrichen. Die Auslöschung war für dich im Strich unmöglich und du hast weiter, immer weiter geschrieben, als wäre dein Schreiben die reine Gegenwart.

Hubert, du wärst ohne mich nichts gewesen. Erst ich habe deinem Hass, deiner Rohheit eine Bühne, ein Ventil gegeben. Ich habe dein Talent erkannt und probiert, dich in die Höhe zu treiben, dich anzustacheln, mit allem, was ich war und hatte. Ich versuchte dich zu reizen, bis du künstlerisch einfach explodieren musstest. Brachte Prozesse der Unterdrückung in Gang, um etwas Großartiges aus dir herauszubekommen. Der glückliche Künstler schafft nichts. Leiden, Hubert, nur Leiden schafft etwas. Leid und Unterdrückung sind seit jeher der Nährboden der Literatur gewesen. Hubert, ich habe mit aller Entschlossenheit versucht, Hebamme deines Werkes zu sein. Ich habe dich gereizt, dich mit Fragen bombardiert und dich zu Antworten gezwungen.

Selbst Bernhard, Hubert, ist nur durch Frauen zu dem geworden, was er war. Seine Mutter und Großmutter arbeiteten sich zu Tode, um ihm eine möglichst glückliche Kindheit zu geben, während sein Großvater den Großdichter spielte und letztlich nur Propagandaschundfetzen produzierte, die schon damals unleserlich waren. Der Großvater hatte in seinem Enkel einen Wahn erweckt, den die Frauen in seinem Leben korrigieren mussten. Seine „Tante" erkannte und förderte das Potential seiner Stimme und seine Lektorin vergoldete seinen sprachlichen Misthaufen mit einer Form. Hätte die Lektorin Bernhard nicht kastriert und seine wildwuchernden Sprachejakulate in einen Pseudoroman gequetscht, dann hätte er bis zu seinem Tod an formlosen Fragmenten geschrieben und vielleicht so etwas fürchterlich Unvollendetes wie zum Beispiel Robert Musil mit seinem „Mann ohne Eigenschaften" hinterlassen, das nach seinem Ableben zum großen Kunstwerk erhoben worden wäre, nachdem ein paar schreibende Aasgeier und Pseudoliteraten zur Werkschändung aufgerufen hätten, weil sie die Sprache nicht verstanden, sie also *Avantgarde* sein musste.

Hubert, ich sah so viel Potential in deiner Sprache, denn sie war völlig rein und unbefleckt. Im Gegensatz zu dir war Bernhard ein Straßenköter der Sprache. Von Anfang an war er durch seinen Großvater ein künstlerisch gebrandmarktes Kind, was sich nicht abwaschen lässt. Bernhards ganze Literatur bestand darin, die Kunst seines Großvaters mit seinem Schreiben auszulöschen. Mehr war es nicht, und er starb, bevor er seine eigene Sprache hätte finden können, die wirkliche Poesie hinter den Textmasken der eruptiven Sprachverblendung. Bernhard hat die Knochen, die ihm sein Großvater vorgeworfen hat, in seiner ewigen Wiederholungsmanie abgenagt, bis nichts mehr da war, und den letzten Rest der nationalsozialistischen Suppe so lange gestreckt, bis er sie völlig verwässert hatte und verhungert ist. Aber deine Sprache, Hubert, war ein unbeflecktes, saftiges Stück Fleisch, das ich manchmal selbst roh und blutig genießen konnte. Mit dem Potential, das ich in deiner Sprache sah, Hubert, musste ich einfach das Größte von dir erwarten.

Mit den einflussreichsten Leuten von ganz Wien hätte ich dich bekannt machen können, aber du hast sie mit verachtenden Blicken gestraft. Für dich waren sie alle noch immer Nazis und verdächtig. Du wolltest dir nie helfen lassen, Hubert. Die besten Lektoren, die besten Dramaturgen wären bereit gestanden. Ich hätte die intellektuelle Elite des Landes dazu überreden können, ein paar Seiten von dir zu lesen, Hubert, die angesehensten und bedeutendsten Literaturwissenschaftler hätten sich deiner Schriften angenommen, doch du hast dich verweigert.

Oft habe ich mir vorgestellt, wie diese Geistesgrößen über deinen Seiten gebückt sitzen und den Kopf schütteln. „So etwas haben wir noch nie gelesen!", hätten sie sicherlich gesagt. „Ganz anders als die Konformliteratur und die wiedergekäute Futtermengedichtung, die wir sonst lesen müssen." Ich weiß, Hubert, dass sie alle überwältigt und erschlagen von deiner Sprache gewesen wären, so wie ich, vom ersten Augenblick an, überwältigt und erschlagen von deiner Sprache war, und genau wie ich würden sie sagen, dass nur die letzte, zündende Idee fehlt, um sie zur reinen Dichtung zu erheben.

Hubert, die Idee! Auf die Idee kommt es an. Warum glaubst du, schleppe ich dich seit Jahren, gar Jahrzehnten, unter der größten Kraftanstrengung nach Venedig. Die Idee zählt, Hubert, und nicht die Sprache! Die

Sprache ist die Erde, aber man muss einen Samen setzen, damit etwas wachsen kann. Eines Tages, dachte ich, wird dir der Knopf aufgehen, wenn du die Ideen hier in ihren Grund- und Urformen siehst, und dein großes Werk schießt heraus. Die noch so kleinste Idee hätte bei deiner reichen Erde gereicht, Hubert. Ich habe den Glauben nie aufgegeben. Bis heute hatte ich die Hoffnung, dass dich eine Idee trifft, Hubert, und jetzt hat dich der Schlag getroffen. Das wollte ich wirklich nicht.

Ich habe dich überall als den großen Dichter angekündigt. In allen Runden, bei allen Eröffnungen, zu denen ich meist alleine ging, sagte ich, mein Gatte arbeitet an seinem Werk, an dem großen Wurf, der alles ändern wird. Ich habe ihnen unsere Geschichte erzählt, Hubert, ihnen ausführlich berichtet, wie ich dich aus der Stumpfsinnigkeit der Provinz, aus dem Sumpf des Dorfes geführt habe und dich zum großen Dichter machen werde. Die Gesellschaft hing an meinen Lippen, Hubert, denn es war eine Geschichte gemacht für den Olymp, für den Mythos eines Großdichters, der über alle hinausragen wird.

Mein Dichtergatte, weißt du, Hubert, wie schön es war, diese Worte in der ersten Zeit auszusprechen. Mein Dichtergatte! Aber als nichts von dir kam, auch nach Jahren kein Werk folgte, strafte mich die Gesellschaft mit den furchtbarsten Blicken. Ich habe meinen Ruf verloren und konnte nichts mehr sagen, wenn sie fragten, ob das große Werk von meinem Gatten schon erschienen sei. Sie sagten es mit voller Arroganz, Verachtung und Genugtuung. Die Frauen gingen an mir vorbei: „Ah, ihr Gatte ist doch dieser Autor, nicht?“ Sie wussten, wie sehr ich den Begriff hasste. Ich habe dich so groß gemacht vor den Augen aller anderen. Habe dir den Boden gelegt, die Tür so weit aufgerissen, aber du bist nicht durchgegangen. Ich habe dich auf den richtigen Weg geführt, den Berg der Anerkennung hinauf, nur hast du die Kurve nicht gekratzt und bist in den Abgrund gestürzt. Hubert, du hast all meine Erwartungen enttäuscht und mich sogar so weit gebracht, dir zu drohen. Ich habe dir mit allem gedroht, was ich hatte. Drohte dich zu verlassen, dich zu erschlagen, und in den allerschlimmsten Stunden drohte ich, mich umzubringen. Aber auf nichts hast du reagiert, Hubert, nichts brachte dich dazu, mir den großen Wurf vorzulegen, und irgendwann habe ich angefangen, dich zu verachten. Die Gesellschaft hat mich und ich habe dich verachtet, Hubert, und jeglichen Respekt vor dir verloren.

Ein kleines Gefälligkeitsbuch in Dichtergröße hätte gereicht und wir wären in jeden Verein, in jede Gruppe hineingekommen. Hubert, wir hätten Einladungen zu allen österreichischen Kulturforen der Welt erhalten. Paris, Rom, New York, usw., usf. Ich hatte alles bereits geplant, alles fix und fertig in meinem Kopf. Nur ein Buch hätte es gebraucht, Hubert, und ich hätte um alle Stipendien angesucht, bei denen du nur so tun hättest müssen, als würdest du am nächsten, am größten Roman unserer Zeitrechnung oder an einem Stück im Faustformat schreiben, was deiner Natur vollkommen entsprochen hätte. Alle Einreichungsformulare lagen bereit, aber es kam nichts Brauchbares aus deinem Arbeitszimmer heraus. Ich habe gewartet und gewartet und die Zeit zog an uns vorbei wie ein reißender Fluss.

Und, Hubert, schau uns jetzt an. Schau, wie wir dasitzen, in dieser staubigen Atmosphäre unserer eigenen Vergänglichkeit, in der wir auf nichts mehr hoffen können als eine „schöne Leich“, um es mit deinen Worten zu sagen.

In meiner Jugend habe ich so schöne Gedichte geschrieben. Im jugendlichen Übermut schrieb auch ich, Hubert, obwohl ich mich nie als Dichterin sah und einfach die Poesie in ihrer absoluten Schönheit liebte. Alle, die Größten von damals, denen ich meine ungelenken Versuche in der Pause eines Stückes zeigte, ermutigten mich, weiterzuschreiben, aber ich gab mich mit dem, was ich schrieb, nicht zufrieden. Schon damals wollte ich das Höchste oder Nichts, Hubert, und sah das Höchste nicht in mir. Ich stieß an meine Grenzen, erkannte, dass es nicht weiter geht und schrieb keine Zeile mehr. In mir lag die Größe und Konsequenz Rimbauds. Ich weiß es, Hubert! Und als ich eines Tages Alma Mahler voller Energie und natürlicher Präsenz das Foyer des Burgtheaters betreten sah, als ich sah, wie es plötzlich vollkommen still wurde – eine Stecknadel hätte man fallen hören können – und sich alle nach ihr umdrehten, da war es mir auf einen Schlag klar, Hubert. Ich war zur Muse bestimmt!

Mit dir an meiner Seite, Hubert, dachte ich, ich könnte Alma Mahler sein. Ich habe diese Frau, diese Ikone bewundert. Alles, was von Franz Werfel bleiben wird, Hubert, ich weiß es, ist Alma Mahler. Sein Werk ist längst schon dem Vergessen nahe, aber seine Gattin, ihre Geschichte, lebt weiter. Sie war das eigentliche Kunstwerk, nur verstand Werfel das nicht. Hätte Werfel begriffen, was er an Alma Mahler hatte, dann hätte er heute noch Geltung für mich. Zumindest hatte er so viel Verstand, an ihrer Seite zu bleiben und ihr in regelmäßigen Abständen neue Werke zu schenken.

Werfel war Alma Mahler vom ersten Moment an hörig. Hubert, hättest du nur einen Funken von Werfel gehabt, dann hättest du etwas Großes schaffen können. Du hattest zwar die Größe von Werfel, Hubert, aber leider nur in der Physiognomie. Du warst wirklich kein Werfel und Alma Mahler hätte dich zerstört. Ich war viel zu sanft zu dir. Ich hätte dich vernichten und ein Werk aus dir heraus erpressen müssen. Als Muse unserer Zeit wollte ich gelten, Hubert, und wäre in der Geschichte an der Seite, in direkter Nachfolge von Alma Mahler gestanden. Sie hätten über mich Bücher und Stücke geschrieben, stell dir das vor, Hubert, während du in Vergessenheit geraten wärst.

Hubert, ich habe die Gattinnen der großen Künstler stets verabscheut. Ich kannte sie alle und sah in ihren Augen den Ungeist unserer Zeit. Anstatt ihre Position zu nützen, lebten sie als nettes Beiwerk an der Hand ihres Gatten und verstanden nichts von ihrer eigentlichen Aufgabe. Hubert, die Frauen hätten durch die Männer die Kultur bestimmen und lenken können. Während sich ihre Gatten selbst zerfetzten, hätten sie die Fäden, in dem Marionettenspiel der männlichen Primitivität, ziehen können. Hubert, so wenig Frauen haben das begriffen und, durch ihren Mann hindurch, die Welt regiert.

Die Gattinnen, hätten sie ihre Rolle und ihre Position verstanden wie ich, hätten sie einen Boden für eine neue Kultur schaffen können, die aus den alten Werten herausgewachsen wäre. Hubert, du hast mich nie in diese Situation gebracht, nie zu einer von ihnen gemacht, damit ich etwas verändern, damit ich das Theater, die Literatur, unser ganzes Kunstverständnis zu seiner Urform zurückführen hätte können. Als Dichtersgattin, Hubert, wären mir – wären uns – alle Türen offengestanden.

In dir, Hubert, dachte ich, hätte ich einen Verbündeten gefunden, einen weißen Ritter, der mir den Drachen Burgtheater erlegt, um es wieder zu seinem alten Glanz zu führen. Aber statt Siegfried stand ein Don Quijote vor mir und du hast mich in die Rolle von Sancho Panza gedrängt. Du hast aus unserem Leben einen Kampf gegen Windmühlen gemacht.

Hubert, du solltest den Drachen Burgtheater mit deiner Sprache für mich erlegen und wir wären mit erhobenen Fahnen eingezogen. Du wärst der erste Dichter gewesen, den man auf den Feststiegen aufgebahrt hätte, stell dir das vor, Hubert, und ich hätte als Einzige deinen Nekrolog gehalten und mit den Worten geendet: „Wir haben den Drachen erlegt." Auf dem Feuerwehrfest, durch den Dilettantismus des Dorfes hindurch, sah ich bereits deinen aufgebahrten Leichnam im Burgtheater und das Requiem unserer Zeit durch deine Sprache erklingen. Ich hatte alles in meinem Kopf detailliert geplant und vorbereitet. Du hättest nur das nötige Opfer bringen müssen.

Ein Mythos, Hubert. Wir hätten einen wirklichen Mythos der Neuzeit geschaffen. Der Dichter aus der Bauernerde, der den Drachen Burgtheater erlegt und in den Olymp der Sprache aufsteigt. Du hast nie das große Bild gesehen, Hubert. Was für eine Geschichte wäre das geworden! Ich hätte dich mit meiner Mythologie in eine Reihe mit den griechischen Halbgöttern gestellt.

Hubert, du warst ein Perikles der Sprache, gezeugt aus den Lenden von Dionysos und auferstanden aus Gaia, der Mutter Erde selbst. Und ich, Europa! Welch fundamentale Zusammenstellung für einen Dichter!

Die Geschichte des Bauernsohns, der vom Dorf, wie durch einen göttlichen Eingriff – Dea ex machina, Hubert! –, also durch mich befreit wird, um als Dichter in die Welt zu ziehen. Hubert, wir hätten deine Befreiung als Flucht aus der Hölle stilisieren können. Ich bin wie Orpheus in den Hades gestiegen, hinab zu deinem Feuerwehrfest, habe Zerberus, die tödlichen Blicke des Dorfstumpfsinns, überlistet, habe dich von deinen Ketten, deiner Familie, befreit und wollte mit dir das Burgtheater erobern, aber du musstest ja unbedingt zurückblicken.

Hubert, du konntest nicht einmal unsere Geschichte erzählen, obwohl in ihr alles gelegen wäre, wonach du unaufhörlich gesucht hast: Deine Befreiung aus dem Dorf und der Aufstieg in die Hochkultur. Der Dorf-Stadt-Konflikt, also der Konflikt zwischen Dummheit und Intelligenz. Dualismen haben seit jeher die Literatur ausgemacht. „Krieg und Frieden", Hubert, du hättest „Krieg und Frieden" für unsere Zeit und Kultur schreiben können und allein unsere Geschichte erzählen müssen. Hubert, hättest du unsere Geschichte aufschreiben können, mit etwas Fantasie angereichert, mit einem Funken von Poesie nur, dann hättest du alles auf den Punkt gebracht: Vorkriegszeit, Nachkriegszeit und alles, was die Zukunft betrifft. Mit einem Schlag, Hubert, mit nur einem Buch, in deine Sprache getränkt, hättest du all diese schrecklichen Heimat- und abscheulichen Anti-Heimatromane bereits im Keim erstickt und uns wäre dieser fürchterliche Sprachinzest erspart geblieben. Da bin ich mir ganz sicher.

Hubert, als ich dein Feuerwehrfest betrat, habe ich ein Feuer gelegt, um alles was war niederzubrennen. Unsere Geschichte ist stets vor deinen Augen gelegen. Ich habe sie dir immer und immer wieder erzählt, aber du hast das Feuer zum Ersticken gebracht, anstatt alles aufzuschreiben.

Aber wie hättest du auch etwas über uns schreiben sollen, Hubert, wenn du nicht einmal etwas über dich selbst schreiben konntest. Von den anderen wolltest du alles wissen, hast so lange geschwiegen, bis sie sich die Untergatte vor dir ausgezogen haben, im übertragenen Sinn, aber niemand wusste etwas über dich. Hubert, nicht einmal ich habe dich ganz gekannt, weil du nie etwas von dir, von deinem Leben, deiner Geschichte, erzählt hast.

Hätte ich deine Schriften nicht gehabt, die du wirklich nicht gut versteckt hast, Hubert, und mir einen Zweitschlüssel fertigen lassen, den ich stets bei meinem Herzen trage und in den schlimmsten Stunden, als letzten Anker meiner Hoffnung zwischen meinen Finger reibe, dann wüsste ich nichts über dich, nichts über deine inneren Konflikte, die ich mir aus all deinen zersplitterten Notizen und Nebenbemerkungen zusammengedichtet habe. Dein ganzes Leben musste ich mir aus den paar Fakten, die ich kannte, und deinen verstreuten Andeutungen zusammenreimen. Aber selbst in deinen Schriften, Hubert, hast du es nicht geschafft, dich ganz zu zeigen, dich zu entblößen. Du hast mit gezinkten Karten gespielt. Von deinen Texten hast du das Absolute verlangt, aber dir selbst nie alles abverlangt. Nur zwischen den Zeilen konnte ich etwas über dich lesen.

Hubert, du hast dich selbst ausgeklammert und ein riesiges Loch zurückgelassen. Du hast alles runtergeschluckt, bis es dich aufgefressen hat und du völlig verstummt bist.

Dein großes Werk, Hubert, alles was ich in dir gesehen hatte, lag direkt vor deiner Nase, aber du konntest den Stift nie bei dir selbst ansetzen. Nicht einmal in eine Pseudofiktion, wie das alle anderen machen, konntest du dein Leben verpacken. Hubert, du konntest nicht einen Satz über dich schreiben, und doch liegt alles in deiner Biografie begraben. Es wäre so einfach gewesen, deine Geschichte nachzudichten. Du hättest es einfach aufschreiben müssen, wie es wirklich war. Mehr nicht! Wort für Wort deine Geschichte nacherzählen, aus der jeder Möchtegernpsychologe die Tragik deines Lebens herausdeuten hätte können.

Nicht ein Wort über deine eigene Geschichte fand ich in deinen Schriften, Hubert, und musste mir alles selbst zusammenreimen. Bis heute weiß ich nicht, ob meine Interpretation deinem Innersten entspricht. Hubert, ich habe dir eine Geschichte gegeben, die du vielleicht gar nicht gehabt hast.

Jeden Tag sitze ich da und erzähle dir deine Geschichte und weiß nicht, ob sie der Wahrheit entspringt, aber das ist die Konsequenz deines Schweigens, Hubert, also lebe, oder sollte ich lieber sagen, stirb damit:

Das Unglück deiner Familie begann mit deinem Großvater. Wir bezahlen für Entscheidungen, die wir selbst nicht treffen. Dein Großvater wurde von seinen Eltern weggegeben. Er hat sie nicht gekannt und ist von armen Leuten, die Kinder in ihr Haus holten, als Ziehkind in einem kleinen Bauerndorf aufgezogen worden. Dein Großvater lernte den Beruf des Wagners. Er richtete die Pferdewägen der Bauern und sah mit großem Neid auf ihre Familien, die hinter den Mauern ihres Hofes als abgeschlossenes System funktionierten. Als eingeschworene Truppe sah er sie gegen die Welt ankämpfen. Im Anblick der Bauernfamilien hatte dein Großvater sein Lebensziel, seinen Lebenswahnsinn definiert und fühlte sich berufen, eine eigene Familiendynastie anzuführen. Er wollte Bauer werden, der Idee, dem Ideal der wirtschaftlichen Freiheit nach und natürlich dem Prestige wegen, obwohl er keine Ahnung von der Landwirtschaft hatte. Als er etwas Geld sparen konnte, nahm er seine kleine Familie, seine junge Frau und ihren ersten Sohn, deinen Vater, Hubert, und brach mit ihnen in eine völlig andere Welt auf, einige Ortschaften Richtung Osten, wo ihn niemand kannte und er sich auf Schulden eine Hausruine und etwas Land kaufte. Mit dem Ende des alten und dem Beginn des neuen Jahrhunderts war dein Großvater dem Wahn verfallen, den Samen für seine Familie in die Bauernerde zu setzen. Er wollte das historische Datum nützen, um einen Neuanfang zu starten. Das „Fin de Siècle“ hat nicht nur die Biennale in Venedig hervorgebracht, Hubert, es hat auch dein Unglück eingeleitet.

Du kannst dich an deinen Großvater nicht erinnern. Das einzige Bild, das du von ihm hast, ist ein Porträt, das in eurem Esszimmer stand und das seine stählernen

Augen, die Falten in seinem gebräunten Gesicht und ein Lächeln voller Stolz zeigt. Du hast das Lächeln deines Großvaters auf dem Foto nie verstehen können, weil dir dein Vater von ganz anderen Geschichten berichtete aus jener Zeit. Er erzählte dir oft, wenn du dich als Kind über eine Arbeit beschwert hast, mit welcher Mühe und Last dein Großvater im fremden Dorf zu kämpfen hatte. Dein Großvater sei für sein Vorhaben, aus dem Nichts Bauer zu werden, wie dein Vater sagte, belächelt und für verrückt erklärt worden. Ohne Vorkenntnisse stürzte er sich in die Arbeit, in die neue Umgebung und belud seine Familie mit Schulden, die deine Eltern noch bis an ihr Lebensende begleichen mussten und an deinen Bruder weitergaben. Die Bauern im Dorf schüttelten nur den Kopf, als dein Großvater seine ersten Versuche anstellte, das Feld zu bewirtschaften, auf dem mehr Unkraut als Frucht wuchs.

Dein Vater war fünf Jahre alt, als er seine Geburtsstätte verlassen musste und in die neue Heimat zog. Er rebellierte in den ersten Jahren des Umzugs sehr und wollte die neue Situation nicht akzeptieren. Nach ihrer Ankunft folgten Jahre des Verzichts. Deine Großmutter arbeitete sich zu Tode und dein Großvater bekam nur durch seine fast schon wahnhafte Euphorie keine Schwächeanfälle. Erst nach und nach, als einige Bauern einen erfahrenen Wagner suchten, wurde er in ihre Gemeinschaft aufgenommen und begann, im Dorf Fuß zu fassen. Von ihnen lernte er die Landbewirtschaftung von Grund auf, aber zeit seines Lebens hatte er zu wenige Felder, um seine Familie davon ernähren zu können. Deine Großmutter erledigte die noch so kleinsten Dienste und dein Großvater arbeitete weiter als Wagner im Dorf, aber nun konnte er sich selbst als Bauer sehen und ging mit Stolz in die Sonntagsmesse.

Hubert, du trägst den Namen deines Onkels, des jüngeren Bruders deines Vaters, der nur wenige Wochen nach der Umsiedlung in die neue Heimat geboren wurde. Dein Vater zeigte nie Begeisterung für die Arbeit als Landwirt, wobei dein Onkel das größte Interesse und Talent hatte. Er rannte jeden Tag zu den Bauern im Dorf, um von ihnen zu lernen, was nötig war. Dein Onkel hatte eine natürliche Leidenschaft für alles Landwirtschaftliche und war als weiterer Stammführer geplant, während dein Vater hinterhertrabte, zur Hand ging, nur wenn er wirklich musste, und sich lieber mit anderen Dingen beschäftigte. Für deinen Großvater, für seinen Traum, für seine Euphorie und seinen Wahn wärst du vielleicht am Land geblieben, Hubert, aber nicht für deinen Vater, den, außer dem zu erwartenden Prestige eines Großbauern, nichts an der Landwirtschaft interessierte. Dein Vater war ein richtiger Repräsentationsbauer, der sich lieber im Wirtshaus profilierte als am Feld. Ihm ging es nur um das Ansehen, das Vorzeigen-Können und den Auftritt bei den Dorffesten, aber er verstand nichts von der Ideologie hinter dem Wahn seines Vaters.

Seit seiner Kindheit inszenierte sich dein Vater als der große Bauer. Sein blaues Arbeitsgewand trug er nur im Wirtshaus und es war alles vorbereitet für ihn, um auch später so weiterzumachen. Sein Bruder würde die Wirtschaft führen, das tägliche Geschäft im Hintergrund erledigen, und er würde nach außen, als der Ältere und das Oberhaupt der Familie, den Großbauern im Dorf spielen können. Dein Onkel, Hubert, wäre zum ersten richtigen Bauern eurer Familie geworden, wenn er nicht im Krieg gefallen wäre.

Dein Vater hat nie darüber geredet, nur einmal im Rausch überkam es ihn und er sagte: „Die Eigenen! Die Eigenen haben meinen Bruder getötet. Da konnte ich nicht mehr zurück." Von einem zum anderen Schützengraben haben sie geschossen ohne zu merken, dass es die Kameraden waren, die sie angriffen. Dein Großvater schickte seine beiden Söhne in den Krieg, obwohl sein Jüngster, Hubert, noch zu jung für den Dienst war. Mit zwei Söhnen als Kriegshelden, wie er wusste, würden sie im Dorf ein völlig anderes Ansehen genießen, aber der falsche Sohn kam aus dem Krieg zurück. Die Ehre der Bauern hat mich seit jeher abgestoßen, Hubert.

Dein Vater rüstete mit einer Verletzung von der Front ab und rückte nicht mehr ein. Es waren die letzten Wochen des Krieges und dein Großvater wollte nichts riskieren. Er hatte nur noch deinen Vater zur Weiterführung des Stammbaumes. Über die Zeit von damals, über die Entscheidungen, hat später niemand mehr gesprochen. Als der Krieg aus war, kam dein Vater aus seinem Loch und gab sich, als wäre nichts geschehen. Die Wochen und Monate bis zum Kriegsende wurden in eurer Familie verschwiegen. Du bekamst dein Leben lang nur zu hören, dass dein Onkel Hubert im Krieg starb, dein Vater aus dem Krieg zurückkam und gleich deine Mutter heiratete.

Hubert, du bist das Kind eines Deserteurs. Deine Familie existiert nur, weil dein Vater im richtigen Moment den Schwanz eingezogen hat und nicht mehr einrückte. Der Krieg hätte eure Familie ausgerottet, Hubert, wenn dein Vater ein Held gewesen wäre.

Dein Großvater mütterlicherseits wurde mit der Geburt seiner dritten Tochter zum Witwer. Selbst noch ein Kind, musste deine Mutter die Verantwortung für eine ganze Familie übernehmen. Sie kümmerte sich um den Haushalt, um ihre jüngeren Schwestern, ihren Vater, der nach einer Arbeitsverletzung nicht mehr richtig gehen konnte, und versuchte so gut es ging, die Wirtschaft aufrechtzuerhalten, die nur einige Häuser neben der Familie deines Vaters lag.

Im Laufe des Ersten Weltkrieges verließen immer mehr Männer das Dorf und um die anstehende Arbeit trotzdem bewältigen zu können, wurden Kriegsgefangene aus dem nur drei Kilometer entfernten Lager als Knechte zu den Bauern geschickt. Dein Großvater mütterlicherseits bekam einen jungen Franzosen zugeteilt. Er fuhr mit dem Fuhrwerk und erledigte alle körperlich anstrengenden Arbeiten, während deine Mutter kochte und am Feld arbeitete. Am Anfang bemerkte sie den jungen Mann kaum. Sie war eingedeckt mit ihrer Arbeit. Zufällig trafen sie sich manchmal auf dem Feld. Er sprach nur einige Worte ihrer, sie sprach kein Wort seiner Sprache. Es waren kurze Augenkontakte zuerst. Sie reagierte nicht darauf, tat abweisend, aber es waren die eindringlichsten Blicke, die sie jemals auf sich spürte. Die Blicke des jungen Mannes durchdrangen sie selbst in der Nacht, in unruhigen Träumen, und gaben ihr ein seltsames Gefühl von Wärme. Sie reagierte ihm gegenüber distanziert, zog sich zurück, aber er ließ nicht nach. Er spielte mit ihren jüngeren Schwestern. Sie waren vernarrt in ihn. Er zeichnete die Kinder, lehrte sie zu zeichnen und mit den einfachsten Bleistiftstrichen die schönsten Werke zu schaffen. Der junge Franzose zeichnete und malte in jeder freien Sekunde, um seine Eindrücke auf das Blatt zu bringen. Zeichnete Szenen des Dorfes, Skizzen, Karikaturen und schrieb einige Wörter in der fremden Sprache auf die Blätter. Die Schwestern deiner Mutter überredeten sie, sich von ihm an einem Nachmittag zeichnen zu lassen. Sie waren alleine auf einem Hügel, von dem sie das weite Land überblicken konnten. Die Schwestern liefen in den Wald. Der Franzose kam ihr immer näher. Mit seinem Bleistift nahm er Maß von ihrem Gesicht. Ihr Herz raste. Sie war ihm ausgeliefert, war völlig starr. Er beugte sich nach vor und küsste sie. Zum ersten Mal wurde sie geküsst und ihr Herz öffnete sich. All die Gefühle, die sie, hinter ihrer harten Schale, zu verdrängen versuchte, brachen frei. Ihr Schild war gebrochen und umso tiefer war ihr Schmerz, als der junge Franzose am nächsten Morgen verschwunden war. Der Krieg war zu Ende und sie konnte ihn nirgends finden. Er hinterließ keine Nachricht, nur die Zeichnung von ihr und auf der Rückseite die Worte: „Ma belle!" Es traf sie unvorbereitet, als er ging. Sie wusste nicht warum und weinte bitterlich.

Niemand hat diese Geschichte gekannt, und auch du, Hubert, hättest nie etwas davon erfahren, wenn du nicht eines Tages die Zeichnung und daneben einen Brief deiner Mutter entdeckt hättest, den sie an den Unbekannten schrieb, aber niemals abschickte. Das Bild deiner Mutter aus der Hand des jungen Franzosen hat dich fasziniert. Es zeigte dir eine ganz andere Seite von ihr, die nach dem einen Moment starb. „Das Totenbild ihrer Liebe", habe ich die Zeichnung einmal genannt, und du hast genickt, Hubert. Es war der einzige Moment im Leben deiner Mutter, in dem all die Last von ihr abfiel und sie ein naives Kind, ein verliebtes Mädchen sein konnte. Ihr Leben lang wusste sie nicht, warum er gegangen war, ohne ein Wort zu sagen. Nie erfuhr sie, durch welche Hand er starb.

Als der junge Franzose verschwand, landete deine Mutter in den offenen Armen deines Vaters, der zur richtigen Zeit am richtigen Ort war. Deine Mutter hat einmal ihr Schild niedergelegt und hat dafür ihr ganzes Leben lang bezahlen müssen. Einmal hat sie getrunken, ist dem Rausch der enttäuschten Liebe verfallen und hat den Lügen deines Vaters geglaubt, den sie sonst nie wahrgenommen hat. Sie war ihm ohne Schutz ausgeliefert, hat sich in einer Nacht hingegeben und wurde schwanger. Sie heirateten und sie vergaß den Franzosen, vergaß das kurze Aufflackern von Glück in ihr, die Aufregung in dem einen Augenblick von Freiheit, in dem sie dachte, sie könnte über ihr eigenes Schicksal bestimmen.

Hubert, du hast deine Mutter nie verstanden. Hast nie ein klärendes Gespräch gesucht und erst als du Jahre nach ihrem Tod das Bild von ihr fandst, ihre Worte gelesen hattest, konntest du sie, konntest du die Zusammenhänge verstehen. All ihre unerklärlichen Taten und Gesten haben sich zu einem Ganzen gefügt.

Deine Mutter konnte dich nicht lieben, Hubert, weil sie in dir ihre Gefangenschaft gesehen hat. In dir sah sie jegliche Möglichkeit verloren, ausbrechen zu können. Sie ist wegen dir geblieben und hat ihr Leben in der Provinz bis zum Ende ertragen. Wärst du nicht gewesen, Hubert, sie hätte das Dorf, die Familie und ihre vorhersehbare Zukunft verlassen, um neu, endlich frei anzufangen, ohne den Ballast einer Herkunft. Hubert, deine Mutter wollte nie die Tyrannin sein, die du in ihr sahst, aber sie wurde von ihren Männern dazu gezwungen und wenn sie in deine Augen schaute, dann sah sie, ob sie wollte oder nicht, ihr Gefängnis, ihre Schuld.

Du warst ein unerwarteter Nachzügler, Hubert, und kamst erst zehn Jahre nach dem zweiten Kind zur Welt. Deine Mutter wollte ihren Erstgeborenen, ihren Lieblingssohn, der kurz nach der Eheschließung mit deinem Vater geboren wurde und den sie nur mit dem allergrößten Durchsetzungsvermögen nicht auf seinen Namen taufen lassen musste, packen und fliehen. Die Tyrannei deines Vaters konnte sie nicht mehr ertragen. Sie hätte ihm den Zweitgeborenen überlassen, damit der Grundstock seiner Familie erhalten bliebe, und wäre fort. Sie hatte den Entschluss bereits gefasst, wartete nur noch auf den richtigen Moment, aber da wurde sie mit dir schwanger, Hubert.

Die Nacht, in der es passiert sein muss, hat sie ihr Leben lang verdrängt. Sie hatte wirksame Mittel entwickelt, um deinen Vater wegzustoßen, wenn er vom Wirtshaus kam. Oft genug war er so betrunken, dass deine Mutter kaum etwas machen musste, um ihn abzuwehren. Es genügte ein gezielter Stoß, eine abwertende Geste und er verlor die Lust. Sie konnte genau abschätzen, wie viel er getrunken hatte, und vor allem was, wenn er in ihr Zimmer wankte. Der Schnaps war am schlimmsten. Seine Schnapsräusche machten ihn aggressiv. Das Bier nur müde und fast schon gutmütig. Mit einem Bierrausch konnte deine Mutter deinen Vater ertragen und er wurde handzahm. Aber der Wein, den er täglich literweise trank, ist deinem Vater zu Kopf gestiegen. Im Weinrausch kam ganz der Repräsentationsbauer in ihm durch. Er tönte vorlaut vor sich hin und konnte sich nicht mehr kontrollieren. Im Wein,

Hubert, liegt die Wahrheit, wie man so schön sagt, aber was ihr damals alles in euren Wein getan habt, da kann man von Wahrheit sicher nicht sprechen.

Dein Vater lud oft seine Stammrunde in euren Weinkeller ein. Sie schenkten seinen Geschichten Glauben und waren von gleicher Natur wie er. Statt selbst Hand anzulegen, schimpften sie über alles und ließen ihre Familien arbeiten. Und erhob irgendjemand ein Wort zur Gegenstimme, dann streckte dein Vater seinen vom Krieg steifen Arm in die Höhe und beendete eine jede Diskussion.

Während dein Vater mit seinen Saufkameraden Weinfass um Weinfass leer soff, und sie ihre Zukunft aus dem Satz des Weines deuteten, warst du mit deinen Brüdern im oberen Stock. Die Schreie und das Gelächter drangen aus dem Keller zu euch hinauf, während ihr mit eurer Mutter etwas gespielt habt.

Deine Mutter ging nie in den Keller, wenn Besuche da waren. Sie richtete üppige Mahle für die Gäste, während ihr Kinder am Abend, wie zu Mittag, einen Kohlkopf bekommen habt, den sie zweimal durchschnitt und in die Mitte des Tisches stellte. Deine Brüder stürzten sich darauf wie die Löwen auf die Meute. Oft nahmen sie mit einem Mal alles vom Tisch und du standst ohne Essen da. Sie hatten Hunger von der Arbeit und kannten kein Pardon mit dir. Wenn du Glück hattest, konntest du etwas ergattern, Hubert, aber das kam nur selten vor. Deine Brüder waren zu stark, zu kräftig und du hattest Angst, etwas zu sagen. Über Jahre hinweg musste deine Mutter für dich ein Stück beiseitelegen. Nie konntest du dich durchsetzen und warst schon ganz abgemagert. Einmal habe ich ein Foto aus jener Zeit gesehen, Hubert, und ich sah nur ein Gerippe aus Haut und Knochen.

Ihr habt damals nicht gegessen, ihr habt wirklich gefressen, Hubert, genau wie die paar Schweine in eurem Stall. In der ständigen Angst, dass deine Brüder jederzeit auf deinen Teller greifen könnten, hast du das Essen in dich so schnell wie möglich reingestopft.

In der ersten Zeit mit dir essen zu gehen, Hubert, war furchtbar. Es hat Jahre gedauert, um dir deine Essgewohnheiten abzugewöhnen. Ich musste dich in die Kultur des Essens erst einführen, wie in alle Sitten und Gebräuche der Stadt. Du hattest nicht einmal im Ansatz eine Esskultur und du hast wie ein Schwein in dich hineingefressen. Die herrlichsten Gerichte, die so wunderbar angerichtet waren, ein Genuss für die Augen, hast du in einem Zug verschlungen, als würde jetzt und jetzt jemand kommen und dir den Teller wegreißen. In kürzester Zeit hast du die größten Mengen bis zum letzten Krümel verzehrt und ich konnte dich gerade noch davon abhalten, den Teller abzuschlecken.

Hubert, du hast ohne Genuss gegessen und bist jedes Mal in eine Trance, in einen Fressrausch gefallen. Wie viel Zeit ich brauchte, um dir den Genuss des Speisens beizubringen, dir zumindest eine rudimentäre Esskultur anzugewöhnen, war unglaublich. Bevor ich dich aus dem Dorf führte, Hubert, kanntest du die Welt des Essens, kanntest die köstlichsten Speisen nicht und hast dein Leben mit den einfachsten und ständig gleichen Gerichten verbracht. Dein Spektrum an Essen reichte über ein Trumm Speck nicht hinaus. Ich musste mich wirklich genieren für dich, als wir die ersten Male in ein

Haubenlokal gegangen sind, Hubert, und du am liebsten einen Kohlkopf gehabt hättest.

In jedem Restaurant hast du mich bestellen, mich das Essen und den Wein aussuchen lassen, Hubert. Du hast nur genickt, wenn ich dir einen Vorschlag machte und sobald alles da war, hast du den Kopf geschüttelt und dein Gesicht verzogen, als hättest du etwas ganz anderes haben wollen. Ich musste alles alleine machen, Hubert. Es war unerträglich. Du hast kein Wort vor den Kellnern herausgebracht und mit mir hast du so oder so nichts geredet. Unzählige schweigende Stunden haben wir in Restaurants verbracht. Du hast die Menschen beobachtet, dein Essen verschlungen, und ich konnte über deine Manieren nur den Kopf schütteln.

Hubert, du stirbst und selbst da schweigst du. Dein Röcheln ist so leise geworden. Ich höre dich kaum noch atmen. Die Kälte des Schweigens hast du wie kein anderer beherrscht. Wir haben kein einziges Mal gestritten. Nie bist du laut geworden, Hubert, bist explodiert oder hast die Kontrolle verloren. Wenn ich geschrien, wenn ich dir gedroht habe, bist du stoisch dagestanden oder gesessen und hast ins Leere gestarrt. In unserer Familie wird nicht gestritten, hat gleich zu Beginn unseres Kennenlernens dein Vater behauptet, Hubert, und ich musste am eigenen Leib erfahren, wie recht er damit hatte. Ihr habt alles hineingefressen und andere Ausdrucks- und letztlich Vernichtungsmittel gefunden. In deiner Familie wurde nicht gestritten, ja, aber dafür habt ihr das fürchterliche Schweigen als schlimmste Waffe von allen eingesetzt, das in jeder Sekunde vernichtet hat. Und dann habt ihr euch gewundert, warum eure Frauen so früh gestorben sind.

Aber ich, Hubert, habe dir diesen Gefallen nicht getan!

Während deine Brüder am Feld mit deiner Mutter arbeiteten, hat dich dein Vater ins Wirtshaus und zu allen Vereinssitzungen mitgenommen. Zeit seines Lebens inszenierte er sich als der große Bauer und brachte dich bereits früh in Stellung, seinem Beispiel zu folgen. Bis spät in die Nacht musstest du mit den Männern dasitzen, die, Glas um Glas, die Probleme der Welt zu lösen schienen und alles erkannten, wofür die Entscheidungsträger anscheinend zu blind und zu nüchtern in ihrer Politik waren. Hubert, du bist dagesessen und hast einfach nur zugehört, während sich ihre Stimmen zu einem einzigen Geräusch formten und für dich zu Musik wurden.

Deine Mutter ging kaum in die Öffentlichkeit. Man traf sie nie im Dorf oder bei Dorffesten und fand sie nur auf der Wirtschaft, am Acker oder in der Kirche. Als der Zweite Weltkrieg ausbrach und deine Brüder einrücken mussten, wurden wieder junge Franzosen vom Kriegsgefangenenlager als Knechte in euer Dorf geschickt. In den Gesichtern der jungen Männer sah deine Mutter ihre erste, ihre einzige Liebe. Dein Vater war im Wirtshaus und die Franzosen gingen bei euch ein und aus. Deine Mutter verbrachte viele Stunden allein mit ihnen am Feld und in der Scheune, während du zum Spielen in den Wald geschickt wurdest.

Jeden Tag fuhrst du auf deinem Schulweg mit dem Rad am Kriegsgefangenenlager vorbei. Oft bist du nicht bis in die Schule gekommen, weil dich der Anblick der Menschenmassen, die vom Bahnhof ins Lager marschierten, so fasziniert hat. Du bist irgendwo im hohen Gras gesessen und hast zugeschaut, wie Menschen in den verschiedensten Hautfarben und Uniformen, die du noch nie gesehen hattest, an dir vorbeizogen. Mit deinen neun Jahren verlorst du dich völlig in den fremden Gesichtern und Sprachen. Wenn keiner hergesehen hat, bist du zum Stacheldraht des Lagers geschlichen und hast alles mit deinen glänzenden braunen Augen beobachtet. Ich bin mir sicher, dass du das Mädchen in dem weißen Kleid damals gesehen hast. Ich weiß, dass du mich gesehen hast, Hubert!

Als das Lagerkommando im Winter 1941 bestimmte, die Toten neben dem Wald zu begraben, verbrachtest du fast jeden Nachmittag an diesem Ort. Das Schauspiel hat dich in den Bann gezogen. Du kanntest die üblichen Dorfbegräbnisse, hast auch noch zugesehen, wie sie die ersten Leichen aus dem Lager auf dem Friedhof, um die Kirche herum, begruben, aber als sie aus einem unberührten Waldboden einen Ort des Todes machten, ließ dich der Anblick nicht mehr los.

Die Zahl der Toten stieg Tag für Tag. Viele starben schon bei der Anreise mit dem Zug und wurden direkt mit dem Pferdewagen, der mit Dachpappe ausgelegt war, vom Bahnhof zum Friedhof gebracht und in die Massengräber gelegt. Du hast die Bilder nie vergessen können, Hubert. Begräbnisse ohne Särge, nur ausgehungerte Körper, Knochengerippe, die nebeneinander in ein Loch gelegt und mit Kalk überstreut wurden. Über 10.000 Menschen haben sie neben dem Wald vergraben, Hubert, und du hast sie auf ihrem letzten Weg begleitet.

Als deine Mutter kurz vor Kriegsende die Nachricht vom Tod ihres Erstgeborenen bekam, veränderte sich etwas in ihr. Sie verstummte völlig. Es war ein seltsamer Tag, als sie den Brief im Postkasten fand. Noch bevor sie den Umschlag öffnete, wusste sie es. Seit Tagen hatte sie unruhige Träume. Sie war mit ihrem Sohn verbunden, dachte sie, und würde es spüren können, wenn er den letzten Atemzug gemacht hat. Bis zuletzt hatte sie die Hoffnung, dass auf der Benachrichtigung ein anderer Name steht.

Der Körper deines Bruders blieb verschollen. Bis heute weißt du nicht, wo er gefallen ist, und auf allen Kriegsfriedhöfen der Welt hast du seinen Namen gesucht. Dein älterer Bruder war nicht nur der liebste Sohn deiner Mutter, sondern auch deine einzige Bezugsperson. Er hat sich um dich gekümmert und dir alles gezeigt. Als Einziger hat er dich von Anfang an ernst genommen und in deinen Augen ein Potential gesehen, das alle anderen ignorierten. Er hatte eine natürliche Intelligenz und eine reine Seele, die ihn im Krieg vermutlich getötet hat. Deine Mutter wollte, dass dein Bruder zum Priester geweiht wird. Er sollte die Laufbahn eines Geistlichen einschlagen, Hubert, damit er, wenn sie gestorben wäre, beim lieben Gott für sie recht bitten hätte können, wie sie oft sagte.

Ein Begräbnis für deinen Bruder fand nicht statt, genau wie bei deinem Onkel damals. Noch ein Sohn in fremder Erde. Die Geschichte wiederholt sich. Dein Vater hat es verweigert, ein richtiges Begräbnis abzuhalten. Er ließ den Namen seines Sohnes bei der Sonntagsmesse verlesen, aber er wollte für ein Ritual, einen leeren Sarg, wie er sagte, nicht zahlen.

Deine Mutter machte ihr eigenes Fest zum Abschied ihres Sohnes. Sie saß alleine am Familiengrab und du sahst ihr, versteckt hinter einem Grabstein, dabei zu, wie sie auf der Zither sein Lieblingslied spielte. Als sie dich entdeckte nahm sie dich in den Arm und zeigte dir zum ersten Mal eine Geste von Zärtlichkeit. Hubert, du konntest sie nicht verstehen, hast sie nicht auf dich beziehen können, sondern nur auf deinen Bruder. Fühltest dich in den Armen deiner Mutter als Stellvertreter für ihren Lieblingssohn, den sie nicht mehr halten konnte. Es rührte dich, aber du hast nicht geweint, Hubert. In den Armen deiner Mutter konntest du nicht über deinen Bruder weinen.

Deine Mutter starb kurze Zeit nach Ende des Krieges, als ein Pferdewagen auf sie fiel. Dein Vater erfuhr im Wirtshaus von ihrem Unfall. Tot oder ein Leben lang behindert. Es war eine einfache Entscheidung damals, über die man nicht gesprochen hat. Man hat ihr den Gnadenschuss gegeben, indem man nichts mehr machte. Die Alten und Krüppel werden im Dorf abgeschoben und eingesperrt, bis die Parte im Schaukasten hängt, hast du einmal sehr scharf formuliert, Hubert. Sie wäre ohnehin, in allerkürzester Zeit gestorben, wie ihr alle dachtet, wenn sie nicht arbeiten hätte können und auf fremde Hilfe angewiesen wäre. Sie starb, bevor ihr eine Entscheidung treffen musstet. Selbst diese Entscheidung hat sie euch abgenommen, Hubert.

Fast zum Hohn, wie du wohl empfunden haben musstest, aber es natürlich nie gesagt hast, hat dein Vater auf ihre Parte drucken lassen: „Arbeit war ihr Leben, Ruhe ist ihr Lohn!“ Du hättest damals etwas sagen müssen, Hubert, aber du konntest dich deinem Vater nie entgegenstellen. Im Trauerjahr deiner Mutter ging er täglich ins Wirtshaus und ließ kein Fest aus.

Hubert, du hast in einer gefährlichen Zeit deine Jugend im Dorf verbracht. Die Russen waren gleich bei euch in der Nähe stationiert und die Leute erzählten davon, wie grausam die russischen Soldaten mit den Menschen umgingen. Du selbst sahst von der Gewalt der Russen nichts. Trotzdem hattest du ständig die Angstgeschichten im Hinterkopf und als du eines Tages, kurz vor Einbruch der Dunkelheit, den Bach über eine kleine Brücke überqueren wolltest, da kamen sie dir alle hoch. Du warst schon am halben Weg und als du hoch blicktest, stand auf der anderen Seite ein russischer Soldat in voller Montur. Hubert, du hast ihn angestarrt, abwechselnd den Blick in seine Augen und auf sein Gewehr gerichtet und dich nicht bewegt. Langes Schweigen. Dann trat er einen Schritt zurück, deutete etwas und sagte: „Da. Da." Aber da war nichts, Hubert, du hast so schnell du konntest kehrtgemacht und bist weggelaufen.

Während der Besetzung durch die Russen ist euer Dorftrottel, wie sie alle sagten, zum Bürgermeister ernannt worden. Die Bauern bestimmten einen Knecht zum Bürgermeister, weil alle anderen Angst hatten, dass ihnen die Russen etwas wegnehmen könnten. Er hatte weder Geld noch Grund oder Familie. Die Russen konnten ihm nichts nehmen, ihn nicht erpressen, wie sie alle dachten. Der Narr war nach dem Krieg der ideale Bürgermeister, der nichts von Parteien, nichts von Politik verstand und in völliger Naivität auf jeden gleich zuging. Hubert, wärst du in der Provinz geblieben, hättest du das Amt vom Dorftrottel übernehmen können, wie das dein Vater geplant hatte, und wärst in einer Zeit in die Politik eingestiegen, wo wirklich noch etwas zu bewirken war.

Dein Weg war durch den Wahn deines Vaters vorbestimmt, Hubert, und du hast dich von ihm herumkommandieren lassen. Ohne eigenen Willen hast du gemacht, was er gesagt hat. Du durftest keinen Beruf erlernen, konntest nicht weiter in die Schule gehen und hast mit deinem Bruder die Landwirtschaft betrieben. Niemand hat gefragt, was du wolltest, und ich denke, nicht einmal du selbst wusstest es. Dein Vater hat dich bei jedem Verein eingeschrieben und du musstest bei jeder Veranstaltung mithelfen, um irgendwann Bürgermeister zu werden. Nie hast du dich durchsetzen können oder dich auch nur ansatzweise gegen deinen Vater aufgelehnt. Du wolltest es allen recht machen und hast ständig nur genickt, Hubert, ohne ein Wort zu sagen.

Hinter den Gräbern des Lagerfriedhofs hast du dich vor der Welt versteckt. Es war für dich nach dem Krieg der stillste Ort und er wurde erst wieder laut, als die Franzosen exhumiert und in ihre Heimat zurückgebracht wurden. Du hast dabei zugesehen, wie sie die Gefallenen, die du in ihrer Beerdigung begleitet hattest, wieder aus der Erde rissen. Die Leichen hatten bereits Wurzeln geschlagen, hast du irgendwo notiert, Hubert, und es blieben nur noch die Russen in der fremden Erde liegen.

Im Lauf deines Lebens bist du immer wieder zu deinem Friedhof neben dem Wald, deinem Existenzort, wie du das einmal ganz pathetisch geschrieben hattest, zurückgekommen und eines Tages waren alle Pappelbäume gefällt. Mit den Jahren sprengten ihre Wurzeln die kleine Friedhofsmauer, als würde der Wald sein Grundstück von den Toten zurückfordern. Die Baumstämme wurden von einem Unternehmen abgeholt, das Holzsärge herstellt. Aus den Bäumen deines Friedhofs wurden Särge gemacht, Hubert. Du hast dir, als du davon erfahren hast, sofort einen Sarg reservieren lassen. Der Sarg, der aus deinem Friedhof wuchs. In deiner Todesromantik konntest du dich des Bildes natürlich nicht erwehren. Du hast es dir nicht nehmen lassen, deinen Sarg persönlich abzuholen, und seither steht er in unserem Kellerabteil und hat wahrscheinlich schon den Holzwurm.

Was du dein Leben lang für ein Theater um den Friedhof neben dem Wald, den Russenfriedhof, wie die Leute sagten, gemacht hast, Hubert, war einfach unerträglich.

Das Burgtheater beginnt die Spielzeit heuer mit einem Russen, einer russischen Komödie. Das muss ein Zeichen sein, Hubert!

Während du im Dorf deiner vorbestimmten Zukunft entgegengegangen bist, Hubert, habe ich die Zeit des Wiederaufbaus natürlich im Theater erlebt. Es waren die Jahre ohne das Burgtheater, ohne das Haus am Ring, das in Trümmern lag. Auch mich, Hubert, wäre ich an diesem Tag meinen üblichen Weg gegangen, hätte der Bombenhagel erwischt. Der Zweite Weltkrieg hat solch große Opfer gefordert. Es war kaum zu ertragen, Hubert!

Zehn Jahre musste ich auf das Burgtheater verzichten und mich mit einer Ersatzspielstätte, mit dem Ronacher, Hubert, begnügen, das ich danach nie wieder betreten habe. Es war ein anderes Spiel dort, die Stimmen klangen fremd und ich erkannte wieder einmal, wie viel das Theater, das Haus selbst, dem Burgtheater und alles, was das Burgtheater ist, zu verdanken hat. Alleine die Erscheinung des Burgtheaters macht schon einen Großteil des Theaters aus und gibt ihm so viel mehr, als im Ronacher, oder sonst wo, je möglich wäre. Das Burgtheater ist eine absolute Bühne, ein absolutes Schauspiel, das einen geradezu in die Höchstkultur verführt, während alle anderen Theater in der Stadt nichts weiter als bessere Operettenbühnen sind. Es braucht den besonderen Rahmen für das Theater und das Burgtheater ist zweifelsohne der schönste und bedeutendste Rahmen, den man sich vorstellen kann. Selbst die anderen Spielstätten des Burgtheaters waren mir höchst zuwider. Natürlich hätte ich auch dort ab und zu gutes Theater sehen können, aber ich weiß, das wirklich große Theater ist nur im Burgtheater zu Hause. Es ist mein ganz privater Genuss, den ich mir niemals nehmen lasse.

Die zehn Jahre des Wiederaufbaus waren furchtbar für mich, aber ich sagte mir, Hubert, besser das Ronacher als nichts, und sah auch dort die Größten ihrer Zeit in ihrer herausragenden Schauspielkunst: Krauß, Werner, Skoda, Seidler, Aslan. Sie haben mir den Übergang und die Zeit ohne das große Haus halbwegs erträglich gemacht, ansonsten wäre ich völlig zugrunde gegangen. Wäre das Theater nicht gewesen, Hubert, ich weiß nicht, wie es für mich ausgegangen wäre. Gerade in dieser Zeit, wo ich zum Spielball meines Vaters wurde, wo sie ihm alles, seine Forschung und Anerkennung, wegnahmen und er es in endlosen Hassmonologen an mir auslebte, war das Theater meine Lebensrettung.

Hubert, die zehn Jahre im Ronacher, in der Blüte meines Lebens, wie anders wären sie verlaufen, wenn ich sie im Burgtheater verbringen hätte dürfen. Meine besten Theaterjahre habe ich in einer Ersatzspielstätte verbracht und den Verlust nie ganz wettmachen können. Es wäre meine Zeit gewesen, um Eingang in die höchste Gesellschaft zu finden, aber der Zweite Weltkrieg hat mir alles genommen. Meine Freunde waren weg. Der Mann, mit dem ich mich bereits arrangiert hatte, war nicht mehr. Ich hätte noch so viel von ihm lernen und mit ihm an meiner Seite das Burgtheater erobern können, Hubert, wie er mir das versprochen hatte. Das war ein wirklicher Theatergeist! Ich bin für einen Mann erzogen worden, der nicht mehr vom Krieg zurückkam, und hatte danach nichts mehr. Meine Zukunft, meine Träume waren verloren, Hubert, und mir blieb nur eine Ersatzspielstätte.

Hubert, es wären große Jahre für mich gewesen, aber ich musste meine Blütezeit im Ronacher verbringen und verwelkte augenblicklich am Ungeist des Wiederaufbaus. Nach Kriegen und Skandalen wird seit jeher das langweiligste Theater gespielt, Hubert, nicht?

Als das Burgtheater 1955 wiedereröffnet wurde, natürlich mit einem Österreicher, mit einem österreichischen Klassiker: Grillparzer, Hubert! Grillparzers „König Ottokars Glück und Ende“ und natürlich die Rede von Ottokar von Hornek darin, den kein Geringerer als Aslan verkörperte. Solch treffender Monolog auf die Schönheit Österreichs, in so einer Zeit der Erlösung. Der Text stand an diesem Abend für sich alleine, als große Geste der Einheit, und noch heute klingt mir die Stimme von Aslan im Ohr, als er zu seinem Monolog ansetzte:

„Er ist ein guter Herr, es ist ein gutes Land,
Wohl wert, daß sich ein Fürst sein unterwinde!
Wo habt Ihr dessengleichen schon gesehn?
Schaut rings umher, wohin der Blick sich wendet,
Lacht's wie dem Bräutigam die Braut entgegen!
Mit hellem Wiesengrün und Saatengold,
Von Lein und Safran gelb und blau gestickt,
Von Blumen süß durchwürzt und edlem Kraut,
Schweift es in breitgestreckten Tälern hin –
Ein voller Blumenstrauß soweit es reicht,
Vom Silberband der Donau rings umwunden! –
Hebt sich's empor zu Hügeln voller Wein,
Wo auf und auf die goldne Traube hängt
Und schwellend reift in Gottes Sonnenglanze;
Der dunkle Wald voll Jagdlust krönt das Ganze.
Und Gottes lauer Hauch schwebt drüber hin
Und wärmt und reift und macht die Pulse schlagen,
Wie nie ein Puls auf kalten Steppen schlägt.
Drum ist der Österreicher froh und frank,
Trägt seinen Fehl, trägt offen seine Freuden,
Beneidet nicht, läßt *lieber sich beneiden!*

Und was er tut, ist frohen Muts getan.
's ist möglich, daß in Sachsen und beim Rhein
Es Leute gibt, die mehr in Büchern lasen;
Allein, was not tut und was Gott gefällt,
Der klare Blick, der offne, richt'ge Sinn,
Da tritt der Österreicher hin vor jeden,
Denkt sich seinen Teil und läßt die andren reden!"

Hubert, hörst du.

„O gutes Land! O Vaterland! Inmitten
Dem Kind Italien und dem Manne Deutschland,
Liegst du, der wangenrote Jüngling, da:
Erhalte Gott dir deinen Jugendsinn
Und mache gut, was andere verdarben!"

Tränen flossen, Hubert, als das Publikum diese Verse wieder im erhabensten Haus unserer Kultur hörte. Zwischenapplaus. Beifallsstürme. Ich habe so etwas vorher und nachher nicht mehr erlebt. Das Publikum jubelte Aslan minutenlang zu, als seine Stimme absank. Es war seine letzte Rolle, Hubert, und ein Text, den selbst er ohne Hänger und Souffleuse aufsagen konnte.

Es war ein einzigartiges Erlebnis, diese Rede zu hören, obwohl diese ganze Passage, wenn wirklich gute Dramaturgen am Werk wären, ersatzlos gestrichen werden müsste, wie mir das eine Theaterkritikerin in der Pause erklären wollte, ich aber nur den Kopf geschüttelt habe. Der Text fällt völlig aus der Handlung des Stückes, hat sie gesagt, aber keiner hat es je gewagt, auch nur einen Beistrich daran zu ändern. Das nenne ich Ehrfurcht, Hubert, von der es heute viel zu wenig gibt.

Das Burgtheater platzte bei der Wiedereröffnung aus allen Nähten. 1.520 Plätze restlos ausverkauft und sie gaben sogar eine Doppelvorstellung, um alle geladenen Gäste samt Gattinnen begrüßen zu können. Der Bundespräsident durfte sich das Stück zweimal ansehen, Hubert, stell dir das vor. Welch Spektakel! Was für ein Fest für dieses Haus, das mit einem Schlag seine Geschichte, seinen Mythos zurückerhielt, als wäre der Krieg nie gewesen. Endlich konnte ich wieder im Burgtheater sitzen und musste das Haus nie wieder verlassen. Die dunkle Zeit hatte mit dem wiedereröffneten Burgtheater ihr Ende gefunden, Hubert. Zum Glück redete niemand mehr über das schreckliche Damals und man konnte wieder in die Zukunft blicken.

Und meine Zukunft solltest du sein, Hubert. Als ich dich traf und erkannte, wer du für mich sein könntest, sind meine Lebensgeister wieder erwacht und ich sah meine längst verloren geglaubten Träume in ein neues Licht getaucht. In dir sah ich die letzte Möglichkeit, doch meiner Bestimmung entgegenzutreten, Hubert, das Burgtheater zu erobern und zu retten. Ich war nur um einige Jahre älter als du, aber vom Geist her ein Greis im Vergleich zu dir. Durch dich, Hubert, habe ich meine Jugend, mein Feuer zurückgewonnen und ich wusste, mit dir konnte ich die Zeit zurückdrehen und noch einmal neu anfangen. Du hast mich in deiner maßlosen Dummheit dazu gezwungen, wieder wie ein Kind zu denken, damit ich dich verstehen konnte. In dir, Hubert, sah ich eine neue Hoffnung für mich. Du warst die Quintessenz all meines Strebens, wie ich sofort erkannte, und ich war von blinder Euphorie getrieben. Mein weißer Ritter stand mir beim Feuerwehrfest gegenüber und ich musste nur noch auf seine Heldentaten warten.

So oft habe ich mir überlegt, wie unser Leben verlaufen wäre, Hubert, wenn ich an dem einen Sonntag meinen Vater nicht begleitet hätte, uns die Reste des Lagers anzusehen. Er war es, der aus irgendeinem Nostalgiedrang heraus unser Schicksal in die Hand genommen hat. Er, Hubert, der mich förmlich dazu zwang, mit ihm aufs Land zu fahren und schließlich auch zum Feuerwehrfest deines Dorfes, wo er sich Informationen erhoffte, wie es mit dem Lager weiterging, als er seine Messungen abgeschlossen hatte.

Voller Hoffnung fuhr mein Vater in dein Dorf, aber er erfuhr nichts mehr, kaum jemand wusste oder wollte mehr etwas von dem Lager wissen, das nur wenige Meter von ihrer Dorfgrenze entfernt lag. Die Holzbaracken wurden verbrannt, alles andere wurde wieder zum Militärgebiet und schließlich für die Bevölkerung uneinsehbar. Hubert, niemand in deinem Dorf konnte ihm auch nur die geringste Auskunft geben. Bereits nach wenigen Jahren war das völlige Vergessen eingetreten und niemand interessierte sich für die Vergangenheit. Das Lager war den Menschen, die in unmittelbarer Umgebung lebten, so oder so nie ein Begriff. Sie sahen es damals von der Peripherie, aber nahmen es nicht wahr. Kriegsgefangenenlager sind Alltag in kriegerischen Zeiten. Dein Lager hatte keine Ausnahmestellung. Es war kein besonderes Lager, kein Vernichtungslager. Die Leute blickten nie hinter die Mauern des Ortes, der später wieder zur Kaserne für neue Rekruten wurde und in der Unscheinbarkeit verschwand. Obwohl so viele Menschen dort waren, so viele starben, wurde nie an der äußeren Mauer des Scheins gekratzt, hast du einmal geschrieben.

Die Festgäste schauten meinen Vater mit verachtenden Blicken an, in denen die Worte standen: Wie kann er so etwas bei einem Dorffest fragen? Wie kann er solche Fragen überhaupt stellen?

Totschweigen ist vielleicht die einzige Fähigkeit, die man im Dorf in Perfektion beherrscht. Totschweigen, Hubert, aber du musst das wirklich nicht so wörtlich nehmen.

Wäre mein Vater nicht gewesen, Hubert, hätten wir uns nicht getroffen. Mein Vater war der Grund. Ich selbst wäre niemals auf das Land gekommen. Ich verabscheue seit jeher die geistlose Provinz, Hubert, du weißt, aber mein Vater bestand darauf. Er wollte unbedingt wissen, an was ich mich noch erinnern konnte, als er mich mitnahm, während er seine Forschung betrieb, aber das Einzige, woran ich mich an diesem Tag erinnerte, waren deine Augen, Hubert. In dem Gewühl der Geschichte und zwischen den stumpfsinnigsten Blicken des Dorfes traf ich auf deine Augen. Die Augen des kleinen Jungen, den ich damals sah.

Nein! Es kann kein Zufall sein.

Hubert, ich habe dich aus deiner Provinz gerettet, nachdem diese seltsame Dorfromantik ausbrach. Die bildenden Künstler zogen in Scharen aufs Land und kauften sich um wenig Geld alte Hütten oder Nutzhäuser und hausten dort unter den primitivsten Umständen. Sie haben die Ruinen des Krieges erworben, im Dreck des Dorfes gelebt und sich plötzlich furchtbar mondän gefühlt.

All die bildenden Künstler müssen dem Krieg, den Zerstörungen der Kulturschätze danken, dass sie durch die Renovierung der Denkmäler auf einmal eine Arbeit hatten und zum ersten Mal von ihrer Kunst leben konnten. Durch die Zerstörung des Alten war der Platz für das Neue geschaffen, aber statt diesen neuen Freiraum zur Verwirklichung ihrer hochtrabenden Theorien zu nützen, die sie voller Überheblichkeit herausposaunten und mit denen sie das ganze System stürzen wollten, sind sie mit einem Schlag zu Staatskünstlern verkommen, also zu dem, was sie einmal am meisten verabscheut haben. Bei erster Gelegenheit nahmen sie Professuren an den Kunstuniversitäten an und ihre Studenten ließen sie ihre Provinzruinen renovieren, während sie die Anweisungen gaben. Ich habe es nie verstanden, Hubert, warum sie plötzlich alle dem romantischen Bild eines Künstlerdaseins nachgelaufen und aufs Land geflüchtet sind, wo sich ein geistiges Leben nie entfalten kann.

Die Tonkünstlerin, die in euer Dorf gezogen ist, hat dein Leben völlig auf den Kopf gestellt. Du warst gerade Anfang zwanzig, Hubert, und sie war fast doppelt so alt. Vom ersten Augenblick an warst du von ihr fasziniert. In deinem Leben hattest du noch nie so ein Wesen getroffen. Bisher kanntest du nur deine Mutter, die schon lange tot war, und die jüngeren Varianten davon in den Gesichtern deiner Altersgenossinnen im Dorf, aber so etwas, so eine Naturgewalt an Weiblichkeit, war neu für dich.

Du konntest deinen Blick nicht von ihr lassen. Lange schwarze Haare und Augen wie Pech. Ihre Aura überwältigte dich, Hubert, und in dir entzündete sich etwas, was so lange geschlummert hatte. Als du sie sahst, warst du in einer anderen Welt. In ihr erkanntest du eine Urkraft, die dir bisher verborgen blieb. Die Tonkünstlerin redete mit solch kräftiger und zugleich sanfter Stimme, die dich gefangen nahm und in eine Art Trance versetzte. Du hast nichts gesagt, Hubert, und von dem, was sie dir erzählte, hast du kein Wort verstanden, aber du warst von ihr, von ihrer Art zu leben und mit welchen Augen sie die Dinge sah, berauscht. Hubert, die Tonkünstlerin zeigte dir das Land auf eine ganz andere Weise und den schöpferischen Blick auf alle Dinge.

Die Verrückte, die Hexe, nannten sie die Menschen im Dorf und würdigten sie keines Blickes. Du sagtest niemandem, dass du ihre Nähe, sooft es nur ging, gesucht hast. Heimlich schlichst du dich durch den Wald und die Kellergassen entlang, um zu ihrem Haus zu kommen, und verbrachtest ganze Nachmittage dort. Ihre Wohnräume machte sie zu richtigen Kunsträumen. Sie malte auf die Wände, die Schränke und die Türen. Für sie war alles ein formbarer Gegenstand der Kunst. Selbst die Telefonnummern, die sie mit Bleistift an die Wände zeichnete, waren Teil ihrer Welt, wie du dachtest. Du hast damals nichts von Kunst verstanden, Hubert, nichts von den Kulturen, die sie dir zeigte, aber es kümmerte dich nicht, weil dich alleine ihre Arbeit, der schöpferische Prozess und wie sie für sich die

Welt umformte, gefangen nahm. Alles, was sie sah, nahm sie in ihre Werke auf, als würde aus der Erde selbst die Kunst erwachsen.

Aus dem Handgelenk zeichnete sie die schönsten Skizzen der Natur. Stundenlang konntest du ihr zusehen, wie sie eine Blume malte, wie sie ihre Entwürfe anfertige für eine ihrer Tonskulpturen, die sie mit ihren bloßen Händen bearbeitete. Hubert, du hast ihr den roten Ton angerührt, bist ihr in allen Dingen zur Hand gegangen und durftest dafür still beobachten, wie ihre weichen Hände aus einem feuchten Klumpen Leben formten.

Die Tonkünstlerin war deine erste und vielleicht einzige Lehrerin, Hubert. Statt dir Bücher zu geben, hat sie dir von der Welt erzählt und dich ermutigt, deine Gedanken aufzuschreiben. Sie hat dich zur Kunst verführt, Hubert, in ihrem geschützten Raum hast du deine ersten Worte verfasst. Die Tonkünstlerin hat dir den Stachel der Kunst hineingetrieben und immer weiter und weiter gebohrt. Mit ihrer Leidenschaft hat sie ein Feuer in dir entfacht, das ich kultivieren und dich damit in unerreichte Höhen führen wollte.

Deine ersten Schreibversuche, die du aus irgendwelchen nostalgischen Gründen nicht verbrennen konntest, habe ich natürlich gelesen, Hubert. Sie sind voller Naivität und Lebensromantik: Naturgedichte, seitenlange Ausformulierungen über Gänseblümchen, Mohnblumen, Waldspaziergänge, und detaillierte Beschreibungen von Bäumen, ihrer Rinde, ihrer Lebensringe, an denen du den Kreislauf des Lebens gesehen und gespürt hast. Hubert, wäre ich nicht gewesen, würdest du heute noch über jeden Baum im Wald ein Gedicht schreiben. Du wärst aus der schmalzigen Naturpoesie vermutlich nie herausgestiegen und hättest es vielleicht auch noch als Metapher für unser ganzes Sein gesehen, wie dir das diese Tonkünstlerin versuchte einzureden, die dich in deinem Schreiben nie beschnitten hat, Hubert, und deine Worte wild wuchern ließ. Aber was wissen diese bildenden Künstler schon von der Poesie, von der Dichtung? Ohne mich hättest du nie den Sprung in die Hochkultur geschafft und würdest bis heute den Wald vor lauter Baumgedichten nicht sehen.

Es gab schon genug Beschreibungsfaschisten in der Literatur, Hubert, da hätten sie dich nicht auch noch gebraucht. Adalbert Stifter zum Beispiel. Wenn ich Stifter lese, brauche ich keinen Zentimeter in die Natur, in den Wald hineingehen. Wenn ich Stifter lese, dann drehe ich durch, wenn ich durch den Wald, die Natur gehe. Stifter hat seinen Stift – genauso wie sein Rasiermesser – völlig falsch angesetzt.

Mich hat das Handwerk der Beschreibung nie interessiert, Hubert, und ich habe dich davor bewahrt, in eine Tradition einzutauchen, die nichts Neues hervorgebracht hat, sondern im Brauchtum erstickt ist. Ein jedes Stillleben kommt dem Stillstand gleich, der der Tod für die Kunst ist. Wozu die Natur beschreiben, die so oder so da ist? Hubert, nur die geistigen Vorgänge interessieren mich, nur die geistigen Sprünge, das was in einem drinnen ist, das geht mich an, das berührt mich. Deine Gedanken, Hubert, sie müssen raus, die müssen auf das Blatt, da müssen wir hin. Alles andere ist subjektiver Wahrnehmungswahnsinn, der mir heute schon wieder aus allen Buchseiten entgegenspringt. Furchtbar, Hubert!

Ich habe dir genau diesen oder einen ähnlichen Vortrag – natürlich noch etwas ausschmückender und detaillierter – gehalten, als wir uns das erste Mal getroffen haben, und habe dich für mich gewinnen können, Hubert, und du hast deinen vor dem Ausbruch stehenden Beschreibungswahnsinn sofort abgelegt, um nur noch von den geistigen Vorgängen zu schreiben. Zumindest eine Zeit lang hat das funktioniert, aber wie alle anderen, die ihre Kunst überleben, bist auch du, Hubert, irgendwann wieder in der Beschreibung hängen geblieben. Es ist furchtbar!

Die Tonkünstlerin war vielleicht die einzige Frau, die du jemals geliebt hast. Das war Liebe, Hubert, und nicht dein blauäugiges Verliebtsein in dieses Bauernmädchen, mit dem du aufgewachsen bist. Du hast sie seit dem Sandkasten gekannt, aber bist kein einziges Mal auf sie zugegangen. Statt einen Schritt zu wagen, bist du im Abseits gestanden und hast begonnen sie anzuschmachten. Auf allen Dorffesten und Tanzveranstaltungen, die die jungen Burschen und Mädchen nach der Kirche am Sonntag im Haus eines Großbauern veranstalteten, hast du sie gesehen, aber dich kein einziges Mal getraut, sie anzusprechen. Du bist im Türrahmen gestanden und hast sehnsuchtsvoll beobachtet, wie deine primitivsten Altersgenossen sie zum Tanz aufforderten. Du hast kein Wort mit ihr gesprochen, aber du hast sie vergöttert. So oft hat die Tonkünstlerin versucht, dir deine Gefühle zu erklären, dich aufzuklären, was du mit dem armen Mädchen machst, wenn du sie zu einem Ideal deiner Liebe erklärst, aber du wolltest nicht hören. Das war wirklich keine Liebe, Hubert, auch ich habe es dir später oft genug gesagt. Es war, wenn es hoch kommt, ein pubertätsbedingter Verliebtheitswahn, der dich in einer Aura der Totalität umgab, aber jedenfalls der Beginn deiner furchtbaren Sehnsucht.

Als dich die Tonkünstlerin in die Welt der Sprache eingeführt hatte, Hubert, dachtest du, endlich den Schlüssel gefunden zu haben, um das Herz der Bauerntochter zu gewinnen. In deinem naiven Glauben warst du dir sicher, wenn du ihr schreiben, wenn du die schönsten Gedichte für sie verfassen würdest, dann könnte sie dich lieben. Alleine durch die Poesie wolltest du sie für dich gewinnen. Monate hast du damit verbracht, Gedicht um Gedicht für sie zu schreiben. Deine erste Schreibmaschine hast du nur für sie gekauft, hast dir das schönste Papier besorgt und all deine Gedichte fein säuberlich abgetippt. Du hast die Seiten zu einem Buch gebunden und vor ihre Tür gelegt. Es war dein erstes und dein einziges Buch, Hubert, das du ihr geschenkt hast. Das Schicksal deiner Liebe legtest du in die Poesie deiner Worte. Sie hat nichts gesagt und einen anderen geheiratet. Bis heute weißt du nicht, ob sie deine Gedichte jemals gelesen hat. Und als du vor ein paar Jahren ihre Parte im Schaukasten des Friedhofes sahst, wusstest du, es wird nie eine Antwort geben. Sie hat geschwiegen, Hubert, welch Ironie, nicht?

Hubert, du hast bei der Liebe auf die falschen Karten gesetzt. Du hättest, wie das im Dorf die übliche Praxis ist, einfach zu ihrem Vater gehen und dein Interesse bekunden müssen, genauso wie man das macht, wenn man eine Zuchtsau vom Bauern kaufen will. Ein Angebot vorlegen und dann bis zur Einigung verhandeln. Die Liebe am Dorf wird seit jeher von den Vätern am Wirtshaustisch geregelt und per Handschlag besiegelt. Das war immer so! Ihr wart aufstrebende Kleinbauern und eine Verbindung mit der jungen Bauerntochter hätte euch zu Großbauern gemacht, Hubert. Du hättest einfach warten und den Dingen ihren natürlichen Lauf lassen müssen. Die richtige Anzahl von Hektar hat noch die reinrassigsten Verbindungen zustande gebracht.

Hättest du lange genug gewartet, Hubert, dann wäre selbst für so einen Gefühlskrüppel wie dich irgendwann eine Provinzdirne abgefallen. Ohne mich hättest du einen völlig belanglosen Bauerntrampel geheiratet, mit ihr zehn Kinder gehabt, wärst zu jedem Kirtag und Erntedankfest marschiert und geistig dahinvegetiert, bis du in den Armen deiner Enkel und Urenkel einfach weggenickt wärst.

Ich war jedenfalls froh, dass diese erste Schwärmerei und dein unerbittlicher Sehnsuchtsrausch vorbei waren, als wir uns getroffen haben, Hubert, aber später hätte ich dich erwürgen können für deine Lieblosigkeit. In so vielen Situationen habe ich deine Rohheit gehasst, die aber notwendig für deine Dichtung war, wie ich mir dachte. Aber du warst so! Du warst immer so, Hubert, zumindest als ich dich getroffen habe. Dein Herz war gebrochen und es war eine tiefe Leere in dir. Vielleicht war dieses Bauernmädchen der einzige Grund, warum du mir damals in die Stadt gefolgt bist, und auch der Grund, warum du dich nie ganz lösen konntest von deiner geliebten Provinz. Eine Ablehnung, Hubert, ihr Schweigen, hat deine Existenz bestimmt.

Es ist vielleicht die schönste Stelle in all deinen Aufzeichnungen, als du schreibst, wie du deinen Glauben an die Liebe verloren hast. Es ist die schönste Stelle, weil es die Tragik deines Lebens offenbart. Ich war mein Leben lang nicht eifersüchtig, ich hatte auch keinen Grund dazu, aber in der kleinen Passage, vielleicht zwei Sätze, wusste ich, dass du niemals so über mich schreiben würdest. All deine Liebesfähigkeit hast du in den Gedichten für dieses Bauernmädchen ausgedrückt und hast danach eine Mauer hochgezogen, die niemand mehr durchdringen konnte, nicht einmal du selbst, Hubert.

Ich war stets Realist in den Dingen der Liebe und wusste, dass du nie so für mich empfinden würdest. Die romantische *Liebe* ist ein Aberglaube für Menschen, die von der Semantik der wahren Liebe nichts verstehen. Was wir hatten, Hubert, war eine richtige Partnerschaft, in der ich den Part eingenommen habe, dich ständig zum Höchsten zu treiben, bis aufs Äußerste zu reizen, und du hättest nur schreiben müssen, Hubert, nichts weiter! Hätte ich dich *lieben* müssen, um mit dir zu leben, wäre es eine ganz andere Geschichte geworden.

Wenn du heute auf deinen Dorffriedhof gehst, dann sind die zwei ersten Gräber, die du besuchst: Das Grab deiner Sehnsucht und das Grab der Tonkünstlerin. Du warst selbst dabei, wie sie ihren Grabstein formte. Es ist eines der prägendsten Bilder deines Lebens: Die Künstlerin, die ihren Grabstein fertigt. Du hast ihr zugesehen, wie sie auf den Sandstein einschlug, den du ihr aus dem Steinbruch brachst, und noch heute träumst du von dieser Szene, von ihren Händen.

Als du mit mir in die Stadt gingst, Hubert, hast du auch die Tonkünstlerin verlassen und sie danach nie wieder gesehen. Du bist in meine Hände geflüchtet und hast versucht, alles zu vergessen und zu verdrängen.

Ich war dein Ausweg, damit du dich mit deinen wahren Gefühlen nicht auseinandersetzen musstest. Nie konntest du dir eingestehen, was du wirklich für sie empfandst. Du hast nur ihren alten Körper, aber nicht ihre Seele gesehen. An ihrer Seite hast du dich geborgen, hast du dich wohl gefühlt und sie trieb dich dazu, dich auszuleben. Aber diese Verbundenheit, die nur ganz selten im Leben vorkommt und die du so leichtfertig verschenkt hast, Hubert, war dir nicht genug. Du warst viel zu jung und dumm, um das zu verstehen. In deinem Kopf gab es nur die Sehnsucht, Sehnsucht, Sehnsucht! Wie langweilig, Hubert. Ich könnte wirklich speiben, wenn ich mich nicht vorher so über die furchtbare Kunst ausgekotzt hätte.

Am liebsten sind dir doch so Schauspielerinnen wie Greta Garbo, nicht, Hubert? Frauen, die nur schön und im richtigen Zeitpunkt abgetreten sind, ohne noch einmal ihr Gesicht zu zeigen. Andauernd willst du das Schöne sehen. Aber was hast du dir erwartet, Hubert? Alma Mahler war so eine schöne Frau, aber selbst ihr sind irgendwann die Tutteln bis zum Bauchnabel gehängt. Du willst die reine Natur der Dinge, die wahren Menschen sehen, wie du so schön schreibst, aber lässt dich vom schönen Schein blenden und hängst dich auf irgendwelche Ideale auf, die nie zu erfüllen sind. Du lebst lieber in deiner Traum- und Sehnsuchtswelt, als dein eigenes Leben einmal ganz genau zu betrachten.

Nicht einmal mich hast du angegriffen, Hubert, und gingst ständig auf Abstand. Berührte ich dich oder streifte ich dich nur einmal unabsichtlich, dann zogst du dich in eine Ecke zurück und schlugst aus wie ein Tier. Mit dem größten Ekel in deinen Augen hast du dich später von meinem verrunzelten Körper weggedreht und mich keines Blickes geachtet. Hubert, wie erbärmlich!

Hubert, hättest du dich angreifen lassen, statt ständig mit deinen Worten anzugreifen und alle auf Distanz zu halten. Hättest du zumindest deinen Ekel mir gegenüber aus dir herausgeschrieben. Hättest du deine tief vergrabene Lust zugelassen und dich selbst ganz durchleuchtet, statt von außen die Dinge zu beschreiben, wäre das der Stoff für das größte Werk gewesen. Aber so sind deine Worte nicht einmal die Tinte auf dem Papier wert. Lieschen-Müller-Philosophie, nichts weiter, Hubert. Abscheulich! Ich lese in deinen Notizen und wie ein Trümmerhaufen stürzt alles in mir zusammen. Keine Liebe, keine Poesie, nichts, Hubert. Ich wollte das Höchste von dir und du bist ein verschissener Sehnsuchtler, so ein richtiger Mann geblieben. Geh bitte, Hubert!

Stets wolltest du über die großen Dinge des Lebens schreiben, aber wie soll dir das gelingen, wenn du deine eigenen Gräber nicht offenlegst und dich stets in den sicheren Hafen der Sehnsucht begibst.

Hubert, ich sehe in deinen Augen das Feuer brennen und ich warte, bis es entfacht. Es kann einfach nicht sein, dass da nichts ist. Ich weiß, Hubert, hinter deinen Augen bist du ein ganz anderer Mensch. Hinter deinen Augen lodert eine unkontrollierbare Leidenschaft, die jeden Moment vor dem Ausbruch steht. Hinter deinen Augen, Hubert, liegt eine archaische Welt, die uns die Kunst zu Füßen legen kann.

Hubert, nein, du kannst nicht so tun, als wäre da nichts. Dein Schweigen, Hubert, kann nicht alles sein. Hinter deinem Schweigen sehe ich eine ungeheure

Größe und ich musste dich befreien. Dein Schweigen, ich weiß es, ist der Eingang in eine neue Welt. Dein Schweigen ist nur das Vorspiel für das größte Schauspiel, das die Menschheit je erleben wird. Dein Schweigen war Methode, Hubert, ich weiß es, und deshalb glaube ich dir auch dein Sterben nicht. Hubert, du kannst nicht sterben. Du tust nur so. Ich weiß es. Das Ende deines Schweigens kann nicht der Tod sein. Nein! Da muss mehr sein. Du schweigst und ich werde dich so lange anstacheln, bis das Feuer hinter deinen Augen ausbricht. Das war immer so.

Hubert, ich warte nur darauf, bis dein Schädel endlich explodiert und deine Sprache unter lautem Getöse wie Magma aus dir herausspritzt. Du bist ein Vulkan, Hubert, der kurz vor seinem Ausbruch steht und alles niederbrennen wird. Jeden Moment, Hubert, bricht alles aus dir heraus. Ich weiß es.

Wien war für dich in den ersten Jahren eine viel zu große Stadt, Hubert. Ich habe es dir so einfach gemacht und trotzdem hast du nichts von der Größe Wiens verstanden. Wir wohnen im dritten Bezirk und dort hättest du dich eigentlich umgehend wohl fühlen müssen. Hier, wo selbst die Stadt einmal nichts anderes als ein kleines Dorf war, Hubert. Wir wohnen am Ende der Erdbergstraße. Ich wusste nie, warum du dich bei diesem Namen nicht sofort wie zu Hause fühltest. Von deiner geliebten Bauernerde nach Erdberg, in den Bezirk Landstraße. Viel mehr Provinz konnte ich dir wirklich nicht bieten, und trotzdem hast du Wien verachtet.

Der dritte Bezirk, dachte ich, wäre der einzige Ort, an dem du in der Stadt existieren kannst. Nach Osten gerichtet ist er nah genug bei deinem Land, mit direkter Verbindung zum Zentralfriedhof. Von unserer Wohnung aus sind es nur einige Schritte zum 71er. Du hast dein Leben lang den 71er genommen, Hubert, um es sprichwörtlich zu sagen. Eine Straßenbahnlinie, die dein ganzes Leben bestimmt. Auf dem Weg zum Friedhof hast du dir vorgestellt, wie sie damals die Leichen in der Nacht mit der Straßenbahn aus der Stadt brachten. Nach dem Krieg haben sie damit aufgehört und trotzdem konntest du das Bild nie aus deinem Kopf bekommen, wenn du im Wagon gesessen bist und dachtest, als du in die ausdruckslosen Gesichter der Fahrgäste geblickt hast, dass du neben Leichen sitzt.

Erst, als ich dich durch die Friedhöfe führte, konntest du deinen Frieden mit der Stadt schließen. Nach und nach hast du über die Friedhöfe Wien für dich gewonnen und die Stadt auf deine Größe, auf dein Denken hinabgezogen. Diesen Trick musste ich bei allen Dingen anwenden. Wollte ich mit dir über etwas Wichtiges sprechen, dir etwas erklären, dann brauchte ich nur mit dir auf einen Friedhof zu gehen. Ich musste stets irgendeinen Friedhofsbezug herstellen, damit du überhaupt zugehört hast, Hubert, und überlistete dich mit deiner eigenen Leidenschaft. Genauso war es bei deiner Burgtheatereinschulung. Hätte ich dich nicht auf den Zentralfriedhof und zu den Ehrengräbern der Burgschauspieler geführt, dann wüsstest du nichts über das Haus, den Mythos und all die wunderbaren Geschichten. Ich habe dir vor den Ehrengräbern der Schauspieler alles über das Theater und folgerichtig über die Seele der Stadt erzählt, und mit der Zeit wurdest du noch besessener als ich. Ganz Wien hast du alleine durch die Grabnummern der Burgschauspieler gekannt, Hubert. Grinzing, Hietzing, Döbling, Heiligenstadt, überall warst du auf der Suche nach den Schauspielern und später auch den Dichtern. Dichter ohne Grabnummer haben dich nie interessiert.

Und selbst die Märkte in Wien begannst du erst zu lieben, als du in ihnen die vergangenen Friedhöfe der Stadt gesehen hast. Wenn wir einen Markt in Wien betreten, hast du unaufhörlich das Gefühl, auf einem Friedhof zu stehen. Ein jeder Friedhof hat für dich eine eigene Energie, die du fühlen kannst. Über die Jahre hinweg bist du zu einem richtigen Friedhofsdetektor geworden, Hubert. Irgendwas schlägt in dir an, sobald du einen Ort des Todes betrittst. Selbst, wenn es eine bereits ausgestorbene Gedenkstätte ist, wie es so viele Märkte in Wien sind.

Die Austreibung des Todes aus der Stadt, das Sammeln und Zusammentragen der Toten, zuerst nach

St. Marx und dann auf den Zentralfriedhof, hat dich fasziniert. St. Marx hat dich als Bild der Vergänglichkeit angezogen, aber du hast den Friedhof nur einmal besucht. Es ist in ihm kein Leben mehr zu spüren, keine Prozesse, wie du schriebst. St. Marx ist für dich nur noch eine touristische Kulisse, nichts weiter als die Fassade eines Friedhofes, wobei dich die Märkte, das Verschwinden und die Auflösung des Todes im Kern der Stadt viel mehr interessierten. Die vergangenen Friedhöfe, die wieder zu Orten der Menschen wurden. Friedhöfe, die jetzt Marktplätze sind, auf denen sich die Stadtmenschen ihre Früchte, ihr Gemüse kaufen. Die Märkte bestätigten dir dein Bild vom „Friedhof der Welt“, wie du deine diesbezügliche Abhandlung betitelt hast, Hubert. Die Welt ist für dich ein einziger Friedhof.

Jeden Tag bist du hinunter zum Rochusmarkt gegangen und hast deinen Kaffee getrunken. Von deinem Stammcafé aus hast du zu den Menschen am Markt gestarrt und deine Überlegungen zur Dichtung angestellt, wie ich stets hoffte, aber vermutlich hast du nur den vergangenen Friedhof in deiner Fantasie auferstehen lassen. Ich habe dein Stammcafé gemieden, Hubert. Es war mir, das einzige Mal als ich mich überwinden konnte hineinzugehen, viel zu verraucht, die Luft war widerlich und die einzigen Zeitungen, die es zu lesen gab, waren die üblichen Bilderbuchnachrichten, als hätten sie von den großformatigen Zeitungen noch nie etwas gehört. Du bist Stammkunde an diesem furchtbaren Ort, aber hast mit den anderen Gästen kein Wort gesprochen. Nicht einmal zum Bestellen musstest du etwas sagen, weil du so ein richtiges Gewohnheitstier bist, Hubert. Alle Kellner wussten bereits, als du jeden

Tag zur gleichen Zeit durch die Tür gingst: Ein verlängerter Brauner und eine Buttersemmel.

Gleich auf Anhieb hast du dich in dem Café wohl gefühlt und deinen idealen Platz gefunden, von dem du alles überblicken konntest. Jeden Tag hast du aus dem Fenster geschaut, das Treiben auf dem Markt beobachtet und im Hintergrund haben die Menschen über Gott und die Welt geredet. Wenn du alleine im Café sitzt, liest du keine Zeitungen, schreibst nichts und machst dir keine Notizen, Hubert. Du sitzt stoisch da und bist vom Leben, von den Unterhaltungen gefangen, die sich wie Szenen von Karl Kraus vor deinen Augen entfalten. Die Nachrichten der Welt hörst du durch die Münder der Gäste und des Personals. Die Schauspiele im Café sind für dich die Vergnüglichsten und lebensnotwendig, um dich von deinen Schriften zu befreien. Durch die Münder der anderen nimmst du am Leben teil, wie du denkst, und auch dieses Leben wurde dir, kurz bevor wir nach Venedig abgereist sind, weggerissen. Die Kinder treten ihr Erbe nicht an. Dein Café wird geschlossen. Es hätte dich umgebracht, Hubert.

Mit den Jahren haben wir beobachten müssen, wie eine Weltstadt wie Wien bis zu ihren Grundmauern zerstört und das letzte Gut an Kultur herausgerissen wurde. Abscheulich! Wien verliert völlig den Charme des Wienerischen, Hubert. Heute gibt es nur noch Lebensabschnittswiener, aber keine echten Wiener mehr. Die Stadt verkommt zu einer wie alle anderen und die Entscheidungsträger lassen es einfach, in ihrer Entscheidungslosigkeit, geschehen und werden bald erkennen, was sie damit bewirkt haben. „Wien bleibt Wien – und das geschieht ihm ganz recht“, soll Qualtinger einmal gesagt haben, aber selbst diese Ironie und diesen Witz, diese letzten Rettungsanker österreichischer Seele, werden sie bald ins Nichts politisiert haben. Ein Niedergang, Hubert!

Gleich neben unserer Wohnung haben sie ein Allahzentrum eröffnet und jeden Ramadan ist es für mich unmöglich, zu schlafen oder auch nur einen klaren Gedanken zu fassen. Ich rieche das Türkenfleisch, höre nur noch die Türkenschreie und Türkenlieder. Selbst wenn es still ist, meine Ohren sind im orientalischen Nirvana gefangen. Ich habe einen Türkentinitus, Hubert. In einer Tour höre ich: „Allah Allah Allah". Furchtbar! Es ist eine Krankheit, Hubert, für die jegliche Heilung zu spät ist, aber du wolltest nie weg. Du wolltest dich unbedingt dem Belagerungszustand aussetzen und ich muss mit meinem Türkentinitus leben. Auch ich habe zu Beginn noch gekämpft, Hubert, aber als ich sah, wie unser Bezirk von innen heraus völlig zerstört wurde, wusste ich, dass es keine Rettung mehr gibt. Wenn ich aufwache, dann rieche, höre, fühle ich die Stadt nicht mehr, Hubert, und denke, ich befinde mich auf einer Reise, bei der ich nie wieder die Heimat erreichen werde.

Wir hätten, hättest du dein Elternhaus verkauft, wie ich dir ständig im Ohr gelegen bin, Hubert, so eine schöne Wohnung haben können, in einem Bezirk, wo Wien noch Wien ist. Zu einer Insel der Wiener hätten wir ziehen können. Ich hatte das Angebot unterschriftsbereit vor dir und du hast nicht unterschrieben. In unmittelbarer Nähe zum Burgtheater hätten wir wohnen können, Hubert, stell dir das vor! Ein Traum meiner Kindheit wäre wahr geworden. In unmittelbarer Burgtheaternähe wären wir nicht mehr von den Türken, sondern von der höchsten Kunst belagert worden.

Aber vielleicht war es auch besser so. Die totale Nähe zum Burgtheater hätte mir das Burgtheater womöglich ruiniert und ich wäre durch die ständige Kunstbelagerung völlig abgestumpft. Auch ich, Hubert, brauche eine gewisse Distanz zum Burgtheater, damit es mir als Existenzbühne auf Lebenszeit erhalten bleibt. Kommen wir den Dingen, die wir lieben, zu nah, sehen wir sie nicht mehr klar. Das war die Conclusio, und der einzig lesenswerte Satz einer deiner ewig langen Abhandlungen den Tod betreffend, Hubert.

Nach unserer Ankunft in Wien habe ich dir dein Arbeitszimmer nach meinen Vorstellungen eingerichtet, Hubert. Durch die großen Fenster konntest du die Spitzen der zwei Flaktürme im Arenbergpark sehen. Sie haben dich ständig an den Krieg und deine Kindheit erinnert. Hubert, du hast von deinem Dorf, aus der ersten Reihe, die Geschehnisse betrachtet und sahst trotzdem nichts. Ständig bist du zu dicht dran gewesen, auch im Theater. Die Geschehnisse waren dir zu nah, um das ganze Bild zu sehen. Jeden Tag bist du in deine Vergangenheit zurückgeworfen worden und hast dich an die Menschen im Lager, an die Menschen in deinem Dorf erinnert, die sich erst aus der Ferne mit Leben füllten. In der Stadt hast du die nötige Distanz zu deiner Provinz gefunden, aber statt diesen Abstand für dein Schreiben zu verwenden, hast du mit der Zeit völlig vergessen, warum du geflüchtet warst. Aus deinem Arbeitszimmer sahst du dein Land mit einer rosaroten Sehnsuchtsbrille und hast es zu einer Idylle erhoben, die sie niemals war.

Hubert, ich habe dir einen idealen Arbeitsraum eingerichtet und erwartete das Größte von dir, als ich dich hineinsetzte. Alle Bücher, die meine Inspirationsquellen waren und die mich mein Leben lang begleitet haben, habe ich dir hineingestellt. Ich habe dir meinen geistigen Reichtum geschenkt und es war eigentlich der Geist meines Vaters, in den du dort eingedrungen bist. Es war die Bibliothek meines Vaters, die ich zu deinem Arbeitsraum machte. Du hast an dem Ort gearbeitet und gedacht, wo mein Vater all seine Theorien und Ideen entwarf. Hubert, du gingst denselben Weg wie er und hast es viel zu spät bemerkt. Vielleicht verabscheust du mich deshalb so. Im Schreiben wurdest du genauso ein Narr wie mein Vater in seiner Forschung. Hast dich wie er in einen Wahn verrannt, aber wolltest es dir nicht eingestehen. Du wolltest nie sehen, dass du genauso geworden bist wie mein Vater, Hubert, dass du zu dem geworden bist, was du am meisten verabscheust.

Wir brauchen Räume, denen wir uns völlig aussetzen können, Hubert. Vor allem für solch eine Arbeit wie deine braucht es den idealen Raum, den ich dir mit deinem Arbeitszimmer in der Stadt, mit der Bibliothek meines Vaters, geschaffen habe. Am Land hättest du nie so einen Platz gefunden. Am Land wärst du nie in eine angemessene Konzentration gekommen, die fast schon eine Meditation ist. Am Land gibt es solche Räume nicht, weil die Bauern in ihrer Stumpfsinnigkeit alles niedertrampeln, wo auch nur ein Funken Geist stecken könnte. Hubert, du hast es am eigenen Leib erfahren und konntest dich in der Provinz nie in geistige Höhen schwingen. Wolltest du dich in die völlige Konzentration versetzen, dann hat jemand die Motorsäge angerissen oder einen Traktor gestartet. Hubert, am Land fehlt eine jegliche Haltung und jegliches Gefühl, um in geistige Sphären zu gelangen. Das Land ist Arbeit und Betäubung, wie du es einmal vollkommen richtig in deinen Notizen formuliert hast, Hubert.

Bis zuletzt hattest du den Wahn, wieder in die Provinz zu ziehen, zurückzugehen, aber ich habe es nicht zugelassen. Ich brauche die Nähe des Burgtheaters. Brauche den Weg ins und den Weg vom Burgtheater. Brauche diesen reinen Existenzweg, um nicht verrückt zu werden und bei Sinnen zu bleiben. Du weißt das, Hubert. Der Wald, die Wiese und die kunstgedüngten Felder, die nur auf Ertragssteigerung aus sind und ein symmetrisches Bild des Grauens zurücklassen, reichen mir nicht an Kultur. Das Land hätte mich vernichtet. Ich brauche mein Burgtheater, meinen Existenzort. Dir hat der Friedhof als Existenzbühne gereicht, aber für mich zählt nur die Bühne des Burgtheaters als Ort des Seins.

Als dein Vater dir die Familienruine vermachte, ist dir der Gedanke gekommen, wieder aufs Land zu ziehen und er ließ dich nicht mehr los. Du wolltest alles renovieren und dir deine eigene Dichterstätte errichten, wo ein jedes Zimmer, ein jeder Raum, ein Existenzraum deiner Dichtung sein sollte, wie du das neben einigen Zeichenentwürfen notiert hast. Räume wie deine Hirnwindungen sollten es sein, Hubert, nicht? Das waren deine Gedanken dazu. Stell dir vor, ich hätte dir diesen Blödsinn wirklich durchgehen lassen. Grauenhaft!

Am liebsten hättest du dir deine Arbeitsräume in deiner Familienruine eingerichtet, deine Schriften verteilt und wärst durch das Haus wie durch deine Gedanken gegangen. Einen Existenzort deiner Literatur wolltest du haben, Hubert. Du hast kein einziges Wort veröffentlicht, aber wolltest einen Raum für deine Sprache schaffen. Lächerlich, Hubert! Du hättest höchstens ein Museum des Schweigens, eine Gedenkstätte deiner Entscheidungslosigkeit und deiner Niedertracht errichtet, nichts weiter. Zum Glück habe ich diesen Wahn ignoriert. Stell dir vor, du wärst auch noch in der Ruine deiner Dichtung gestorben. Das wäre nicht auszuhalten gewesen. Deine Manuskripttürme wären über dir zusammengebrochen, hätten dich begraben, Hubert, und du wärst unter ihnen verwest. Dieses Bild ist an abscheulicher Dichterromantik nicht zu übertreffen, aber die nackte Wahrheit sieht ganz anders aus, Hubert! Es gibt alleine in Wien genügend Schriftsteller, die sich in ihre Gemeindebaugrotten zurückziehen, nichts wegschmeißen können und sich so lange produzieren, bis sie über den Worten zusammenbrechen. Und der unerträgliche Gestank aus ihrer Wohnung wird ihnen die letzte Aufmerksamkeit verschaffen, bevor sie, samt ihren Schriften, ins Vergessen überführt werden.

Der Ort deiner Eltern war niemals dein Ort, Hubert. Wir müssen die Orte der Kindheit verlassen, habe ich dir ununterbrochen gepredigt, aber du warst taub auf diesem Ohr. Nach dem Tod deines Vaters hat dich dein Bruder bekniet eure Familienruine zu verkaufen, damit er das Geld in seine Landwirtschaft stecken hätte können, aber du hast dich dagegen ausgesprochen, Hubert. Du hast gewusst, wenn die Ruine nicht mehr wäre, wären deine letzten Bande gerissen. Dein Bruder hat dich verflucht. Er fühlte sich um seinen Erbteil betrogen und ihr habt kein Wort mehr miteinander gesprochen. Du hast dich verweigert, Hubert, und die Ruine steht heute noch als Denkmal deines Starrsinns inmitten des Dorfes.

Ich habe es nie verstanden, wie du in deinem Dorf eine Idylle sehen konntest. Schau dir einmal dein Provinzkaff ganz genau an. Vielleicht war das damals, als ich dich da rausgerissen, dich befreit habe, Hubert, noch eine reine Natur, aber heute ist es mit Lebensabschnittsfertigteilhauszeitbomben zugepflastert, die jederzeit in die Luft gehen können und eine jede reine Natur, die vielleicht irgendwann einmal da draußen war, wegspülen. Wie hättest du dort arbeiten wollen, Hubert? Die Städter ziehen aufs Land und sind völlig in Ekstase von dem Schweinegestank und verfallen in den Landwahn, wie in einen Rinderwahn, aus zu viel frischer Luft. Die Städter ziehen aufs Land, um in ihren Legebatterien dahinzuvegetieren und sehen nicht, wie sie ein jegliches Dorfgefüge ruinieren, weil sie nicht am Dorfleben teilnehmen. Sie sperren sich ein, so wie sie es von der Stadt gewohnt sind und schotten sich vollkommen ab. Wo kommen wir denn da hin, mit dem Fertigteilhauswahnsinn am Land, mit den Häusern, die nicht eine Generation überleben werden? Oder glaubst du, die Kinder wollen einmal in dem gelebten Individualitätswahn ihrer Eltern hausen? Häuser, die mit Sinnsprüchen für ihre eigene Sinnlosigkeit zugepflastert werden, um dem Leben zumindest einen Hauch von Philosophie zu verleihen. Es ist furchtbar, der heutige Zitierwahnsinn, in dem jeder Spruch, der auch nur nach Sinn riecht, irgendwo aufgehängt oder neuerdings sogar freiwillig auf alle möglichen Körperstellen in fremden Sprachen tätowiert wird, gleich neben den Fotos aller verstorbenen Haustiere. Und in hundert Jahren werden die Ethnologen die Tätowierungen als Zeichen unserer Stammeskultur analysieren und dieses Jahrhundert zum Zeitalter der maßlosen Stumpfsinnigkeit ernennen. Sie lassen sich wirklich schon einen jeden Unsinnspruch tätowieren und im Tod können sie sich dann nur für einen Spruch auf dem Grab entscheiden und das ist dann zwangsläufig der furchtbarste und dümmste, wie du das genau so in einem Wutausbruch geschrieben hast, Hubert, natürlich ohne meine Schärfe.

Ich komme sicher nicht dein Grab gießen, Hubert. Ich fahre nach deinem Begräbnis sicherlich nicht mehr in die abscheuliche Provinz, in der ich es immer gehasst habe und die mich schon zu viel gekostet hat. Dein Grab, Hubert, werde ich mit einer Grabplatte versiegeln und einen so schön kitschigen und unsinnigen Grabspruch eingravieren lassen, wo all deine Dorfprimaten vorbeilaufen werden und sagen: „Ach, wie schön. Ach, wie schön." Und du wirst dich im Grab umdrehen, wie man so schön sagt.

Du hast nichts gelesen, Hubert, bevor ich dich in die Stadt brachte, und du kanntest nur, was du durch deinen naiven Blick gesehen hast. Ich habe dich erstmals in die Bibliothek gesetzt und dich mit der Weltliteratur vertraut gemacht.

Du hast dich für deine Unbildung geschämt, Hubert, sobald ich dich in die Bibliothek hinein- und aus deinem naiven Sprachparadies herausführte. Ohne mich hättest du nie gewusst, dass du nichts weißt. Der erste sokratische Satz, er hat dich sofort verfolgt. Es sind dir die Augen geöffnet worden, als du die Bibliothek betreten hast, und es hat dich erschlagen. In deiner Naivität dachtest du, du kennst das Leben, kennst alles, und dann sahst du erst, welche Schar an Büchern hier steht, welche Wand an Wissen, das du nie mehr aufholen konntest. Du bist ein Leben lang dem Wissen hinterhergelaufen und konntest es nie mehr einholen. Bist gegen die Wand des zu Wissenden gelaufen und brachst nicht durch. Voller Naivität hast du dich auf die weißen Seiten gestürzt und vor der Bibliothek einsehen müssen, dass alle Themen bereits besetzt sind. Es wurde alles gesagt, was es zu sagen gibt, was wolltest du da noch schreiben, Hubert?

Die Bücher meiner Bibliothek hast du verschlungen und musstest sofort alles niederschreiben. Deine schwarzen Notizbücher füllten sich mit deiner Lektüre. Du hast begonnen, die Weltliteratur nachzuerzählen, und irgendwann hast du die anderen Erzählungen nicht mehr akzeptiert. Es durften nur noch deine Schriften existieren und so steht in deiner Bibliothek nicht die „Ilias" von Homer, sondern die „Ilias" von Hubert, in deiner Nacherzählung. Natürlich reichte in deiner Version der „Ilias" zum Beispiel ein Satz, wobei du für die „Odyssee" schon zwei Sätze brauchtest: ein Satz für die Abreise und das Abenteuer und ein Satz für die Heimkehr. Deine einzige wirkliche Dichtung lag vielleicht in der Verdichtung der Weltliteratur, Hubert. Sobald ich dich in meine Bibliothek brachte, hast du dich ganz dem Wahn hingegeben, all meine Bücher, all meine Autoren zu vernichten, bis du als Letzter übrig bliebst, und jetzt werde ich vor einer Bibliothek deines Wahnsinns stehen.

Deine Schriften sind in den ersten Jahren wie die größten essayistischen Abhandlungen dahergekommen, Hubert, aber blieben in ihrer Argumentation stets auf Boulevardzeitungs-Niveau. Nicht nur einmal habe ich entdeckt, als wir im Kaffeehaus saßen, dass du, versteckt hinter den großformatigen Zeitungen, deine Schundhefte gelesen hast.

„Das Theater ist der Tod. Tod und Theater sind sich gleich", Hubert, das hast du mehrmals geschrieben. „Das Theater ist der Tod ohne Trauer", das waren deine Worte. Ich habe manche Sätze aus deinen Notizen nie verstanden, egal, wie lange ich darüber nachgedacht habe. Aber es ist auch nicht alles zu verstehen, was du aufgeschrieben hast. Nur weil es schön klingt, heißt das nicht, dass es auch verständlich sein muss. Die Wahrheit liegt nicht im Klang, Hubert. Ich habe dir das stets gesagt. Die Sprache ist nicht nur Musikalität. Über die Form kannst du keinen Inhalt erzeugen. Die Musikalität ist zweitrangig, aber irgendwann war es dir nur noch wichtig, dass die Sprache gut klingt, egal, welche Bilder du damit geschaffen hast. Solange es gut klingt und noch dazu polemisch anmutet, war das für dich genug. Klare Gedanken findet man bei dir kaum, kein erkennbares Gedankengut, schon gar keine schlüssige Argumentationslinie. Es ist der Nebel der Niederträchtigkeit, der sich in der Musikalität deiner Sprache ausdrückt. Hubert, die Musikalität kaschiert dein Unwissen, aber die Musikalität kann nicht alles, kann nicht jeden Stumpfsinn und vor allem nicht die Unklarheit deiner Gedanken vertuschen.

Irgendwann hast du aufgehört zu denken, dein Denken zu hinterfragen, und hast nur noch im Klang der Worte gelebt. Hubert, du hast zwar begonnen zu lesen, aber statt die Dinge zu verstehen, hast du sie mechanisch abgeschrieben. Dein Schreiben, als ich dich in meine Bibliothek brachte, wurde zu einer reinen Literaturkaraoke. Du hast nachgesungen, was dir die anderen vorschrieben, Hubert, nachgedacht, was dir andere vordachten, wodurch deine Sprache zu einem leeren Fass wurde.

Ich dachte, es wäre dein großer Vorteil gegenüber allen anderen, dass du keine Vorbilder hattest, von denen du dich emanzipieren hättest müssen. Eine unbelastete Sprache des Geistes sah ich in dir, die in ihrer Rohheit alles ausdrücken kann, alles in ein neues Bild wirft, was wir heute, durch die ständige Verstellung der Künstlichkeit, unsere tagtägliche Verblendung, nicht mehr sehen. Hubert, ich dachte, du schaufelst uns das Grab der Sprache frei und führst uns zur neuen Auferstehung. Niemals bist du zum Totengräber unserer Sprache geworden, als den ich dich angekündigt und überall vorgestellt habe. Der Totengräber der Sprache, Hubert, wie klingt das für dich?

Du bist als Kriegsinvalide der Sprache aus der Bibliothek herausgekommen, als Sprachkrüppel, der nur noch mit dem Stock, nur in Anlehnung an andere laufen konnte. Du konntest keinen Satz mehr schreiben, wenn du dich nicht wo abstützen, zitieren konntest. Keinen Gedankenschritt gingst du mehr alleine, wo du, als ich dich aus der Provinz führte, die größten Sätze machtest. Mit jedem Wort, aus reiner Naivität entsprungen, bist du durch die Geisteswelt gelaufen wie im Sprint. Hätte es Olympische Spiele der Sprache gegeben, du wärst ein würdiger Olympionike gewesen, Hubert. Du wärst allen anderen davongelaufen. Den Zehnkampf der Sprache hättest du für dich entschieden. Wo alle anderen nicht vom Fleck kommen, wärst du ohne Anstrengung über ihre Köpfe hinweggesprungen. Die größten Sprünge, Hubert, die größten Geistessprünge gingen dir damals, in deiner Rohheit, so leicht von der Hand. Ein Gedanke reichte dir, um den Dramaturgiebogen so weit zu spannen, dass der Pfeil ein jedes, noch so weit entferntes Ziel genau traf. Es war unglaublich, dich in den Anfängen zu beobachten, Hubert, bis ich dir meine Bibliothek zeigte und sie dich zum Krüppel machte. Die Lektüre hat dich auf dieselbe Ebene wie alle anderen heruntergebrochen. Lesen, Hubert, das Gelesene hat dich zum Autor gemacht und deine Dichtung getötet. Statt auf dem Olymp zu wandeln, nahmst du, wie alle anderen, an den Paralympics der Sprache teil.

Hubert, überleg dir, welche Feste die Dionysien in der Antike gewesen sein müssen, was damals ein Dichter noch war und sein konnte. Ich habe dir Griechenland gezeigt. Vielleicht wäre das, genau das, deine Zeit gewesen, wo man wirklich noch etwas sagen konnte, wo die Reinheit der Sprache zählte. Aber trotz deiner Sprachgewalt, Hubert, wäre die damalige Zeit nichts für dich gewesen. Platon hätte dich auf Grund deiner Unbildung sofort aus seinem Staat abgeschoben, wie er das mit allen Dichtern gemacht hat, die mit ihren irreführenden Nachahmungen und Lügen im idealen System nichts zu suchen hatten.

Du hast einfach keinen Boden für deine Sprache gefunden, Hubert, und solche Theaterfeste wie damals sind heute gar nicht mehr möglich. Ein wahrer Dichteragon, so wie sie es im alten Griechenland bei den Dionysien feierten, ist in der heutigen Zeit unmöglich. Was waren das für Feste damals. Dramaturgische Bögen, die den Zuschauern einen völlig anderen Blick auf die Welt ermöglicht haben. Da waren die Stücke ihr einziges Medium, um etwas von der Welt zu erfahren. Drei Tragödien und ein lustvolles Satyrspiel zum Abschluss. Zum Schluss eine Komödie, wie bei dir jetzt, Hubert, wobei dein Ende eher lächerlich als komisch ist.

Dein Leben ist ein einziger Todesagon, Hubert, wenn ich es mir genau überlege. Dein Leben ist die reine Tragödie des Todes, und dann stirbst du so lächerlich. Es ist ein reiner Witz, Hubert, dass gerade du so stirbst. Nichts wolltest du mehr, als einen Todesagon – über alle Genres der Literatur hinweg – zu schreiben. Es sollte ein Todesagon über alle Todes*arten* der Welt sein, die sich in der Sprache ausdrücken, wie du notiert hast. Hubert, du hast zeitgleich mit einer der größten Dichterinnen, die für lange Zeit nur einige Gassen von unserer Wohnung entfernt lebte, an einem monumentalen Todesprojekt gearbeitet. Na, zum Glück wusste sie nicht, dass du schreibst, Hubert, und zum Glück warst du schon gar nicht berühmt, sonst hätte sie dich womöglich völlig vereinnahmt oder noch viel schlimmer … Ich möchte gar nicht daran denken.

Letztlich seid ihr auch unabhängig voneinander auf den gleichen Nenner gekommen: euer Tod und das unabgeschlossene Werk. Aber bei ihr ist zumindest irgendwann das Feuer entfacht, wobei du an deiner Studie des Todes erstickt bist und deine Sprache nie ins Leben drang.

Schall und Rauch, Hubert, nichts weiter.

Du bist für mich an dem Tag gestorben, als du begonnen hast, bei der Bestattung zu arbeiten. Ohne es mir zu sagen, Hubert, hast du eine Arbeit als Arrangeur der Bestattung Wien angenommen und bist ins Beamtenwesen der Stadt, in eine absolut kunstlose Existenz eingetreten. Es war für dich etwas völlig anderes vorgesehen und du, Hubert, gingst solch einen profanen Weg. Furchtbar!

Zehn Jahre nachdem ich dich aus dem Dorf befreit hatte, hast du dich völlig dem Tod verschrieben. Zehn Jahre waren es, in denen wir gereist sind, in denen ich dich in die Gesellschaft, in die Hochkultur eingeführt und dein Werk, das uns in den höchsten Rang katapultiert hätte, erwartet habe. Ich habe alles von dir erwartet, Hubert, und du hast meine Hoffnungen und Träume mit Füßen getreten.

Ich habe dich für jeden Tag verachtet, an dem du das Haus in Richtung Friedhof verlassen hast, Hubert, und am Abend mit einem Lächeln im Gesicht durch die Tür hereinkamst. Nach dem Essen hast du dich sofort in dein Arbeitszimmer gesetzt. Du hast dein Notizbuch aufgeschlagen und einige Namen feinsäuberlich notiert. Und jeden Namen hast du mit den kaum hörbaren Worten quittiert: „Ein Nazi weniger.“

Du hättest einer der größten Nachkriegsdichter, einer der größten Dichter überhaupt werden können, Hubert, aber du hast dich lieber dazu entschieden alles anzuklagen und zu nörgeln. Deine Schriften sind eine einzige Suderei. Du bist ein richtiger Nachkriegsankläger und nicht einmal das, du bist einfach ein Nachkriegssuderant geworden, Hubert, und hast lieber alle Nazis begraben, als über sie zu schreiben. Hättest du die Nazis lieber in die Literatur statt in die Gräber gesteckt, Hubert, dann wäre ein Werk der Zeitgeschichte daraus geworden. Grundlegend, Hubert! Ein Fundament für alles davor und danach.

All die Nazis, die du beerdigt hast und die ja wirklich nur höchstens fünfzig Prozent deiner Fälle ausmachten, Hubert, so sehr du sie für ihr Leben verachtet hast, so professionell warst du in deinem Beruf. Jedem die Bestattung, die er verdient, hast du geschrieben. Jedem ein ehrenvolles Geleit in den Tod. Du hast einen jeden Toten geehrt und mit größter Würde, größter Pietät behandelt. War einer tot, erst dann konntest du ihm für sein Leben verzeihen, wie es schien. Es war vielleicht dein einziger Glaube, deine einzige Überzeugung, die du in deinem ganzen Leben hattest: Jedem eine würdevolle Beerdigung.

Abschiede, Hubert, wie wichtig ist ein Abschied. Als meine Mutter starb hast du ein großes Fest veranstaltet. Lange hat sie mit dir über ihren Tod gesprochen und du hast ihr alle Wünsche erfüllt. Bei der Durchführung des Begräbnisses meiner Mutter hast du dich ein einziges Mal gegen meinen Vater durchgesetzt. Als mein Vater etwas später ging, hast du ihn gleich einsargen und wegbringen lassen. Die Bestatter haben den Sarg verschlossen und verkittet, weil du ihnen, halb im Scherz, aber ich weiß, im vollen Ernst deiner Niedertracht, einen Klebezettel auf der Leiche hinterlassen hast mit der Aufschrift: „Vorsicht, da herrscht Ansteckungsgefahr!" Ich sah meinen Vater nie wieder, Hubert. Er ist mir mit einem Schlag genommen worden und ich konnte mich nicht verabschieden.

Aber vielleicht wolltest du mich einfach nur vor seinem Anblick bewahren. Ich weiß es nicht. Du hast ja auch nie etwas gesagt! Sie haben meinem Vater die falsche Diagnose gestellt und er ist elendig verreckt. Erst zwei Wochen nach seinem Tod hast du ihn in seiner Wohnung entdeckt. Die Tür musste von der Feuerwehr aufgebrochen werden und da lag er. Sein Gesicht war aufgebläht und bereits halb verwest, durch seine Angewohnheit ständig die Heizung voll aufzudrehen. Du hast das alles detailliert beschrieben, Hubert, natürlich auch den unerträglichen Gestank. Vielleicht wolltest du mich einfach nur beschützen, damit ich nicht wie Alma Mahler durch diesen Blick völlig verstört gewesen wäre und nichts mehr vom Tod hätte wissen wollen. Deine Handlungen, vor allem deine Absichten, Hubert, waren für mich kaum zu durchschauen.

Kurz nach dem Tod meines Vaters fand ich einen Papierstoß in deiner Schreibtischschublade. Auf der ersten Seite stand sein Name. Ich las es nicht, aber war mir sicher, es war sein Nachruf. In deiner Trauerrede hast du die Vernichtung meines Vaters vorbereitet. Bis zuletzt hatte ich bei seinem Begräbnis die Angst, dass du aufspringen und deinen furchtbaren Nekrolog vorlesen würdest. Aber du bist selbst dann stoisch sitzen geblieben, als ein alter Kollege meines Vaters über seine Verdienste gegenüber der Wissenschaft zu sprechen begann und sich das nationalsozialistische Loch in seiner Nacherzählung der Biografie auftat, welches er mit den Worten überbrückte: „Aus politischen Gründen musste er seine Arbeit niederlegen." Solch eine Verschleierung und Verblendung hast du nie ausgehalten und bis heute hast du es dir nie verziehen, damals nichts gesagt zu haben, wie ich denke. Selbst hier, in deiner größten Wut, hat dir die letzte Konsequenz gefehlt und du hast geschwiegen, Hubert.

Aber hättest du auf dem Begräbnis meines Vaters etwas gesagt, hättest du ihn vernichtet, während er sich nicht mehr verteidigen hätte können, dann hättest du gegen einen deiner wenigen Grundsätze verstoßen. Für dich durfte eine Leichenrede nie ein Instrument des Protests, der Anklage oder irgendeiner Gefälligkeit sein. So sehr du auch in Versuchung warst, am Begräbnis meines Vaters etwas zu sagen, du konntest deine Grundsätze nicht verraten.

Hubert, du bist über Leichen gegangen, aber hast ihren letzten Weg respektiert. So sehr du meinen Vater auch verachtet hast, du hättest nie seinen Tod für deine Zwecke missbraucht und vielleicht war es auch das, was dir letztlich als Dichter gefehlt hat. Du bist über Leichen gegangen, aber hast nie den letzten Schritt gewagt, die letzte Linie überschritten und den Tod für deine Kunst missbraucht. Du hast deinen Leichen den größten Respekt entgegengebracht, anstatt sie auf die Schlachtbank zu führen und sie auszustellen. Literatur ist nichts anderes als Leichenschändung, Hubert, Literatur ist Leichenschändung! Ich habe dir das ständig gesagt. An meinem Vater hättest du ein Exempel statuieren können, aber du hast geschwiegen.

Du hättest nicht arbeiten müssen, Hubert. Wir hätten vom Erbe meiner Familie leben und eine reine Geistesexistenz führen können, aber du hast dich für die entgegengesetzte Richtung entschieden. Hubert, du bist ins furchtbare Beamtenwesen eingetaucht und hast alles Geistige in dir ausgelöscht. All die Jahre an Arbeit, die ich in dich gesteckt hatte, waren umsonst. All die Reisen, all meine Bemühungen und Hoffnungen, Hubert, umsonst!

Eines Tages bist du aufgewacht und warst ein Beamter, ohne mir auch nur eine Vorwarnung zu geben. Hubert, du warst von einem Tag auf den anderen ein Beamter und noch viel schlimmer als das, du hast es geliebt, ein Beamter zu sein. Hättest du das Beamtenwesen wenigstens gehasst, wie Kafka zum Beispiel, dann hätte eine große Dichtung entstehen können, aber du, Hubert, hast es wirklich *geliebt*.

Nirgends fühltest du dich wohler, als in der Kantine der Totenträger und Totengräber, die über alles, nur nicht über die Kunst geredet haben. Dort in der Kantine, zwischen Kartenspiel und Schundblättern, fühltest du dich zu Hause. Unter all den gescheiterten Existenzen, deren Sprache du gesprochen hast, Hubert, fandst du dein Leben wieder.

Du konntest es in den zehn Jahren, die wir hatten, in denen wir gereist sind und in denen ich dich in die Hochkultur eingeführt habe, nicht ertragen, nicht zu arbeiten. Ständig hast du die Stimme deiner Eltern im Kopf gehabt, die dich niemals losließ, die Schreie deines Vaters, der dich für jede Sekunde des Nichtstuns als faulen Hund bezeichnete. Ich konnte dir die eingetrichterten Systeme deiner Eltern nie austreiben, dir nie klar machen, dass auch das Geistige, gerade das Geistige, Hubert, eine Arbeit ist, die höchste und bedeutendste Arbeit, zu der ein Mensch fähig ist. Aber du sahst darin nie eine Tätigkeit mit Wert, und aus den Seiten starrte mir das Schuldgefühl deiner Tatenlosigkeit in der Schrift entgegen. Hubert, du hättest alles haben können, du hättest nur schreiben brauchen, aber konntest es nicht ertragen, dass mein Vater für alles, für unser Leben aufkam. Gib es zu, Hubert, am liebsten wärst du in Armut erstickt, um dann von ganz unten das Recht zu haben gegen alles auszuschlagen.

Das Biotop des Beamtenwesens hat dir plötzlich gereicht, um existieren zu können, und ich habe dich dafür aufs Tiefste verabscheut. Beamtengattin, Hubert, wie sich das anhört. Beamtengattin, furchtbar. Mein Vater hat meine Mutter wenigstens zur Professorsgattin erhoben, aber zu was hast du mich gemacht, Hubert? Zu einer Beamtengattin.

Ich wollte den Gipfel unserer Kultur erreichen, Hubert, in eine Höhe gelangen, die noch keiner vor uns erklommen hatte und in der wir unauslöschliche Spuren zurückgelassen hätten. Das Burgtheater, Hubert, was anderes wollte ich nie. Burgtheaterdichtersgattin! Hör dir das an, Hubert. Hättest du dein Talent ausgelebt, hättest du es zumindest für eine kurze Zeit auf etwas anderes als den Tod gerichtet, dann hätten sich all meine Träume erfüllt. Es wäre das Einfachste für dich gewesen, dich eine Woche hinzusetzen und einen Roman oder ein Stück zu schreiben, das uns die Tür zu allem geöffnet hätte. Ich habe gesehen, wie viel du in einer Nacht schreiben konntest und da hätte so ein kleiner Roman, wenigstens ein kleines Stück herausschauen können, Hubert, nicht? Aber du hast dich mir verweigert und dich in den öffentlichen Dienst stellen lassen.

Ich hätte dich nie bei der Bestattung arbeiten lassen dürfen. Ein Beamtengatte und noch dazu ein Bestatter. Furchtbar, Hubert! Tagein tagaus der Tod bei uns zu Haus. Du hast keine Sekunde deinen Blick von ihm abgewendet. Hätte es eine Professur für den Tod gegeben, dann wärst du der erste Professor geworden. Der Tod ist der einzige Bereich in deinem Leben, in dem sowohl Theorie als auch Praxis dein Zuhause sind. Niemand in

Österreich könnte dich in dem Gebiet übertreffen, dir auch nur ansatzweise das Wasser reichen. Hubert, du bist eine Autorität in allem was den Tod betrifft. Sobald der Leichnam da liegt, sobald der letzte Atemzug getan ist, beginnt deine Wissenschaft am Menschen. Meinen Vater hast du für seine Studie zur Anthropologie der Rassen verachtet, aber du selbst bist zum größten Anthropologen des Todes geworden und hast dein Leben lang deine eigenen Untersuchungen am Friedhof angestellt. Du bist ein Experte des Todes, Hubert, und ein wirklicher Amateur des Lebens.

Die Meisterkurse des Todes hättest du leiten können. Natürlich kein Studium für die Geisteswissenschaft, da das Thema zu konkret ist, wie du es behandelst, sondern ein Studium für die „Akademie der bildenden Künste" oder für die „Angewandte" vielleicht. Es wäre ein Studium für die schönen Künste. Der Tod und die Praxis des Todes sind für dich gar nicht anders denkbar, Hubert. Der Tod oder besser gesagt, alles was den Tod betrifft, also alles, was danach kommt, ist eine reine Kunstform.

Du hast den Prozess vom Eintreten der Leichenstarre bis ins Grab in allen Formen minutiös dokumentiert. Deine Schriften sind voll mit jeder noch so kleinen Beobachtung der Bestattungswege. Einen jeden Toten hast du in deinen Skizzen seziert. Du hast alles detailliert aufgeschrieben, hast dir den Rahmen in akribischer Detailverliebtheit geschaffen, also die Bühne und die Rituale, bis du gesehen hast, es wiederholt sich alles, und von da an hast du nur noch die Menschen beobachtet: das Gefühl der Trauer in ihren Augen, ihre Gesten und Gebärden.

Hubert, du hast sogar eine mathematische Kurve aufgestellt und eine Formel dafür entwickelt, wann der ideale Zeitpunkt eines Begräbnisses ist – also wie lange vom Eintreten des Todes bis zur Verabschiedungsfeier und zum Hinabsetzen des Sarges in das Grab oder die Verbrennungsanlage. Hubert, ein völlig neuer Gedanke war das. Mit der Kurve hast du den Idealzeitpunkt des Begräbnisses festgelegt, der sich aus bestimmten Grunddaten errechnen ließ. Eine Formel hast du entwickelt, einerseits das Alter des Verstorbenen berücksichtigend und andererseits das Alter der zurückgebliebenen Verwandten, wobei selbst das Naheverhältnis zu ihnen in deiner Kalkulation berücksichtigt wurde, Hubert, und daraus hat sich dann der ideale Bestattungstermin ergeben, der irgendwo zwischen großer Trauer und schon geleisteter Trauerarbeit lag, also dem perfekten Zeitpunkt, um die Totenfeier zu einem wirklichen Fest zu machen. Der richtige Zeitpunkt, habe ich mehrmals in deinen Schriften gelesen, Hubert, ist von zentraler Bedeutung, damit die Zurückgebliebenen in vollen Zügen den kathartischen Moment einer Bestattung erleben und bereinigt von der Qual der Trauer den Friedhof verlassen können. Vor der Entwicklung deiner Formel hast du dich unaufhörlich darüber beschwert, dass ein Begräbnis zu früh, wie es im Dorf üblich ist, oder zu spät, wie das die Praxis der Stadt ist, stattfindet.

Hubert, hättest du solch eine Präzision in deiner Dichtung gehabt, überleg dir, welch großes Werk daraus entstanden wäre! Hättest du nur ein Stück so geschrieben, wie du deine Totenfeiern gestaltet hast, Hubert, du wärst zum größten Burgtheaterdichter aller Zeiten geworden. Ein Stück, Hubert, es hätte gereicht und hätte alles gesagt: „Das Leichenfest“. Ich hatte schon den Titel, alles drum herum, sogar einen Skandal,

Hubert, geschnürt gehabt, aber es kamen die Worte aus deiner Kammer nicht hinaus.

Irgendwann hast du aufgehört, an dem einen großen Werk zu schreiben, Hubert, und hast nur noch, als du vom Friedhof kamst, deine Todestheorien entwickelt und deine Nachrufe des Tages nachgedichtet, die du bei den Beerdigungen gehört hattest. Aus den kürzesten Nachrufen hast du die größten Geschichten gesponnen. Umso kürzer ein Nachruf war, desto länger wurde deine Nachdichtung. Hubert, du hast jedem Nachruf einen Epilog in deinen Geschichten geschenkt. Ich fand nur noch Nachdichtungen von Nachrufen und wirkliche Nekrologe in deinen Schubladen, ohne Frage mit großer Kunstfertigkeit verfasst, aber nicht deinem Talent adäquat.

Nicht einmal zum Chef der Bestattung hast du es gebracht, Hubert, obwohl es einen größeren Geist in diesem Bereich wohl nie gab. Wegen deiner Kompetenz alleine hättest du sofort zum Chef ernannt werden müssen. Aber du warst zu blöd, dich einfach ins Parteibuch eintragen zu lassen, Hubert, um eine gewisse Protektion zu erhalten, wie das nun einmal üblich ist. Dein Leben lang hast du dich für keine Farbe entscheiden wollen und dabei war dir alles bereits vorgegeben. Dein Vater hat schon deine Muttermilch schwarz gefärbt und noch vor deiner Geburt deine Mitgliedschaft beim Bauernbund eingereicht. Und als Beamter ist so oder so nur eine Farbe denkbar. Mit deiner Verweigerung oder eher Entscheidungslosigkeit, Hubert, hättest du es als Bauer zu nichts gebracht und wie es dir als Beamter ergangen ist, wissen wir ja beide.

Die ungeeignetsten Leute haben die Bestattung geleitet und du als absoluter Fachmann hast dein Leben lieber am Friedhof, im Ritual selbst zugebracht. Du warst all den Wirtschaftsstudenten in der Bestattungszentrale, die den Tod nur in Zahlen und durch ihre verpflichtende Praxiswoche am Friedhof kennen, weit voraus. In deiner lebenslangen Besessenheit hast du dir eine Kompetenz, alles den Tod betreffende, angeeignet, wie es sie vielleicht nie gab und nie wieder geben wird. Du hättest das Bestattungswesen mit deinen Ideen revolutioniert, Hubert, wirklich etwas mit Bedeutung schaffen können, dort, wo die geistige Entwicklung des Menschen überhaupt erst begonnen hat, im Bewusstsein zum Tod. Mit deinen Todesformeln, mit deinem natürlichen Gespür für das Theater und folglich alle Dinge den Tod betreffend, hättest du den Tod in Österreich für alle Tage verändert.

Stell dir das vor, Hubert! Ein jeder Tod ein Stück von dir. Du hättest Begräbnisse veranstaltet, die nicht wie alle anderen aus der Form bestimmt gewesen wären, sondern durch den Inhalt, die Figur, den Menschen selbst. Hubert, du hättest das Theater am Friedhof zu seinen Anfängen zurückführen können. Tabula rasa, Hubert. Tabula rasa! Ich habe das alles in deinen Aufzeichnungen gelesen. Es lag alles vor mir und du hättest nur noch deine Gedanken in die Tat umsetzen müssen.

Du hattest dir sogar überlegt, einige Burgschauspieler für deine Begräbnisse zu engagieren. Solche Stimmen am Friedhof, Hubert, sie hätten alles mit Leben und Erhabenheit erfüllt. Wie viele frustrierte Burgschauspieler gibt es, die zwar eine Burgtheaterstimme haben, aber schon lange nicht mehr für das Spiel geeignet, aus der Mode gekommen und gerade noch gut für Sommertheater, experimentelle Filme oder die „Holde Kunst“ im Radio sind und im Beamtenstatus kaum beschäftigt auf die Pension warten. Hubert, all die frustrierten Burgtheaterstimmen hättest du für deine Bestattungen, für dein Welttheater gewinnen können.

Eine jede Beerdigung hätte eine Szene aus deinem großen, deinem einzigen Stück sein können. Ich habe mir das alles so schön vorgestellt, Hubert. Es wäre das größte Stück geworden, das die Welt je gesehen hat. Da wären selbst „Die letzten Tage der Menschheit", da wäre das sogenannte „Marstheater" von Kraus ein Lercherlschaas dagegen gewesen, um es mit einem deiner Provinzbegriffe zu sagen. Welttheater, nein, Lebenstheater, Hubert, oder noch besser, Todestheater! Du wärst noch weitergegangen, als es sich Shakespeare je geträumt hätte. Das Welttheater war bei dir die Vorstellung des Todes und, Hubert, das ist ein großartiger, der größte Gedanke überhaupt. Du hättest alles revolutionieren können, sowohl den Tod, den Umgang mit dem Tod, als auch das letzte Ritual und damit auch gleich das Theater, weil du keine Unterschiede gemacht hast. Hubert, du hättest damit alles verändert, alles in neue Bahnen gelenkt: Tod und Theater!

Du warst Spielleiter, Regisseur, Puppenspieler einer jeden Beerdigung und hast die Fäden unscheinbar gezogen. Zu Hause hast du dich an deinen Schreibtisch gesetzt und Kritik gemacht, Kritik geschrieben zu einem jeden Begräbnis, so, als würdest du dem Toten Rapport leisten. Dein Spiel des Rituals hast du perfektioniert, aber dich gegen das perfekte Begräbnis verweigert. Du hast einmal geschrieben und es als Fakt der Geschichte angesehen, dass nur die Diktatoren und Führer die perfekten Begräbnisse hatten. Die perfekt durchinszenierten Staatsbegräbnisse waren dir suspekt. Im zivilen Leben darf kein perfektes Begräbnis stattfinden, hast du notiert und einen besorgniserregenden Blick auf die immer durchinszenierteren Totenfeiern geworfen. Du hast geschrieben: „Sie streben nach dem perfekten Begräbnis. Nichts mehr darf und kann schiefgehen. Dem Spiel der Trauer werden die Hände gebunden und eine jede Träne abgezählt. Selbst die Teelichter müssen in perfekter Symmetrie positioniert werden. Das Individuum verkommt, in aller beiläufigen Individualität, zu einer Masse Mensch. Es gibt keine Verfremdung zum Tod mehr, wodurch er todernst wird und sich zu einem Virus in unserer Gesellschaft entwickelt." Das war deine Theorie, Hubert, und machte jedes geglückte Begräbnis für dich verdächtig. Eine jede Beerdigung muss idiotisch sein, hast du notiert. Man muss einen verfremdeten Effekt erleben in der Trauerfeier, um sich lösen zu können von den Toten, von diesem unerträglichen Narzissmus der Toten, wie du schriebst, der sehr schnell das ganze Leben der Hinterbliebenen überschatten kann. Die Toten müssen getötet werden! Diesen Satz fand ich mehrfach in deinen Notizen.

Auch wenn du es dir nie eingestehen wolltest, Hubert, du warst seit jeher ein Theatermensch. Tod und Theater, eine größere Verwandtschaft ist gar nicht zu denken, denkt man beide Dinge vom Ritus aus, wie du notiert hast. Du warst, nein, du bist, Hubert, ein Theatermacher des Todes. Deine dramaturgischen Bögen des Abschieds waren unübertroffen und machten deine Beerdigungen zu einem wirklichen Fest. Ein Hauptprotagonist, den man nicht sieht, und rundherum der Chor des abgegangenen Lebens. In jeder Beerdigung inszeniertest du das größte Schauspiel. Im alten Griechenland wärst du ein richtiger Staatsmann gewesen und kein belächelter Beamtennarr.

Du hast die größten Ideen entwickelt, aber hattest nie den Drang, sie auch in die Tat umzusetzen. Nie hattest du den Aufklärungs-, Missionierungsdrang, der sonst allen Dichtern innewohnt, und hast nie einen aufgeschriebenen Gedanken, eine Überlegung in die Welt geführt.

Hubert, du bist so ein richtiger Österreicher, wie man ihn nie definiert, aber so wie er hinter all den Augen drinsteckt. In einem anderen Land als Österreich hättest du nicht existieren können. Nirgends sonst hätte deine Todessehnsucht solch einen Nährboden, solch einen reichen Boden gefunden. Du wärst in einem anderen Land, einer anderen Kultur, wo die Toten wirklich begraben und vergessen werden, verwelkt, Hubert. Es gibt kein reicheres Land den Tod betreffend als Österreich, hast du es in deinen Notizen auf den Punkt gebracht, aber selbst die Bestattungen in Österreich, schreibst du weiter, werden nach und nach zu immer bedeutungsloseren Veranstaltungen, bei denen der Sinn des Rituals völlig verloren geht.

Wenn du gewusst hättest, dass du in Venedig stirbst, Hubert, vielleicht hättest du dich gleich hier auf San Michele begraben lassen. Die Insel der Toten in Venedig hat dich fasziniert, aber der Ort wäre dir womöglich doch etwas zu kitschig gewesen, Hubert, um auf so einem Friedhof begraben zu werden. Eines hast du nie gemacht, das kann ich dir wirklich nicht vorwerfen, Hubert, du hast den Tod nicht verkitscht. Du warst zwar ein Todesromantiker, aber kein Todesverkitscher. Hast nie große Hoffnungsreden geschwungen, sondern völlig pragmatisch den Tod als Lebensteil gesehen, was mir sehr sympathisch war. Nichts Schlimmeres als

Todesverkitscher, da waren wir uns völlig einig, Hubert. Der Todeskitsch war uns beiden äußerst zuwider. Du hast auf deinen Trauerfeiern keinen Kitsch zugelassen, nichts, Hubert, und dadurch wurden sie zu großen Veranstaltungen, zu reiner Poesie. Kamen die Wünsche deiner Besteller nur in den Verdacht von Kitsch, hast du das Begräbnis einem deiner Kollegen durchführen lassen.

Der Todeskitsch ist nicht zu ertragen, hast du geschrieben. Du konntest dich darüber furchtbar aufregen und ich konnte deine Aufregung in deinen Schriften lesen. Es hat dich wahnsinnig gemacht, mit ansehen zu müssen, was deine Kollegen veranstalteten, was sie plötzlich alles zuließen, nur um mehr Geld einzutreiben: Feuerwerke, Großbildschirme mit Fotocollagen und Filmzusammenschnitten, mit der schmalzigsten Musik unterlegt. Selbst im Burgtheater musste ich mich durch diese effekthascherischen Filmchen und Projektionen kämpfen, da sie nicht mehr im Stande waren, auch nur einen Gedanken ohne Über- und Verblendungen zu denken, aber der Filmkitsch im Tod geht wirklich zu weit. Sie sind alle zu hollywoodgeschädigten Happyendsüchtigen geworden, wo sich am Ende, also hier auf der Kitschveranstaltung als Begräbnis, der große Dramaturgiebogen schließen muss, um dem Leben einen Sinn zu geben, den es nie hatte, und man vielleicht noch am Schluss die Stimme des Verstorbenen auf Band hört, der sagt: „Weint nicht um mich. Ich bin am besseren Ort.“

Aber wer weiß, Hubert, vielleicht wärst gerade du im letzten Moment dem Kitsch verfallen, dem du dich ein Leben lang verweigert hast, und hättest dich in San Michele begraben lassen. Sobald es zum Tod kommt, sobald der Tod vor der Tür steht, werden die stärksten Männer zu kleinen Kindern, die nach ihrer Mutter schreien. Furchtbar all die Sterbebettbekehrten, die noch im letzten Moment alles, wofür sie im Leben standen, fallen lassen, um noch die Gewissenskurve im Tod zu kratzen und dadurch ihr ganzes Leben und Handeln relativieren. Ich bin mir nicht so sicher, ob du stark genug gewesen wärst, Hubert, denn nur in deiner Verweigerung, mir ein Werk zu schenken, warst du wirklich standhaft.

Der Gedanke an eine Insel der Toten in Venedig hat dich vom ersten Moment, als ich dir davon erzählt hatte, gefangen genommen. Du hättest gleich neben Ezra Pound auf der Insel der Toten liegen können, aber das wäre für dich natürlich nicht in Frage gekommen. Neben dem Todeskitsch wäre Pound der Hauptgrund gewesen, warum du dich dort nicht hättest bestatten lassen. Pound hätte dich wirklich gestört, Hubert, und auch ich konnte mit Pound und mit allem, wofür er steht, nie etwas anfangen. Ich habe nie verstanden, wie er den Jungautoren helfen konnte ihren Weg zu finden. Wenn er sie im Dunkeln gelassen hätte, sich selbst überlassen, dann hätte er uns das Unkraut an Dichterlingen erspart, die später aus dem verdünnten Dreck – „Unter dem Milchwald" – herausgewachsen sind.

Nein, Hubert, in San Michele kannst du nicht begraben werden, da liegt Pound, der Faschist. Du kannst nicht mit ihm auf einer Insel begraben sein, obwohl er dir noch einer der sympathischeren Faschisten war. Er stand wenigstens dazu und verschwieg es nicht. Es war für dich ein Milderungsgrund, wenn jemand von seinem Wahn, von seiner Meinung, von seinen Wahnsinnigkeiten nicht abrückt und dafür geradesteht. Meinen Vater hast du dafür gehasst, dass er öffentlich seine wahren Ansichten verleugnete und als „Entnazifizierter" nichts mehr zu befürchten hatte. Du hast ihn verachtet, als er nach dem Krieg den reuigen Hund spielte, aber in Wirklichkeit seine Forschung nie aufgab. Pound hingegen, obwohl er der Oberfaschist schlechthin war, hast du dafür bewundert, dass er sich in einen öffentlichen Käfig einsperren ließ und die Leute seinen Wahn beobachten konnten. Er war wie ein Löwe in seinem Gehege. Ging man zu nah heran, dann bestand immer die Gefahr, dass man von seinen Ideen infiziert und getötet wurde. Pound wich keinen Zentimeter von seiner Natur, seinen Instinkten und seinen Ideologien ab und das hast du an ihm geschätzt, Hubert, auch wenn das, wofür er stand und was er schrieb, völlig gegen dein eigenes Wesen war.

Weil er seine Kunst ins Leben zog, Hubert, wurde Pound für verrückt erklärt. Niemand nimmt einen Künstler ernst, der auch im Leben seine Kunst lebt, hast du geschrieben. Tragen die Künstler ihre Kunst in die Realität, versuchen sie mit ihrer Kunst in der Wirklichkeit Fuß zu fassen, dann werden sie als Geisteskranke abgestempelt, was ihnen wiederum das Leben rettet und ihnen als Unzurechnungsfähige Narrenfreiheit gibt.

Pound begraben auf der Insel der Toten, hat dir den Ort als deine eigene Bestattungsstätte ruiniert, Hubert. Du wolltest in einer völlig unkünstlerischen Erde begraben sein. Ja keine Künstler in derselben Erde und schon gar keine Dichter, hast du geschrieben. Ein verwesender Dichter in einer Friedhofserde ist genug, hast du unterstrichen, deshalb kam für dich Wien nie in Frage. Ein jeder noch so kleine Friedhof in Wien ist von verwesenden Künstlern verseucht. Grinzing hat Bernhard für dich ruiniert. Hietzing: Grillparzer. Heiligenstadt: Horvath. Und der Zentralfriedhof war so oder so ein einziger literarischer Friedhof für dich. Der Boden des Zentralfriedhofs ist verseucht mit verwesenden Dichtern und Schreiberlingen, hast du geschrieben. Da lässt sich nichts mehr machen. Ein Dichter pro Friedhof reicht vollkommen und verseucht die ganze Erde. Mehr als einen Dichter kann ein Friedhof nicht tragen. Ein Dichter, Hubert, das waren deine Worte, und der Friedhof ist voll an Kunst. Und so kam für dich nur dein Provinzfriedhof als Ruhestätte in Frage, da nur in der völligen Geistlosigkeit, wie du mehrmals notiertest, oder wie ich denke, der Geist seine Ruhe finden kann. Hubert, bereits ein begrabener Geistesmensch verseucht die reinste Friedhofserde.

Jeden Tag am Zentralfriedhof musstest du beobachten, wie massenweise Touristen auf den Friedhof kamen. Du hast den Todestourismus stets verachtet. All die Menschen, die sich gar nicht für den Tod interessieren und einfach nur Berühmtheiten besuchen wollen. Hubert, die Todesdummheit hat dich furchtbar aufgeregt. Täglich kam Bus um Bus mit asiatischen und anderen Touristen zu den Musikergräbern gepilgert, um die Gebeine von Menschen zu sehen, von denen dort, nach dreimaliger Umbettung, gar nichts mehr liegt. Aber, Hubert, du weißt es doch am besten, ein Friedhof gewinnt erst durch seine berühmten Toten an Popularität. Stell dir vor, da stirbt eine Berühmtheit und lässt sich in deinem Dorf begraben. Überleg dir, wie viele Menschen plötzlich in dieses Kaff kommen würden, das sie sonst nie besucht hätten. Warum es da keine Immobilienmakler für den Tod gibt, Hubert, habe ich nie verstanden. Die Gemeinden müssten das doch fördern und die berühmten Toten an sich reißen wollen. Stell dir vor, wie der Tourismus in einem Dorf in die Höhe schießt, wenn da eine Berühmtheit begraben liegt. Überleg dir, Hubert, du wärst eine solche Berühmtheit geworden, ein solch berühmter Dichter, ein Burgtheaterdichter, und sie hätten dich in deiner Provinz begraben. Es würden Massen zu deiner letzten Ruhestätte pilgern und dir keinen Frieden lassen. Der Tod wäre für dich gestorben, Hubert, wenn du berühmt geworden wärst. Aber diese Gefahr hat ja bei dir nie bestanden.

Wir haben so lange zugewartet, bis nichts mehr möglich war, Hubert. Wir haben so lange gewartet, bis wir nicht mehr hoffen konnten, verlegt zu werden und es überhaupt keinen Sinn mehr machte. Hubert, in dem du nichts, nicht einmal ein Wort von dir veröffentlicht hast, können wir nur noch auf das Gesamtkunstwerk hoffen. Aber vielleicht war das deine Idee. Vielleicht hattest du immer eine Idee, aber ich konnte sie nie durchschauen. Nur, so viel Witz, Hubert, traue ich dir wirklich nicht zu.

Leben und Schreiben – Tod und Text: Sterben, Hubert!

Kurz hatte ich das Gefühl, das alles passiert gar nicht wirklich, Hubert, und du erholst dich wieder. Es wäre nicht das erste Mal, dass ich glaube du stirbst und dabei schläfst du nur. Du hattest seit jeher den friedlichsten Schlaf, Hubert, so als würdest du bereits im Sarg liegen. Deine Schlafposition war deine Sargstellung. Wie aufgebahrt lagst du da, wenn du am Nachmittag eine Stunde auf der Bank deines Arbeitszimmers schliefst. Deine Hände waren auf dem Bauch verschränkt. Du hast flach, kaum merkbar und geräuschlos, geatmet, und ich wusste nie, wenn ich im Türrahmen stand, ob du schläfst oder schon tot bist.

Aber heute, Hubert, wachst du nicht mehr auf. Ich weiß es. Wenn sie jetzt nichts bemerken, Hubert, dann ist alles zu spät. Wir erreichen den Punkt, Hubert, an dem jede Hilfe für dich zu spät kommen wird. Niemand wird dich retten können, Hubert. Niemand!

Ich sehe dich bereits auf deinem Dorffriedhof neben all deinen Schulkameraden liegen. Nach zwanzig, dreißig Jahren trifft man sich bei so jämmerlichen Klassentreffen oder sonstigen Zusammenkünften wieder und es wird das Resümee gezogen: „Ach wie schön, dass wir uns nach all der Zeit nicht verändert haben." Hubert, Stillstand ist der Tod, das war einmal ein intelligenter Satz aus deinem Stift. Wenn ich mich nicht verändert hätte, könntest du mich gleich erschießen. Abscheulich, Hubert, die Menschen, die ständig die falschen Vokabel für ihr Leben finden und daraus ihre eigene Lebenslüge erdichten, die, wenn das letzte Kind aus dem Haus ist und sie ihrem Gegenüber das erste Mal so richtig in die Augen, ins Bewusstsein schauen müssen, entlarvt wird.

All meine Klassenkameradinnen sind so geblieben, wie sie waren, und sind auch noch stolz darauf. Außer Falten nichts gewesen! Als würden sie bereits nach der Pubertät oder ihrem ersten Mann ihre Totenmasken aufsetzen und warten bis es soweit ist, dass ihr Körper nachfolgt. Ich bin bei den Klassentreffen erstarrt, Hubert, als ich die Worte hörte: „Zum Glück haben wir uns alle nicht verändert." Ich konnte kein Wort sagen und nichts auf so einen Satz völliger Menschen- und Lebensunkenntnis erwidern. Hubert, nichts Schlimmeres als Klassentreffen, wo ich andauernd toten Fratzen ins Gesicht starren muss, die sich nicht einmal eine Spur verändert haben.

Gingst du auf ein Klassentreffen, Hubert, dann war es mit dir über eine Woche nicht auszuhalten. Sobald du die Gesichter deiner Kindheit gesehen hast, bist du in dein altes Schema verfallen und warst so, als hätte es die letzten Jahrzehnte mit mir gar nicht gegeben. Ich habe es gehasst, wenn du zu deinen Klassentreffen, wenn du überhaupt aufs Land gefahren bist. Es war ekelhaft, mit welchem Provinzgestank du dann unsere Wohnung betreten hast, wie lange es dauerte, bis ich dich wieder zurück in unsere Sprache brachte. Über eine Woche musste ich ununterbrochen auf dich einreden, bis du wieder auf unserem Niveau warst, Hubert.

Selbst meine Damenrunde musste ich aufgeben, weil ich sie nicht mehr ausgehalten habe. Irgendwann sind sie alle festgefahren in ihren Ideen und Meinungen und haben sich der Routine und der Wiederholung hingegeben. Ständig musste ich mich über alles aufregen, was sie sagten, weil sie in Wirklichkeit nichts sagten, was sie nicht vorher schon hunderte Male ausgeführt hatten. Irgendwann begannen sie nur noch über ihre Krankheiten, ihre Arztbesuche und über ihre Männer am Friedhof zu sprechen, wo ich bis jetzt nicht mitreden konnte, Hubert.

Ich wollte in meiner Damenrunde über die hochkulturellen Dinge, über das Theater und über die aktuellen Entwicklungen in der Kunst reden, wie wir das früher getan haben, wie es einmal mit ihnen möglich war, aber es interessierte sie nicht mehr. Ihr Feuer schien erloschen und irgendwann haben sie immerfort über den Klatsch der Tageszeitungen gesprochen, während sie sich ihrem Damespiel und Proseccorausch ergaben. Hubert, ich habe nie Dame gespielt, mich nie dem Spiel der Routinen hingegeben, sondern wollte diskutieren, leben. Ich musste meine übliche Runde verlassen, weil sie mich sonst geistig auf ihr Niveau hinabgezogen hätten. Einmal in so einer Trance gefangen, ist keine Entwicklung und kein Denken mehr möglich. Hubert, ich hätte mein Burgtheaterideal aufgeben und mich wie alle anderen der Unterhaltung hingeben müssen, wenn ich in den starren Meinungen der Altdamenrunde hängen geblieben wäre. Mit den Ehemännern am Friedhof haben sich meine Damen gehen lassen, aber das wird mir sicherlich nicht passieren, Hubert.

Alleine die Aufregung über deine Texte, die ich jeden Tag gelesen habe, hat mich ständig im Diskurs gehalten. Alles, was du geschrieben hast, Hubert, hat mich aufgeregt, mich völlig in Rage versetzt. Wenn du aus dem Haus warst, habe ich in deinem Arbeitszimmer gewütet, manchmal nur wegen einem Wort, einem Satz von dir. Da, Hubert, haben wir unsere Dialoge geführt. Wenn du nicht da warst und ich mit deinen Notizen alleine war, haben wir miteinander wirklich geredet. Du müsstest andauernd Schnackerl gehabt haben, während du in der Arbeit oder sonst wo warst. Vor allem deine ständigen Burgtheaterverfluchungen haben meinen Blutdruck hochgetrieben. Du hast das Burgtheater nie verstanden und trotzdem hast du es aufs schärfste angeklagt und ich habe jeden Tag eine Apologie – eine wirkliche Apologie, Hubert! – für das Burgtheater gehalten.

Der Kampf gegen dich, gegen deine Schriften, hat meinen Geist gerettet, Hubert, und natürlich auch das Burgtheater. „In Dankbarkeit gewidmet – dem ewigen, jungen Theater!“, steht als Prolog des „Burgtheater“-Films geschrieben, Hubert. Das Burgtheater war mein Jungbrunnen und hat mich davor bewahrt, Mitglied der damespielenden Demenzrunde zu werden.

In jeder Volksschulklasse im Dorf sitzen zwanzig potentielle Selbstmörder, von denen zehn Prozent ihre Gedanken in die Tat umsetzen und sich früher oder später umbringen, hast du notiert. Deine Klasse hat ihre Quote noch während deiner Schulzeit erfüllt, nicht, Hubert? War es nicht dein bester Freund, der sich auf die Gleise gestellt und auf den Neun-Uhr-Zug gewartet hat? Die Zuggleise vom Land in die Stadt sind gepflastert mit Leichenteilen Minderjähriger, die ihren Platz in der Dorfstruktur nie fanden, sich anders fühlten, anders waren und nicht daran teilhaben konnten. Solch präzise Sätze und Beobachtungen konntest du schreiben, Hubert. Ich war manchmal wirklich erstaunt, was ich in deinen Schriften las. Auch ich habe die verachtenden Blicke der Provinzmenschen gespürt, Hubert, und ich kann mir vorstellen, wie tödlich sie für einen Menschen sein müssen, der sich nicht rechtzeitig retten kann. Ich bin mir ganz sicher, Hubert, dass ich dich vor dem Selbstmord im Dorf bewahrt habe. Mit deiner Veranlagung hättest du in der Provinz nicht überleben können und wärst zugrunde gegangen.

Der Freitod hat dich seit jeher fasziniert und es waren deine liebsten Beerdigungen, Hubert. Bei einem Selbstmörderbegräbnis, einer Bestattung nach Suizid, um es im Fachjargon zu sagen, muss man in völlig anderen Bahnen denken und es stellt den Tod und alle Gedanken an ihn völlig auf den Kopf, hast du geschrieben. Keine Bestimmung, kein Schicksal, keine Natürlichkeit, sondern eine selbstgewählte Tat und die einzige Freiheit, die wir als Mensch in diesem Leben haben. Hubert, mit diesen Philosophien, mit diesen philosophischen Gedanken, habe ich dich damals geködert und sie haben dich nicht losgelassen. Ich konnte nicht erahnen, welche Konsequenzen es haben würde, als ich dir zuerst die Existentialisten vorstellte und du dich dann an Albert Camus aufgehängt hast. Hubert, du konntest Camus nie überwinden und bist wie Sisyphos in einer sinnlosen Endlosschleife deiner philosophischen Gedanken hängen geblieben, anstatt dich weiterzuentwickeln.

Du hattest die größtmögliche Empathie für Selbstmörder, Hubert, womöglich schon zu viel. Manchmal, wenn ich deine Schriften las, dachte ich, heute ist es soweit, heute kommt er nicht mehr heim. Ich dachte, irgendwann findest du deine Selbstmordart, kommst auf eine Idee und führst sie aus. Es hat dir das Leben gerettet, dass du deine Gedanken nie in die Tat umgesetzt hast. Deine Sehnsucht hat dich am Leben gehalten, genauso wie sie dich vom Leben abgehalten hat. Es ist ein Paradox, aber deine Wahrheit. Hubert, hättest du je ein Werk abgeschlossen, hättest du je das Gefühl gehabt, dass dein Werk fertig ist, dann wäre es womöglich das Ende für dich gewesen, und du hättest auch dein Leben abschließen können. Dein Schreiben war dein Leben und umgekehrt. Du hast dich so lange in einen Wahn geschrieben, Hubert, bis du keine Grenze mehr ziehen konntest.

In allen Menschen, die du begrubst, hast du dich selbst gesehen, Hubert, und vielleicht war es gerade der Tod, der dich am Leben gehalten hat. Jeden Morgen, wenn du in ein totes Gesicht geschaut hast, warst du für den Tag gerettet. Jeder Tote, den du begraben hast, hat dir einen Tag geschenkt. Du brauchtest die Toten, um zur Ruhe zu kommen. Erst im Anblick der Toten ruhten deine rasenden Gedanken und schlugen nicht mehr auf dich ein. Deine Leere, dein vorgeschaufeltes Grab, hast du mit einer täglichen Dosis Tod gefüllt. Jeden Tag hast du über deinem eigenen Grab gelebt, Hubert, und ins

Nichts gestarrt. Erst der Friedhof, die Todesarbeit, hat dir einen Sinn gegeben und in dir einen Lebenshunger geweckt, der für dich nicht natürlich kam.

„Im Tod sind wir alle gleich!“, hast du gleich zu Beginn deiner Bestattungszeit notiert. Lässt man die Masken der Inszenierung, der Repräsentation, die Maske des öffentlichen Gesichts weg, dann sieht man den wahren Kern der Menschen, die Gefühlsgrade, die bei allen gleich sind. „Wie es innen drin ausschaut, geht niemand etwas an“, aber auf den Begräbnissen bricht die Schale der Äußerlichkeit. Hubert, du bist zum Friedhof gegangen, weil du die Lügen und Masken der Menschen nicht mehr ertragen konntest. Du dachtest, am Friedhof die letzten wahren Gesichter zu sehen, Gesichter ohne Inszenierung, ohne Verstellung. Zumindest für einen Augenblick sahst du, bei jedem Begräbnis, das pure Gesicht eines Menschen und ein reines Gefühl. So sehr man sich auch in Rituale zwängt, die alles betäuben, kaum noch Raum zu atmen geben und kein Denken zulassen, irgendwann kommt der Punkt, wo alles an einem abfällt und kein Spiel mehr möglich ist, hast du geschrieben. Oft war es nur eine Geste, eine unbedachte Aussage, aber da sahst du, was Leben ist, wie Leben sein könnte, Hubert, wenn es zurück zur Purheit, zum Ursprung gelangt. Du konntest die Momente puren Lebens, die reinen Gesichter, in denen jegliche Reflexion aufgelöst scheint und der eigentliche Mensch beginnt, nur noch am Friedhof sehen. Und ich sah diese Momente im Theater, Hubert. Du hast nie verstanden, wie nah wir in unserem Denken waren.

Jeder Tag am Friedhof hat dir ein neues Leben geschenkt, Hubert, und du wurdest immer manischer in deinen Niederschriften. Nach und nach nahmst du die Identitäten deiner Toten an und schriebst über sie in der Ich-Form, als würdest du von deinem eigenen Leben erzählen und dich erinnern. Jedes Mal, wenn du „Ich" geschrieben hast, bist du in die Seele, in die Erinnerung des fremden Menschen eingetaucht, bis du dein eigenes Ich, Hubert, völlig verloren hast. Du konntest nicht mehr „Ich" schreiben, ohne einen anderen zu meinen. Hubert, jedes Mal, wenn du dein Arbeitszimmer verlassen hast, stand da plötzlich ein Fremder vor mir. Du hast deine Toten in unsere Wohnung gelassen und irgendwann habe ich dich verloren, wusste nicht mehr, wer du bist, und ich denke, auch du wusstest nicht mehr, wer du warst.

Hubert, du bist zu einem Medium fern jeden spirituellen Unsinns geworden, aber kein Dichter. Aus deinen Augen sprechen tausende Menschen, die in dich eingedrungen sind, als du sie auf ihrem letzten Weg begleitet hast. Hubert, du wurdest schon als Kind, mit dem ersten Blick auf die verscharrten Leichen neben dem Wald, zu einem Ort der Seelen und hast all die fremden Erinnerungen eingefangen. Du bist der Hades, Hubert, und das Schreiben hat deine Seelen über den Styx geführt. Der Fährmann des Todes, Charon, Hubert, das bist du.

Tag für Tag habe ich gehofft, dass sie dich endlich entlassen, aber so blöd kannst nicht einmal du sein, Hubert, als Beamter gekündigt zu werden. Ich habe deinen Bestattungsanzug gehasst, Hubert, und konnte es kaum ertragen, wie du jeden Tag in derselben grauen Hose, mit dickem, schwarzem Nahtstrich, mit weißem Hemd, schwarzer Krawatte und dunkelgrauem Sakko unsere Wohnung verlassen hast. Deinen schrecklichen Anzug von der Stange, der sich völlig formlos über deinen Körper schlug, als würdest du den Anzug deiner Firmung tragen, und ihn noch kantiger machte, als er ohnehin schon war, habe ich wirklich verabscheut. Aber du hast deinen furchtbaren Anzug der Konformität natürlich geliebt, Hubert. Es war deine Uniform des Verschwindens, wie ich manchmal dachte. Hast dich aufgelöst in dem Gewand und wurdest unsichtbar in der Masse. Dein Bestattungsanzug war die perfekte Uniform für dich, um im Hintergrund zu bleiben und alles beobachten zu können.

Was hast du denn heute an, Hubert? Nein! Ich habe diese Hose immer gehasst an dir. Auch deine Schuhe, furchtbar. Zum Glück werden sie heute ohne Schuhe begraben, ansonsten hättest du diese scheußlichen Schlapfen sicherlich im Sarg tragen wollen.

In diesem grässlichen Aufzug stirbst du mir, Hubert? Das ist absolut kein Sterbegewand, was du da an hast. Da geniere ich mich ja, wenn das ganze Tamtam losgeht und sie dich aus dem Österreich-Pavillon tragen. Wie kannst du mir in so einem abscheulichen Aufzug sterben, während dein Todesanzug gebügelt bei uns zu Hause im Schrank hängt? Es ist der einzige maßgeschneiderte Anzug, den du dir je machen hast lassen, Hubert, dein Todesanzug. Du bist am Graben in ein Geschäft gegangen und sagtest mit einem breiten Lächeln: „Ich brauche einen Todesanzug." Entsetzlich dieser italienische Schnitt, den du unbedingt haben wolltest.

Oft schien es mir so, als hättest du dein ganzes Leben nur für deine bevorstehende Trauerfeier gelebt, Hubert. Für nichts im Leben hast du mehr Zeit aufgewandt, als zur Planung deiner eigenen Beerdigung. Mit deinem Trauerredner hast du in regelmäßigen Abständen über deinen Nachruf kommuniziert. Es hat Jahre gedauert, um den idealen Grabredner für dein Begräbnis zu finden. Du musstest unzählige Nachrufe von verkappten Schauspielern, Professoren, Theologielehrern und Möchtegern-Diakons über dich ergehen lassen, bis du den einen gefunden hattest.

Hubert, du hast dich furchtbar darüber aufgeregt, was dir, in all deinen Jahren bei der Bestattung, als Leichenredner von den Agenturen geschickt wurde. All die Menschen, die sich berufen fühlen, Trauerredner zu sein, nur weil jemand zu ihnen gesagt hat, dass sie eine schöne Stimme haben und so einfühlsam wären, also ideale Voraussetzungen hätten. Sie fühlen sich *berufen*, weil sie in allem anderen gescheitert sind, hast du es auf den Punkt gebracht, Hubert, und das ist die Wahrheit. Die *Berufenen* denken, sie können den Friedhof als ihren Ort einnehmen und stellen die absurdesten Forderungen. Sie denken, dass sie den Tod und das Ritual durchschaut haben, denken, dass sie auch nur irgendeine Ahnung vom Tod haben und müssten deshalb etwas furchtbar Originelles leisten. Du hast diese *Berufenen* mit deiner schweigenden Verachtung gestraft, Hubert, vor allem wenn du mit ansehen musstest, wie sie nicht vorbereitet waren, aus Routine sprachen und eine Adhoc-Rede hielten, in der sie sich unentwegt unreflektierter Phrasen bedienten.

In die Grabredner hattest du die höchsten Erwartungen, Hubert. Durch sie, dachtest du, kann die Trauerfeier von den üblichen Ritualen enthoben und sie können zu einem wahren Fest werden, in dem nicht die Religion oder ein Glaube, sondern der Mensch selbst im Vordergrund steht. Nichts hast du mehr verachtet, als wenn Begräbnisse zu Propagandaveranstaltungen des Glaubens wurden und hast es nicht akzeptieren können, wenn Leichenredner die Bibelzitate mit Dichtersprüchen austauschten. Statt den Bibelstellen haben sie plötzlich Gedichte auf den Friedhöfen rezitiert, haben das Schema beibehalten und nur die Götter mit den Dichtern getauscht. Widerlich!

Die furchtbarsten Trauerredner musstest du erleiden, Hubert, bis der Richtige dabei war, der mit seiner Stimme, seinen Worten und Gedanken sofort deine Sympathie hatte. Nach dem ersten gemeinsamen Begräbnis seid ihr stundenlang dagesessen und er hat dir erzählt, wie schwer es ist, sich als Grabredner nicht von Familien instrumentalisieren zu lassen, um über den Toten hinweg den innerfamiliären Krieg weiterzutreiben. „Der Leichenredner muss ein Anwalt der Toten sein." Mit solchen Sätzen hat er dich um den Finger gewickelt, Hubert. „Der Trauerredner ist eine Nutte – aber eine gute." Fast geschwärmt hast du von diesen treffenden Analysen und fühltest dich in seinen Ansichten sofort verstanden. Fast süchtig hast du dir jeden Nachruf von ihm angehört, um seine Thesen, die er so salopp aussprach, bestätigt zu finden.

Es war wahr, Hubert. Es stimmte, was er sagte. Er lebte seine Theorien, seine Thesen, und machte seine Reden zu großen Feiern des Lebens. Von diesem Zeitpunkt an wolltest du nur noch ihn für deine Nachrufe haben und hattest in ihm deinen eigenen Grabredner gefunden. Er war der Eine, der verrückt genug war, jedes Jahr dein Begräbnis durchzuspielen. Du hast dir einen Todestag ausgesucht und jedes Jahr bist du mit deinem Leichenredner auf dem Dorffriedhof gestanden und hast mit ihm deine Beerdigung gefeiert. Für seinen Nachruf auf dich hast du ihm nichts als die Länge der Rede vorgeschrieben. Nie durfte er über zwanzig Minuten reden. Längere Trauerreden hast du verabscheut und geschrieben: „Ein jedes Leben, über das man mehr als zwanzig Minuten spricht, beweist nur seine absolute Undichte, also Bedeutungslosigkeit." Nachdem du deinem Trauerredner nichts von dir erzählen konntest oder wolltest, Hubert, war er, genauso wie ich, dazu gezwungen, dein Leben selbst zu interpretieren, und du warst völlig betroffen von dem, was er über dich zu sagen hatte, wie er dein Schweigen deutete. „Kein Mensch hat je lauter geschwiegen!", waren die letzten Worte seiner ersten Rede über dich.

Eines Tages, als du wieder einmal in deinem Dorf einem Begräbnis beiwohntest, Hubert, stand dein Grabredner vor unserer Tür. Er wollte meine Seite hören, wie er sagte, und ich erzählte ihm unsere Geschichte. Dein Leichenredner stellte die seltsamsten Fragen, fragte nach deiner Kindheit, deiner Herkunft, unserer Beziehung und hat mich dadurch, ohne dass ich es bemerkte, hinters Licht geführt. Hubert, ich habe zu spät gemerkt, dass ich ihm alles erzählt hatte, obwohl ich ihm nichts, kein Sterbenswort sagen wollte. Unseren ganzen Lebenslauf habe ich ihm wie in einem Rausch offengelegt, weil er mich gleich zu Beginn völlig unvorbereitet fragte: „Was war Ihr Gatte für Sie?" Hubert, wer bist du für mich? Es ist alles in mir losgebrochen, in einem Moment, wo ich es am wenigsten erwarten konnte. Dein Trauerredner hat mich in sein offenes

Rhetorikmesser laufen lassen, Hubert, und ich kann seither nicht mehr aufhören, über uns zu sprechen.

Ich bin gespannt, ob dein Grabredner auf das Wie und das Wo deines Sterbens eingeht, ob er damit umgehen kann, obwohl ihr es ganz anders geplant hattet. All deine Vorbereitung, Hubert, wurde in einem Moment, mit einem Schlag zunichtegemacht.

Dein Leben lang hast du dem Tod gedient und dann fällt er dir so in den Rücken. Du hast im Käfig des Löwen mit dem Fleisch unserer Existenz gespielt. Wie ein Dompteur des Todes, der einen Moment nicht aufgepasst hat. Österreich hat dich umgebracht, Hubert. Hier, wo du deine Schilde gesenkt hast, haben sie dir in den Rücken gestochen und haben die einzige Stelle gefunden, an der du verwundbar bist. Die Kunst hat dich weich gemacht, Hubert, dich ausgehöhlt und Österreich hat dir den Todesstoß verpasst. Österreich hat dich da getroffen, wo du es nicht erwarten konntest – im Ausland.

Die Sozialbegräbnisse wurden am Ende deiner Dienstzeit zu deinen liebsten Trauerfeiern und du schriebst nur noch über sie. Der Tote, der Grabredner und du, Hubert. Es kamen keine Gäste. Nichts wusstest du über die Verstorbenen. Manchmal hast du Tage und Wochen gesucht, um etwas über die Menschen herauszufinden. Du hast dich ihnen angenommen. Sie waren ein leeres Blatt für dich und so völlig frei von Geschichte, wie es schien. Du hast nach ihren Geschichten gesucht, aber fandst nichts. Irgendwann hast du aufgehört zu suchen und zu ihren toten Gesichtern, die du lange in Betrachtung nahmst, Nachrufe gedichtet. Völlig frei von jeder Erwartung, hast du dich nur auf deine

Beobachtungen verlassen und daraus sind deine schönsten Texte entstanden. Ein Blick in das tote Gesicht hat dir gereicht, wie es schien, um den Menschen dahinter zu erkennen. Die Totenmaske hat dir den Menschen in seiner Ganzheit offenbart und du wurdest ein Experte in der Ausdeutung der toten Gesichter. Deine aufregendsten Texte entstanden über Menschen, die du gar nicht kanntest, Hubert, und du ließt deinen Grabredner deine Nachrufe vortragen. Deine Nekrologe müssen erstaunliche Ereignisse gewesen sein, nur beschränkte sich dein Publikum auf dich und einen Toten, Hubert. Deine größten Stücke haben nie existiert, weil keiner sie gehört hat, und du die Texte den Toten mit ins Grab warfst.

Und wie es natürlich passieren musste, hast du begonnen, die Armenbegräbnisse zu idealisieren und zu romantisieren, bis in dir der Wunsch hochkam, genauso begraben zu werden. Furchtbar, Hubert! Du wolltest dich wie einen Hund verscharren lassen. Ein anonymes Begräbnis, ein anonymes Grab und aus. Obwohl du fast deine gesamte Lebenszeit mit der Planung deines Begräbnisses verschwendet hast, wolltest du alles mit einem Schlag umwerfen, für die totale Anonymität im Tod und im Danach, wie du schriebst. Du hattest die Utopie im Kopf, Hubert, deine Existenz auslöschen und dich wegschreiben zu können. „Ich schreibe mich weg“, heißt es an einer markanten Stelle in deinen Schriften.

Nicht einmal mich wolltest du am Ende bei deinem Begräbnis dabei haben. Du warst dir so sicher, dass du dein Testament ändern wolltest. In den letzten Jahren hast du dein Testament so oft umgeschrieben, dass ich gar nicht mehr deinen Wünschen folgen konnte. In jedem Testamentsentwurf eine radikale Änderung und in immer kürzerer Schlagzahl eine neue abstruse Idee deinen Tod betreffend.

Alleine mit der Abhandlung deiner Bestattungswünsche, die du im Laufe deines Lebens als Möglichkeit in Betracht gezogen hast, könnte ich ganze Bücher füllen, Hubert. Deine Texte sind reine Bestattungsutopien. Mit jeder neuen Möglichkeit des Todes, die du am Friedhof oder außerhalb entdeckt hattest, kam auch ein anderer Bestattungswunsch, eine andere Bestattungssehnsucht in dir hoch. Jeden Tag schriebst du an einer neuen Todesfantasie und ich weiß gar nicht, wo ich dich jetzt überall bestatten lassen soll. Am Ende wurdest du neben deinem Wahn auch noch wahnsinnig, Hubert. Soviel ist doch gar nicht von dir da, dass ich dich überall bestatte, wo du es dir gewünscht hast.

Ich habe unzählige Testamentsentwürfe von dir gelesen und weiß gar nicht, was in deinem endgültigen Testament stehen wird und werde, so wie ich dich kenne, vermutlich nur ein weißes Blatt vorfinden. Bei deiner Testamentseröffnung wird mich der Schlag treffen. Hubert, wie kann man sich nur sein ganzes Leben mit seinem Tod beschäftigen, mit der Planung seines Begräbnisses, und letztlich nicht einmal eine einzige Entscheidung treffen. Wie dein Werk, Hubert, hast du dein Testament nie abschließen können und ich muss es zu einem Ende führen.

Aber ich habe mich längst damit arrangiert, dich zurück in deine Provinz zu bringen, Hubert. Auch, wenn du es nicht mehr erwähnt hast, war es stets dein sehnlichster Wunsch. Du hast es verdient, in diesem Drecksloch begraben zu werden. Seit Jahren sehe ich dein Begräbnis vor mir. Das ganze Dorf wird da sein, weil du nie ganz die Bande lösen konntest. Neben deinem Sarg deine Verwandtschaft, die wir nie besucht haben, keinen Kontakt hatten und jetzt aufgefädelt als Familie nebeneinander Platz nehmen muss. Ich an der Spitze einer Familie, die ich nicht kenne und die mich verachtet hat. Aber es sind zum Glück nicht mehr viele da. Dein Bruder ist tot, selbst zwei seiner Söhne sind bereits gestorben und so werden nur noch ferne Verwandte dastehen, die unsere Enkel, sogar Urenkel sein könnten, Hubert.

Ich sehe mich schon mit aufgesetzter Trauermiene und mit einem möglichst dicken Schleier vor dem Kopf dastehen, damit sie meinen Ekel vor ihren geheuchelten Beileidsbekundungen nicht von meinem Gesicht ablesen können. Sie werden zu mir blicken, als stünde der Teufel höchstpersönlich vor ihnen. Ich sehe es ganz deutlich vor mir, Hubert. Der Teufel, werden sie denken, der den Sohn ihres Dorfes entführte, seine Seele stahl und ihn entwurzelte. Die Entführung des Dorfsohns, in den sie so viele Hoffnungen steckten, haben sie mir nie verziehen. Sie sahen dich als Opfer und mich als das Monster. Hubert, du hast sie in ihren Ansichten nie korrigiert, hast sie mich anklagen lassen, ohne etwas zu sagen, und wahrscheinlich hättest du ihnen auch noch das Holz für den Scheiterhaufen gebracht, auf den sie mich werfen wollen.

Nie, Hubert, hast du mich vor ihren Blicken bewahrt und mich verteidigt. Nie, Hubert, hast du dich auf meine Seite gestellt und mit mir gekämpft. Nie, Hubert, nie!

Hubert, ich hoffe sie kühlen dich gut. Aber selbst der Rotwein wird hier in Italien in den Kühlschrank gestellt und da werden sie wohl noch einen Platz für dich finden. Das ist dein Humor, nicht, Hubert? Du liebst den schwarzen Humor und er kann dir gar nicht schwarz genug sein, vor allem wenn es um den Tod geht. Sobald man den Tod mit den profansten Gedanken des Alltags vermischt, dann kannst du lachen wie nichts, da gehst du einmal wirklich aus dir heraus. Hubert, wenn du einmal nicht im Theater schläfst, dann lachst du an Stellen, die für die anderen nicht zu ertragen sind. Du kannst im Theater über nichts mehr lachen, als wenn sie den Tod spielen. Hubert, ich denke nur wegen dir, weil du immer so furchtbar laut lachst, haben sie irgendwann aufgehört im Theater den Tod darzustellen. Wenn heute im Theater jemand stirbt, folgt keine große theatralische Geste mehr, sondern die Bühne wird schwarz. Die Menschen sind den Theatertod nicht mehr gewohnt, weil ihnen der echte Tod überall ins Gesicht starrt.

Durch deine Arbeit bei der Bestattung und deine manische Nachrufschreiberei hast du mit der Zeit jeglichen Sinn für den Tod im Leben verloren. Innerhalb des Friedhofs bist du Profi mit ernster Miene gewesen, aber außerhalb hast du über alles auch nur ansatzweise den Tod betreffende höllisch gelacht. Hubert, was du lachen kannst über den Tod ist unglaublich. Der Tod ist zu deiner größten Komödie geworden und du hast jegliches Tabu gebrochen, ohne es selbst zu bemerken. Es war ein schleichender Übergang zur Gefühllosigkeit, wie ich denke, ein langsames Absterben der Empathie zum Tod im Leben. Dein Lachen über den Tod, Hubert, geht bis auf die Knochen. Du hast jeden Tag gelacht, wenn du dem Tod im Leben oder auf der Bühne begegnet bist. Nur heute, Hubert, da bist du still.

Weißt du, auf wie vielen Begräbnissen wir heuer schon waren, Hubert? Sicherlich weißt du das, du führst ja Buch – und jetzt kommt auch noch deines dazu. Du hast alle Parten deines Lebens gesammelt, Hubert, alle Menschen, die du kanntest, sauber eingeordnet. „Parte um Parte kommen wir unserem Tod gefährlich nahe." Einer der wenigen poetischen Sätze, die ich in deinen Aufzeichnungen finden konnte. Die nächste Parte, die ich in meinen Händen halten werde, wird deine sein, Hubert, furchtbar.

Hubert, ich hoffe wirklich sie kühlen dich in Italien gut, damit deine Leiche möglichst frisch bleibt, ansonsten werden dein Anblick und dein Gestank nach der langen Reise, die vor dir steht, für die Leute im Dorf unerträglich. Es wird das Einzige sein, woran sie sich erinnern werden, wenn sie an dich denken, Hubert, an dein aufgedunsenes Gesicht und den schrecklichen Gestank bei offenem Sarg. Aber du wolltest es ja nicht anders!

Selbst im Dorf, Hubert, ist den Menschen ein solcher Anblick nicht mehr geläufig. Heute steht da eine verschlossene Kiste vor ihnen und sie spritzen ein paar Tropfen Weihwasser in Kreuzbewegung darauf, um danach ihr Beileid zu bekunden. Aber wenn sie zu deiner Aufbahrung kommen, werden sie verlegen zurücktreten und nicht wissen wohin mit dem Weihwasser, weil sie dir nicht ins Gesicht spritzen wollen. Mir wird dein geschwollenes Gesicht und der Gestank nichts ausmachen, Hubert. Du hast mich unser ganzes Leben durch deine Schriften auf alle Eventualitäten deines Todes vorbereitet, aber für dein Dorf ist es eigentlich nicht mehr zumutbar. Die alten Frauen werden vor Aufregung umfallen und die Kinder bekommen einen Schock fürs Leben, der sie bis zu ihrem Tod verfolgen wird. Hubert, du hast gesehen, was es mit dir angestellt hat, nicht? Die Bilder des Todes haben dein ganzes Leben bestimmt: Die starren Augen und der aufgerissene Mund deines Großvaters im Sarg. Die kalküberstreuten Leichen aus dem Gefangenenlager in der nackten Erde. Die Stiche des Totengräbers in die Bauernerde …

Schon als Kind hast du dem Totengräber bei der Arbeit zugesehen und bis heute prägt dich dieser Blick. Der Totengräber, der in die Erde gräbt, um einen Menschen zu begraben. Nichts hat dich mehr fasziniert, fast schon in eine Art Meditation versetzt. Stundenlang bist du dagestanden und hast der Schaufel nachgeschaut.

Selbst im Schreiben – ich lese das ja heraus –, ständig das Bild des Totengräbers. In jedem Wort hört man die Schaufel förmlich in die Erde stechen, in jedem Punkt das Aufschlagen der Erde auf der Kiste. Ich habe deine Texte stets als Grabschriften betrachtet. Hubert, du hast dir mit jedem Wort dein Grab geschaufelt.

Unzählige Totengräber hast du im Lauf deines Lebens schweigend beobachtet. Die Totengräber am Lagerfriedhof neben dem Wald, die immer andere waren. Zwangsrekrutierte Soldaten, die die Arbeit als Strafe leisten mussten und niemals ein Gefühl dafür entwickelten, wie du empfandst, über die steinige Erde fluchten und sich in blöde Scherze flüchteten, die du schon als Kind nicht verstanden hast. Oder die Kriegsgefangenen selbst, die ihre eigenen Kameraden begruben und in fremden Sprachen vor sich hin murmelten.

Und natürlich deine Dorftotengräber. Wie viele Generationen an Totengräbern sind wohl an dir vorbeigegangen, Hubert? Ein Totengräber folgte auf den anderen. Sie wechselten so schnell, dass du gar nicht mit dem Zählen nachkamst. Bei jedem Begräbnis, wie es schien, war ein anderer Totengräber zu Gange. Bei jeder Beerdigung ein anderer mit der Schaufel in der Hand. Den meisten wurde es nach den ersten Gräbern bereits zu viel. Sie versoffen sich und erfüllten ein jegliches Klischee eines Totengräbers, was du aufs Tiefste verachtet hast, da du in der Arbeit stets mehr sahst. Ständig wechselten die Totengräber in deinem Dorf. Die Gemeindearbeiter versuchten sich, aber verweigerten schnell die Arbeit, für die sie sich nicht zuständig fühlten, wie sie sagten. Den Totengräbern in der Stadt hast du in der ersten Zeit zwar auch bei ihrer Arbeit zugesehen, aber du verlorst schnell das Interesse an ihnen, weil sie kein Grab, sondern im Akkord Löcher aushoben, wie du empfandst, ohne wirklichen Bezug zum Ritual.

Nach vielen Jahren, als du schon lange mit mir in die Stadt gezogen warst, begann ein Totengräber in deinem Dorf zu graben, der zu einem wirklichen Existenzmenschen für dich wurde, Hubert. Er war nicht irritiert von deiner Anwesenheit und du konntest gelöst deine Beobachtungen anstellen. Du bist einfach nur dagestanden, hast geschwiegen und zu Hause hast du alles detailliert aufgezeichnet. Von seiner Art des Grabens warst du tief beeindruckt. Die Leichtigkeit und Lebensfreude, mit der er gegraben hat, gab dir einen völlig neuen Blick auf diese Tätigkeit. Zum ersten Mal sahst du einen Totengräber in shakespearescher Dimension vor dir.

Hubert, du hast es dir einfach nicht nehmen lassen und musstest auf jedes Begräbnis in deinem Dorf gehen. Alles Menschen, die du natürlich kanntest. Bei jeder Beerdigung sahst du dem Totengräber bei seiner Arbeit zu, genau wie du das als Kind bereits gemacht hast, und notiertest alles, was dir der Totengräber in seinen Gräbern offenlegte. Du hast in das Loch gestarrt. Die Erden, sie waren niemals gleich: trocken oder feucht, hart oder weich – in jeder Abstufung des Seins. Steine, Wurzeln, Reste des Sarges, braune Knochen – ganz, gebrochen, ausgefasert – und der erste Totenschädel. Die Menschen wurden nach dem Krieg mit dem größten Unverstand begraben, hast du geschrieben. Sie wurden alle in ihren Polyesteranzügen, die heute noch unberührt daliegen und alles zusammenhalten, in einen mit Plastik ausgelegten Sarg eingebettet. Wie oft hast du dich in deinen Schriften über den Plastikfaschismus aufgeregt, dem sie sich selbst lange nach dem Krieg in der Bestattung hingegeben haben. Wer Plastik in den Sarg legt, hat keine Ahnung von einem Friedhof, von den grundsätzlichen Vorgängen darin, hast du geschrieben, Hubert. Überall das Plastik, mit dem der Totengräber noch Jahrzehnte später kämpfen muss. Der Totengräber führt in den Gräbern einen Kampf mit dem Restmüll der Vergangenheit, hast du notiert, Hubert. Plastikkreuze, künstliche Zähne, künstliche Hüften und sonstiges Grabbeiwerk, all das findet der Totengräber, neben den mit Schaumgummi gefüllten Totenköpfen in der Grabstätte.

Beim Essen habe ich die Bilder deiner detaillierten Grabbeschreibungen nicht mehr aus dem Kopf bekommen. Ich habe in dein schweigendes Gesicht gestarrt und deine Worte erklingen gehört, während du vor dich hingekaut hast, Hubert. Du hast geschrieben, wie der Totengräber auf einen unverwesten Sarg gestoßen ist. Gerade beim Essen konnte ich nicht mehr aufhören, an deine Wortbilder zu denken. In aller Genauigkeit hast du beschrieben, wie der Totengräber die Bretter des Sarges mit dem Krampen wegschlug und du dachtest: „Schon wieder ein Nazi!“ Die Nazis, hast du geschrieben, haben sie nur einen Meter tief verscharrt und heute müssen sie alle wieder rausgeworfen werden, um Platz für Neue zu schaffen. Die Nazis kommen heute alle wieder an die Luft, hast du kaum leserlich notiert, so als wären sie nie weg gewesen. Die Nazis wollen einfach nicht verwesen, hast du immer und immer wieder unterstrichen. Die AUFERSTEHUNG DER NAZIS, hast du in Versalien geschrieben. Wenn wir ein Hendl gegessen haben, konnte ich nur an den Vergleich in deinen Notizen denken, „das unverweste Fleisch der Nazis sieht aus wie das gekochte Hühnerfleisch“, und musste dir dabei zusehen, wie du in den Schenkel gebissen hast. Der konservierte Nazikörper ist der Furchtbarste, hast du geschrieben, und ich dachte beim Essen ständig an den in allen Facetten beschriebenen süßlichen Geruch einer verwesenden Leiche im feuchten Boden. Hubert, du schriebst, dass sie die Nazikörper damals gerade einmal unter die Oberfläche, aber nicht unter die Erde brachten und dachten, das war's. Aus den Augen, aus dem Sinn, wie du notiertest, nur hatten sie in deinem Dorf nie einen Geschichtssinn, nie die Weitsicht, dass in dieser konservierenden Erde die Ewigkeit herrscht und alles wieder hochkommen wird. Auf so einem Dorffriedhof kommt die ganze Dummheit, alles den Tod, also auch das Leben betreffende, zusammen, hast du geschrieben. Ich kann das alles

Wort für Wort nachsagen, weil du nicht aufhören konntest darüber zu schreiben, Hubert. Du hast mir jedes Essen mit deinen Beschreibungen über die unverwesten Nazikörper ruiniert. Es war widerlich!

Du konntest die Vorgänge der Leichenverwesung auf deinem Dorffriedhof genau studieren, als du dem Totengräber zugeschaut hast, wie er zu den Nazigräbern hinabgrub, wie du sie alle nanntest, ohne eine Unterscheidung zu machen. Die Nazis, hast du geschrieben, wollen einfach nicht verwesen. Sie haben den Friedhof so angelegt, dass er zur Senkgrube des Dorfes wurde und alles dort zusammenfließt. Dein Dorffriedhof hat den idealen Boden, um die Körper bis heute zu konservieren, wie du geschrieben hast. Es ist nass dort. Das Grundwasser kommt nach eineinhalb Metern und der Sarg wird eingelegt wie die Gurken im Einmachglas. Den Vergleich hast du geliebt. Wie die sauren Gurken im Einmach*grab* liegen die Nazis in ihren Gräbern und überdauern alle Zeit, hast du geschrieben, bis sie zum nächsten Krieg wieder als populistische Vorspeise serviert werden können. Der Friedhof deines Dorfes ist ein reiner Nazikonservierungsboden, dieses Wort hast du dreimal unterstrichen und ich habe dich für deine belanglosen Verallgemeinerungen verabscheut. Ein *Nazikonservierungsboden,* welch grandios blöde Wortschöpfung, Hubert!

Nach ein paar Jahren sollte der Leichnam in der Erde verschwunden sein, haben deine nüchternen Beobachtungen ergeben. In deinen Notizen hast du begonnen eine Formel zu entwickeln, die dir genau sagen konnte, wie lange ein Körper auf deinem Dorffriedhof verwest. Natürlich konntest du deine Theorie nie überprüfen, aber deine Statistiken waren detailliert und fundiert.

Jahrelang hast du dem Totengräber zugesehen. Grab für Grab auf die eingravierten Namen gestarrt, dir die jeweiligen Erdverhältnisse notiert, wann zum letzten Mal dort jemand eingegraben wurde und was noch zu finden ist. Selbst Knochenzählungen hast du in jedem Grab gemacht und überprüft, in welchem Zustand sie noch waren. Du bist ein Archäologe des Todes geworden, Hubert, und hast aus deinen Ergebnissen deine Verwesungsformel erstellt. Deine Formel beinhaltete alle notwendigen Kriterien. Du wusstest bei jedem Grab den Feuchtigkeitsgehalt des Bodens. Wusstest also, in welches Feuchtgebiet des Friedhofs ein Sarg hinabgesetzt wird. Hast dir den Leichnam vom Totengräber zeigen lassen und überprüft, in welchem Zustand er war. Sterbealter, Körpergröße, Gewicht, Fettanteil etc. Hast dir das Gewand genau angesehen, das Verhältnis von Baumwolle zu Polyester von allen Kleidungsstücken notiert. Nachgesehen, ob der Sarg mit sonstigem Beiwerk ausgeschmückt wurde. Hast das Sargmodell notiert, die dafür verwendete Holzart – Hart- oder Weichholz, oder gar nur ein Sarg aus Pressspannplatten – und die jeweilige Stärke der Bretter. All die Daten hast du in deine Formel eingetragen und genaue Verwesungsjahre herausbekommen. Statt Beileidsbekundungen auszusprechen hast du angefangen, den Familien die voraussichtliche Verwesungsdauer ihres Verstorbenen auszurechnen und ihnen in den Kondolenzbrief zu stecken: „Rechnen Sie mit einer Verwesungszeit von voraussichtlich 25 Jahren *(ohne Einbezug möglicher Klimaveränderungen)*!"

Hubert, du bist vielleicht der einzige Mensch auf der Welt, der schon vor seinem Tod weiß, wie lange er verwesen und wann er schließlich heimfallen wird.

Als vor ein paar Jahren dein Bruder starb, hast du keine Reaktion gezeigt. „Heute ist mein Bruder gestorben." Mehr war in deinen Aufzeichnungen nicht zu finden. Deine dir unbekannten Neffen haben dich angerufen, dir erzählt, dass dein Bruder jeden Moment sterben kann, aber du hast nichts gemacht. Du hast dich bei ihnen bedankt und auf seine Parte gewartet, um sie mit all den anderen abzuheften. Sein Sterben, die Szene auf dem Sterbebett, hättest du nicht ertragen, wie ich denke, das Bewusstsein ihn dort zum letzten Mal zu sehen, und was für Auswirkungen es auf deine Worte, deine Wortwahl gehabt hätte. Eine letzte Versöhnung vor dem Tod, damit er friedlich sterben könnte, davor hast du dich gefürchtet. Hubert, du hattest Angst, und wusstest nicht, was diese Szene mit dir anstellt, die letzte Geste eines Lebens, mit der du in deiner Bestattungszeit nie konfrontiert warst. Jeden Tag standst du vor toten Tatsachen, aber das Sterben musstest du bei keinem Menschen je erleben. Was weißt du schon vom Tod, Hubert, von Tod und Leben, wenn du keine Ahnung vom Sterben hast? Sterben *lernen*, Hubert, das hast du nie verstanden.

Die Trauerfeier deines Bruders hast du natürlich besucht, und selbstverständlich darüber geschrieben wie über jedes andere Begräbnis. Du hast der Beerdigung deines Bruders wie ein unbeteiligter Gast beigewohnt. Hast dich nicht zur Familie in die erste Reihe gesetzt, sondern wie ein Fremder bist du in der letzten Reihe der Aufbahrungshalle gesessen. Du hast dir deine Familie angesehen, von der dein Großvater geträumt hat, und sie war eine Gruppe von Fremden für dich. Du warst schon lange nicht mehr Teil von ihr.

Von der Aufbahrungshalle, wo der Pfarrer die ersten Worte sprach, seid ihr in die Kirche weitergezogen. Die bekannten Rituale und Gebete, die du im Laufe deines Lebens so oft gehört hattest, dass die Worte nur noch als Klang für dich wahrnehmbar waren. Setzte ein Pfarrer zur Rede an, dann hörtest du ein Rauschen in dir, wie die aufschlagenden Wellen des Meeres auf den harten Stein, und du begabst dich in eine Welt, in der die Sprache zum reinen Farbenspiel deiner Gedanken wurde. Während der Predigt sagte der Pfarrer ein paar Worte über deinen Bruder, über seine regelmäßigen Kirchenbesuche am Sonntag. Nach außen, dachtest du, hat deine Familie stets die Fassade bewahrt. Danach die Kollekte, das Klingen der aufeinanderfallenden Geldstücke, während der Pfarrer zum letzten Gebet ansetzt, den Friedensgruß initiiert und die Ehrenrunde ums Wirtshaus zum Friedhof anführt.

Als der Sarg die Kirche verließ, hatte es zu regnen begonnen. Es schüttete. Du hattest keinen Schirm dabei, gingst aber trotzdem die Runde ums Wirtshaus mit. Es hörte nicht mehr auf. Wind und Regen. Du gingst mit etwas Abstand als Letzter des Leichenzuges. Am Friedhof angekommen, in Begleitung der dumpf klingenden Blasmusik, trugen die Enkel deines Bruders seinen lichtbraunen Sarg zum Grab. Er wurde mit Seilen hinabgesetzt und auf den schwarzen Sargdeckel deines Vaters gestellt, den der Totengräber freigeschaufelt hatte. An der Kopfseite hatte sich bereits etwas Grundwasser gebildet. Du standst da, Hubert, und wusstest, der Nächste bist du.

Nachdem alle Trauergäste weg waren, sahst du wieder dem Totengräber bei seiner Arbeit zu. Oft bist du am Grab deiner Familie gestanden und hast dich gefragt, wer hinter diesen Namen steckt. Sie liegen in deiner Erinnerung begraben, aber wer sie wirklich waren, konntest du nie erfahren. Bilder, Geschichten, ein Gefühl vielleicht, mehr war da nicht mehr, und du wusstest, Hubert, mit dir würde selbst dieses zarte Band dem Tod und Vergessen heimfallen. Du starrtest lange auf die Namen deiner Familiengrabstätte, während der Sarg deines Bruders langsam in der Erde verschwand und ein dumpfes Geräusch zu hören war, mit dem die Erde etwas tiefer sank.

Am Begräbnis deines Bruders hast du dir eine Lungenentzündung geholt, Hubert, von der du dich nicht mehr erholen konntest.

Während dein Totengräber grub, sahst du seinen Sohn neben dem Grab stehen. Er schwieg, folgte mit den Augen der Schaufel seines Vaters und ging ihm zur Hand, wo er nur konnte. Ich weiß, Hubert, in dem Jungen sahst du dich selbst. In seinen Augen erkanntest du deine und begannst über ihn zu schreiben. „Sein Spiegelbild erkannte er zum ersten Mal im hochpolierten Marmor des Grabsteins", notiertest du ganz klein in der linken Ecke eines deiner Notizbücher, als würdest du dich für deine Beschreibungen und Worte schämen. Ich habe alles gelesen, was du über den Jungen geschrieben hast, Hubert. Du hast ihn über all die Jahre wie niemand anderen beobachtet und jede Veränderung an ihm notiert.

Er ist jetzt in deinem Alter, Hubert, in dem Alter, in dem ich dich vom Dorf befreit habe. Vielleicht fühlst du dich deshalb mit ihm verbunden. Er kommt aus demselben Umfeld. Er hat dieselben Gedanken wie du. Du hast im Sohn des Totengräbers dich selbst erkannt und vor drei Tagen musstest du erfahren, dass sein Vater gestorben ist. Dein Totengräber ist vor dir gestorben, Hubert, in einem Alter, wo es nicht zu erwarten war. Dein Schweigen wurde ein anderes.

Der Tod des Totengräbers, deines Totengräbers, Hubert, hat dich völlig betroffen gemacht. Er fiel einfach um und jetzt wurde der Junge auf einen Schlag zu deinem Totengräber. Nie hattest du mit ihm geredet, ihn nur vom Haar bis zur Fußspitze beschrieben. Es hat alles verändert in dir, Hubert, als du die Nachricht hörtest und du wolltest unbedingt zurück in dein Dorf, um der Beerdigung seines Vaters beizuwohnen. Ich konnte dich einfach nicht davon abbringen. Hubert, wir mussten durch die Biennale rasen, uns der Kunst an einem Tag völlig aussetzen, nur weil du auf das Begräbnis deines Totengräbers nicht verzichten kannst.

Hubert, du stirbst nur drei Tage nach deinem Totengräber und der Junge wird jetzt dein Grab schaufeln. Als du von dem Tod seines Vaters hörtest, musstest du das Bild deines Todes korrigieren und warst dabei in einer seltsamen Erregung. Du sahst dich in den Armen des Jungen liegen, Hubert, und dich durch seine Hände in den Tod gleiten. Es waren deine letzten Gedanken, wie ich denke.

In dein Grab, Hubert, wird der Junge seine ersten Stiche machen. Du wirst sein erster Toter sein. Du, die erste Parte in seinem Ordner, Hubert.

Wenn ich deine Beschreibungen des Jungen las, Hubert, da bekam ich den Eindruck, du beschreibst ihn als dein eigenes Blut. Du schriebst über ihn, als hättet ihr eine seltsame Verwandtschaft. Da war ein Band zwischen euch, das ich nie verstand.

Ich habe mir oft vorgestellt, welche Kinder wir gehabt hätten, Hubert. Vielleicht wären sie wie ich Theater-, oder Todesnarren wie du geworden. Eine andere Möglichkeit hätte es für sie nicht gegeben. Theater oder Tod, Hubert, das ist der ganze Kosmos unserer Existenz, in dem wir uns bewegen. Vielleicht wären sie Schauspieler geworden, aber dann hätte ich sie mit meinen Ansprüchen erschlagen, weil ich natürlich nur das Herausragendste von ihnen erwartet hätte. Burgschauspieler oder Nichts, Hubert. Ein neuer Krauß, ein neuer Werner oder eine neue Wolter oder Wessely natürlich, nichts anderes hätte ich erwartet. Burgschauspielermutter, mit dem Titel hätte ich leben können.

Hubert, du wolltest nie ein Kind in die Welt setzen, denn du hast kein Wort darüber in deinen Schriften gesagt, und du hättest auch nichts mit einem Kind anfangen können. So ein Bündel an Leben in deinen Armen hätte dich aus deiner Todesmeditation gerissen und dein großes Werk vernichtet, das ich so dringend von dir erwartete. Deine Arbeit sollte deine alleinige Schöpfung sein. Hubert, du hättest vor einem Kind Angst gehabt und wolltest es deinem System des Todes nicht aussetzen, vor dem du selbst nie fliehen konntest. Du wärst zugrunde gegangen und gestorben vor Angst um das Kind. So sehr du dich mit dem Tod auseinandergesetzt hast, du konntest nie mit ihm umgehen. Ein Kind wäre das Einzige auf der Welt gewesen, das du bedingungslos lieben hättest können, aber ich habe dich davor beschützt, Hubert, und dir deshalb nichts erzählt, als ich das Kind, das in mir heranwuchs, gehen ließ.

Ich habe dir von dem Kind nie etwas gesagt, weil alleine der Gedanke, die Möglichkeit des Kindes, deines Kindes, Hubert, hätte dich vollkommen für deine Arbeit zerstört. Das weiß ich. Ich habe dich vor dem Leben beschützt, damit du arbeiten und die Welt mit deiner Kunst in neue Bahnen lenken konntest. Dein Wahn war mein Wahn und umgekehrt, Hubert. Ich habe alles dafür aufgegeben, mich selbst und unsere Familie, die wir hätten sein können. Kein Opfer war für unser Ziel zu groß und letztlich habe ich ohne dein Wissen das Opfer gebracht, das du nie hättest bringen können.

Wir hätten das erste Mädchen in deiner Familie geboren, Hubert. Die Gene meines Vaters haben sich durchgesetzt. Ich habe es gespürt, als die Zange angesetzt wurde und ich sie für uns, für unser Ziel, auf die Opferbank legte.

Iphigenie, Hubert, das war sie.

Die Ernsthaftigkeit fehlt heute, sich für etwas aufzugeben, für einen anderen, für die Kunst, für die Kultur, sich irgendwelchen Ideologien und Ideen völlig hinzugeben. Das gibt es in dem Individualitätswahn heute nicht mehr. Die Selbstaufgabe ist dem Selbsterfüllungsfetisch und Individualitätswahnsinn gewichen. Jeder möchte sich selbst entfalten und weiß gar nicht, was es heißt, wirkliche Opfer zu bringen. Hubert, du hast alles deiner Sprache geopfert und du hast nicht einmal erahnt, welche Opfer ich für uns erbringen musste. Du wolltest oder konntest nie sehen, dass ich mich für dein Schreiben völlig aufgeben musste. Ich musste mich selbst auslöschen, damit du sein konntest, Hubert, aber du hast nichts gemacht.

Glaube, Liebe, Hoffnung – du hast mir alles genommen.

Als du endlich in Pension warst, Hubert, dachte ich, jetzt kommt dein großes Werk. Ein ganzes Leben lag in dir und du standst vor einer Bibliothek deiner Notizen. Hubert, du hättest einfach die Fragmente deiner Beobachtungen zu einem Ganzen verbinden müssen, nichts weiter, und schon wäre ein unvergleichliches Werk entstanden. Die ersten Monate, Jahre nach deiner Pension habe ich jeden Tag an der Tür zu deinem Arbeitszimmer gelauscht und gewartet bis du mir dein vollendetes Werk in die Hände legst. Aber nichts, Hubert! Hubert, wirklich nichts?

Du hättest zumindest ein Stück zu Ende schreiben können, anstatt ständig mit einem Neuen anzufangen. Es war so, als hättest du dein Leben lang den Anfang eines Stückes geschrieben. Nie bist du über den ersten Akt hinausgekommen. All deine Texte sind der erste Akt eines einzigen Stückes. Du bist nie zu einem zweiten, dritten, geschweige denn zu einem vierten Akt gekommen, nie in die Gefahr einer Dramaturgie. Selbst die besten Dramaturgen hätten bei deinen Anfängen nichts machen können, Hubert. Du hast Gründe und Situationen gesucht, um deine Befindlichkeiten von dir ab- und wegzuschreiben. Nichts weiter! Du hast andere als Ausreden benützt, um dir alles von der Seele zu schreiben.

Ein jeder Anfang hat dein Leben gerettet, als hättest du jeden Tag an einem frischen Grab geschaufelt. Immer wieder von neuem angefangen, Hubert, und danach alles wieder zugeschüttet.

Hubert, du bist jeden Morgen mit den endlosen Fußnoten der Nacht erwacht. Deine Schriften waren Fußnoten des Todes. Dein großes Werk wird nichts als eine

Fußnote gewesen sein, die so oder so nie jemand liest. „Tod", ein Wort, Hubert, und der Rest sind Fußnoten deiner Sprache.

Hörst du, Hubert, ich kann jetzt, wo du stirbst, dein ganzes Leben und Schreiben in alle Wege und Richtungen interpretieren. Irgendwie muss ich mir deine Verweigerung erklären, nicht? Ich kann deine Selbstaufgabe im Schreiben romantisieren oder anklagen. Selbst in den kleinsten Dingen kann ich die größten Thesen aufstellen. Nicht einmal du selbst wusstest, was dein Schreiben sein soll, was du damit bewirken wolltest, und bist nie, *nomen est omen,* Hubert, zum Herrn im Haus deiner Sprache geworden! Du hast geschrieben ohne zu wissen, was du schreibst. Ich denke, du hast ständig gehofft, dass jemand kommt und dir sagt, was es ist. Hubert, du hast mich förmlich dazu eingeladen, deine Schriften zu lesen.

Ich wollte stets wissen, was du gerade denkst, was in deinem Kopf vorgeht, Hubert, und nachdem du nie etwas gesagt hast, musste ich deine Worte lesen. Mir blieb keine andere Wahl. Durch deine niedergeschriebenen Gedanken kannte ich alles an dir, Hubert, und wusste Dinge, die du sogar vor dir selber verschwiegen hast. Ich habe dich besser gekannt als du dich selbst. Warum glaubst du, dass ich dich tagtäglich angestachelt habe und dir ständig eine Reibungsfläche bot? Hubert, das war kein Spaß! Ich wollte die verborgenen Dinge in dir aufkratzen. In dem kleinen Rest von dir, den du nicht zeigen konntest, da wusste ich, liegt alles vergraben, Hubert.

Nach so vielen Jahren der Ehe, der Gemeinschaft, fast schon Abhängigkeit zueinander, reichte ein Blick, ein

Wort, ein Ton und ich wusste alles. Deine Handlungen habe ich in all den Jahren studiert und erst an deinen Schriften gesehen, wie viel du mir vorenthalten, wie viel du mir nicht gesagt hast und auch wie viel du vor dir selbst verschweigst. Wie wenig du über dich selbst gewusst hast, Hubert, ist tragisch. Seit jeher hat dir der ganzheitliche Blick auf das Leben gefehlt. Du hast zu einseitig gedacht und bist ins Wahnhafte gestürzt. Ich konnte in deinem Blick so viel von dir ablesen, aber habe es nicht geschafft, auch noch den letzten Teil in dir zu erschließen.

Hubert, du wolltest dich dein Leben lang losschreiben von allen Dingen. Wolltest alles von dir abschreiben und die Last von deinen Schultern werfen. Aber anstatt die Dinge loszuschreiben von dir, hast du mehr und mehr geschrieben. Dein Leben war ein Überschreiben der immer gleichen Seite, bis das letzte bisschen Weiß von der Seite wich und alles dunkel wurde. Hubert, du hast dein Leben ins Nichts überschrieben, bis kein Platz, kein Raum mehr für dich auf der Seite war.

Hörst du, Hubert, das ist Poesie. Hättest du so etwas einmal geschrieben, dann wäre etwas daraus entstanden. Ich wusste, du kannst poetisch sein, aber du hast deine Poesie in der Betrachtung des Todes verloren.

Hubert, nein, so sehr du es auch behauptet hast, der Tod hat keine Poesie, ist keine Poesie und dein Tod wird auch nicht poetisch sein. Ich habe dir deine Hirngespinste nur durchgehen lassen, weil ich glaubte, dass Österreich so vernarrt in den Tod ist, dass sie auch deinem Wahnsinn Gehör schenken, sich deiner Todesromantik hingeben werden. Aber, Hubert, der Tod ist eine Notwendigkeit. Mehr nicht. Der Rest ist Spiel.

Der Rest ist Theater, Hubert. Du konntest den einfachsten Gedanken, den schon das Kind beigebracht bekommt, wenn die Oma oder der Hund stirbt, niemals akzeptieren und hast nach mehr, nach immer mehr dahinter gesucht, was aber natürlich nicht da ist und wo sich bereits die ersten Philosophen den Kopf wund schlugen. Du hast jeden Tag in deiner Todesstunde gelebt und verzweifelt geschrien, wie ein kleines Kind.

Mit dem Gedanken, jeden Moment vor seinem Ende zu stehen, kann man nicht leben und schon gar nichts schaffen. Dein Schreiben sind gehetzte Schriften, im Bewusstsein, dass jeder Satz der letzte sein könnte.

Selbst in der Operette haben sie es geschafft, den Tod zu überwinden und weiterzumachen. „Glücklich ist, wer vergißt, was doch nicht zu ändern ist." So einen einfachen Satz, der eigentlich alles sagt, hast du nicht verstanden, Hubert.

Nein, Hubert, jetzt wirklich zum letzten Mal, der Tod hat nichts Poetisches. Siehst du das nicht? Schau, da gibt es keine Poesie. Nur weil du in einem Raum der Kunst stirbst, ist es noch lang nicht Poesie. Der Tod ist selbst in einem Kunstraum nur furchtbar, Hubert. Theater ist Poesie, den Tod ins Theater zu bringen, ja, das ist auch Poesie, aber du hast den Tod nie über das Leben hinausgehoben, nie in die Kunst gebracht. Du hast das Theater zum Tod geführt und hast den völlig falschen Weg eingeschlagen. Anstatt den Tod für dich zu verarbeiten und Kunst daraus zu machen, hast du den Rahmen des Theaters, die Form und das Ritual des Theaters über den Tod gestülpt und versucht ihn damit zu verdichten. Aber es funktioniert so nicht. Der Tod lässt sich in der Kunst nicht ersticken und damit vernichten.

Das Graben eines Loches hat keine Poesie, Hubert. Deine Worte haben keine Poesie, aber du wolltest es einfach nicht begreifen. Du hast den Tod umarmt und er hat dich hinabgezogen. Er hat dich in der Erde festgekettet, statt in die Kunst zu heben. Du hast den Tod beharrlich verteidigt und er hat dich als seine Geisel gehalten. Du hattest ein Stockholm-Syndrom dem Tod gegenüber. Du warst sein Gefangener und hast mich, die dich befreien wollte, als Feindin gesehen und nichts konnte dich retten. Die Ketten des Todes haben dich umschlungen.

Du hättest der größte Dichter unserer Zeit sein können, aber du bist lieber zum Sklaven des Todes geworden. Dem Tod bist du überallhin gefolgt, ohne nachzudenken, und als ich dich darauf aufmerksam machte, hast du geschwiegen. Furchtbar! Du klagst an, aber hast dir deine eigenen Sünden nie eingestehen können. Ein Todesopportunist, Hubert, das bist du, ein Mitläufer und so ein richtiger Poesienazi des Todes. Du gehörst an die Wand gestellt und erschossen.

Wenn ich deine Schreibmaschine aus deinem Zimmer hörte, die Schläge, die wie ein Maschinengewehrhagel klangen, dann habe ich gedacht, es ist soweit, endlich stellt er sich selbst an die Wand und wird durch seine eigenen Worte erschossen. Aber leider warst du nie Ziel deines Schreibmaschinengewehrs.

Niemand kannte dich, Hubert. Nur ich kenne deine Schriften, kenne deine Sprache, aber Zugang zu dir habe ich selbst darin nicht wirklich gefunden und musste dein Leben aus deinen Sprachfetzen interpretieren. Nie wusste ich, ob es dir schlaflose Nächte bereitet, dass du in deinem Leben keine einzige Zeile veröffentlicht hast, obwohl es so große Pläne waren, die ich hatte. In deinen Schriften fällt kein Wort darüber. Nicht ein Wort der Auflehnung gegen mich, gegen meine Ziele und Erwartungen an dich.

Kein Wort finde ich in deinen Aufzeichnungen über mich! Nicht ein Sterbenswort. Ich kann es einfach nicht glauben. Zumindest zwischen den Zeilen muss irgendwas über mich stehen. Über meine Mutter hast du Abhandlungen der Bewunderung geschrieben, über meinen Vater Hasstiraden, die ich sonst nirgendwo in der Form gelesen habe, und über mich keine Zeile, nichts, nicht einmal ein Gedicht oder zumindest ein Dramolett. Nicht einmal meinen Namen hast du irgendwo erwähnt. Als wäre ich gar nicht existent. In deinen Aufzeichnungen und Schriften kein Wort von mir. Jetzt und jetzt, dachte ich, kommt die Abrechnung. Jetzt der Schlaghammer, aber nichts, Hubert, als hättest du gewusst, dass ich deine Schriften lese, als hättest du aus Protest mich völlig aus deiner Sprache ausgeklammert. Als wäre das einzige Ziel deines Schreibens meine Auslöschung, Hubert. Ich bin der Grund all deiner Worte und du hast nichts über mich geschrieben. Es hatte mich nie gestört, weil ich dachte, sobald dir der große Wurf gelingt, wirst du dein Werk mir widmen, vielleicht sogar im Titel eine Anspielung. Irgendwo, dachte ich, würde man versteckte Hinweise im Text finden, wo die Kritiker sagen könnten: „Ah, da spürt man den Einfluss der Dichtersgattin." Eine offensichtliche Widmung wäre es nicht geworden, Hubert, ich weiß, das wäre dir zuwider gewesen.

Hubert, ich hege bereits lange den Verdacht, dass du das eine Werk bereits geschrieben hast. Ich bin sicher, es liegt irgendwo unter deinen Schriften vergraben und du wartest auf den richtigen Zeitpunkt, um es in die Welt zu entlassen. Erst, wenn ich gestorben wäre, Hubert, hättest du dein Werk freigegeben. Da bin ich mir sicher. Hubert, solch eine Perversität, solch perfide Gedanken traue ich dir ohne weiteres zu. Ich weiß, dass in der einen Schreibtischschublade, die mir nie zugänglich war, dein abgeschlossenes Werk, dein Opus Magnum liegen muss und du hast gewartet, bis ich nicht mehr bin, um es veröffentlichen zu können.

Ich habe mich aufgegeben für dich, Hubert, und du hast es mir nie gedankt, in keinem Wort, mit keinem Buch, nur mit einem Nachlass, der mich jetzt vernichten wird. Hubert, als ich versucht habe, deine Regale zu entstauben, wo sich alle deine Notizbücher befinden, wäre ich fast erschlagen worden. Ich stieg auf die Leiter, rutschte weg, hing mich an den Regalen an und deine Notizbücher flogen mir mit einem Ruck entgegen. Wäre ich nicht richtig gelandet, dann hätten mich deine Schriften ins Grab gebracht und du hättest eine treffende Pointe als Abschluss deines Werkes gehabt.

Hubert, stell dir vor, wenn ich wirklich zuerst gegangen wäre. Du hast es so oft auf den Begräbnissen beobachten können: Die alten Witwer vor dem Sarg ihrer Frau. „Wenn der Mann zuerst stirbt, ist es eine Tragödie. Und wenn die Frau stirbt, eine Komödie", hast du notiert, Hubert. Wenn der Mann in seiner ganzen Hilflosigkeit plötzlich alleine im Leben steht, dann ist es die furchtbarste Komödie. Hubert, du hast mich gebraucht! Ich habe dir das Leben ferngehalten, damit du dich ausschließlich auf dein Schreiben konzentrieren konntest.

Mit der Zeit wurdest du selbst für die einfachsten Dinge zu unfähig. Kochen konntest du nicht und nicht einmal einkaufen konnte ich dich schicken, weil du mit der Auswahl überfordert warst. Habe ich gesagt: „Hubert, kauf einen Reis, einen ganz normalen Reis“, dann kamst du mit Risotto an. Sagte ich: „Hubert, kauf einen Topfen“, kamst du mit Sauerrahm zurück. Sagte ich: „Hubert, kauf ein Kilo Pfirsiche“, kamst du mit Marillen. Du, Hubert, gerade du als Landmensch, als Bauernkind, hast dich im Leben nie zurechtgefunden. Ohne mich wärst du zugrunde gegangen und gleich nach mir gestorben. Ich weiß es, Hubert. Keinen Tag hättest du es ohne mich ausgehalten. Du hast mich gebraucht, aber wolltest dir es nie eingestehen.

Jeden Tag hast du mich mit Ekel in deinen Augen angesehen und hast dich nie auf mich, auf meine Wünsche eingelassen. Du hast nichts von mir gewusst, Hubert, genausowenig wie von Frauen überhaupt. Hast du deshalb nichts über mich geschrieben?

Eine Frau hat dich erst interessiert, wenn sie zur Witwe wurde und begann, über ihr Leben zu sprechen. Die Witwenmonologe waren dein liebstes Genre am Friedhof. Witwen, die sich an deiner Schulter, kurz vor der Trauerfeier ausweinten, die über den offenen Sarg gebeugt die zärtlichsten und brutalsten Worte in einem Satz sagen konnten. Ein Nebensatz, Hubert, das hat dich fasziniert, konnte die ganze Tragik eines Lebens deuten. Das Nebensatzgift der alten Witwen wurde zum Lebenselixier deiner Sprache. Solch eine vernichtende Schärfe hast du nirgends sonst gefunden.

In deinem nichtssagenden Gesicht spürten sie ein Verständnis und ließen alles an dir aus, was mit dem Tod ihres Mannes in ihnen freigebrochen war. Die Inhalte glichen sich nach der Zeit, aber der Ton, vor allem die Zwischentöne, waren jedes Mal ein andrer Tod.

Hubert, du warst ein gutaussehender Mann, aber hast selbst nie in den Spiegel geblickt. Deine wachen Augen, dein nach außen sanftes Gemüt, das nur in der Schrift zum eruptiven Vulkan wurde, all das hättest du benützen müssen. Alleine mit deinen Augen hast du die Witwen verführt und nicht einmal gewusst, welche Anziehungskraft du auf sie hattest. Sie haben dir alles schonungslos erzählt. Die Geheimnisse ihrer Männer, ihre tiefsten Sehnsüchte, sie teilten alles mit dir. Hubert, hättest du es nur für deine Literatur verwendet!

Ich habe selbstverständlich gelesen, was du nach diesen Monologen versucht hast aufs Papier zu bringen, und ich muss ehrlich sagen, du hast keine Ahnung. Hubert, du hast versucht über Dinge zu schreiben, die du gar nicht verstehst. Frauen, Hubert, wie hättest du sie verstehen sollen, wenn du ständig nur von Sehnsucht und der Romantik schreibst, anstatt einmal wirklich deinen Gefühlen zu folgen. Hättest du zumindest von mir geschrieben, über mich, Hubert, aber von mir wirst du sicher keinen Witwenmonolog hören. Den Gefallen mache ich dir sicher nicht.

Hubert, stell dir vor, ich würde jetzt auch noch sterben. Es wäre vollkommen kitschig, aber nicht einmal so unwahrscheinlich. Du hast oft davon geschrieben, wie du Frau und Mann ganz kurz nacheinander bestatten musstest. Die Abhängigkeitsverhältnisse einer Beziehung sind stärker als jeder Überlebenstrieb, hätte ich dir darauf geantwortet. Du hast den Phantomschmerz verlorener Abhängigkeit fast täglich am Friedhof beobachten können. Der Lebensmensch ist nicht mehr, aber in allen Handlungen und Träumen ist er präsent. In den ersten Tagen, Wochen, vielleicht Jahren glaubt man den Verlust nicht, weil der Mensch noch in allen Dingen steckt. Im Geruch, in den Routinen des Tages ist die Person da. Hubert, ich rede mit dir, als würdest du nicht sterben, als wärst du wirklich noch da. Ich spreche weiter, begleite dich und denke, irgendwo hörst du mir zu.

Wenn du während deiner Zeit bei der Bestattung in der Feuerhalle eingeteilt warst, dann bist du in der Mittagspause zu den Öfen im Erdgeschoss gegangen. Du hast deine Jause aus der Tasche geholt, durch den kleinen Spion gestarrt und gesehen, wie langsam der Sarg in Flammen aufging und zu Asche wurde. Schweigend hast du deinen Kollegen zugesehen, wie sie die Maschine bedient, die letzten Brocken der dicken Oberschenkelknochen zerstampft und alles in eine Urnenkapsel abgefüllt haben. All die Menschen, die in dieselbe Form gepresst und nur noch an ihrem Etikett zu unterscheiden sind. Du hast Sarg um Sarg zugeschaut, wie sie verbrannt sind und da überkam es dich, Hubert! Im Feuer der verbrennenden Särge erschien dir das Konterfei Kafkas und du schriebst dein erstes Testament wie ein Verrückter auf die Serviette, mit der du deine Käsleberkässemmel hieltst. Da ist ein kurzer Kafka über dich drüber gerauscht, als du deinen ersten Entwurf verfasst hast, Hubert, nicht?

Deine Testamentsentwürfe waren reine Dichterpathetik, Hubert, vor allem wenn es um dein Werk ging: „All meine Schriften sollen verbrannt werden. Sammelt all meine Notizen, all meine Seiten, all meine Worte, die ihr von mir findet, und verbrennt alles. Ich möchte in der Asche meiner Schriften begraben werden. Legt die Asche meiner Sprache in meinen Sarg und gebt mich der Erde zurück.“ Hubert, so pathetisch klingt es in einem deiner Testamentsentwürfe, wenn ich mich genau erinnere. Reine Dichterromantik, und du weißt, Hubert, ich verabscheue die Romantik seit jeher. Aber vielleicht hast du recht und die einzige wirkliche Dichtung deiner Worte liegt in ihrer Verbrennung. All die abertausenden Seiten hineingedichtet in eine Urne. Hubert, ich habe Tränen gelacht, als ich deine Testamentsentwürfe gelesen habe, die du ganz schlecht, in einer großen Mappe in deinem Geheimfach, versteckt hast.

Immer die Dichter mit ihren Testamenten, die so oder so nie zu erfüllen sind. Hubert, was da ist, ist da und da kannst du nicht sagen, verbrennt es, wenn ich nicht mehr da bin. Dann hättest du das selber gemacht. Zu faul für alles, selbst für das Nichts zu faul, Hubert. Du kannst mir nicht erzählen, dass du nicht insgeheim hoffst, dass da einer kommt und deine Texte liest und alles dahinter erkennt. Wozu machst du denn sonst so einen exhibitionistischen Scheißdreck wie Schreiben. Jemand, der schreibt, will gelesen werden. Einen Selbstzweck gibt es da nicht. Ein Schauspieler, der für niemanden spielt, ist kein Schauspieler, Hubert, sondern ein Wahnsinniger in einer Irrenanstalt namens Leben. Und auch dein Totengräber gräbt seine Löcher nicht, weil er so viel Spaß daran hat, zwei Meter durch die stinkende Erde in die Tiefe zu graben, sondern um jemanden zu beerdigen. Und du schreibst, damit es jemand liest. Sonst hättest du das alles nicht gemacht, Hubert, nicht?

Bis zuletzt warst du dir nicht sicher, was mit deinen Schriften passieren sollte, und wieder muss ich entscheiden, welchem Wahnsinn ich von dir Gehör schenke, um eine Wahl zu treffen. Es ist so einfach, von dir zu schreiben: „Vernichtet alles." Es ist so einfach, die Dinge zu schreiben, wenn man sie selbst nicht tun muss. Du hättest das am besten wissen sollen. Warum hast du es nicht selbst gemacht? Hubert, mit deinem Tod erschlägst du mich. Weißt du, wie viele Menschen an solch einer Last des Testaments, an der Last des Nachlasses, der eigentlich Nach*last* heißen sollte, zugrunde gegangen sind?

Und was mache ich jetzt mit deinem Werk, Hubert? Sag schon. Ich kann nicht wirklich alles verbrennen, wie du das wolltest. Aus irgendeinem Stapel deiner Manuskripte muss sich etwas finden lassen, das zumindest einer Art von Dichtung entspricht. Bei so vielen Seiten, die du geschrieben hast, muss schon aus dem reinen Zufall heraus etwas Dichterisches entstanden sein. Selbst einem Affen, den man lange genug vor eine Schreibmaschine setzt, rutscht irgendwann ein Stück der Dichtung durch die Finger, Hubert, das ist die einfachste Wahrscheinlichkeitsrechnung. Irgendwo, in deinen endlosen Seiten, muss sich etwas finden lassen. Es kann gar nicht anders sein.

Oder ich finde jemanden, der deine Schriften bearbeiten, der das Ganze, deine Notizen und Endlosgedankenkettenmonologe in Literatur korrigieren könnte. Vielleicht engagiere ich einen Jungautor, Hubert. Davon gibt es so viele, die sich für ein bisschen Geld sprachlich prostituieren und sich dann als Sprachkünstler titulieren. Die Jungautoren haben so oder so keine Themen mehr und da kommst du ihnen gerade recht. Alles stinklangweilige Texte, die sie heute produzieren, und aus irgendeinem verstaubten Archiv ausgraben müssen, weil sie selbst nichts mehr erleben und in ihrer eigenen Geschichte nichts auszuschöpfen, nichts anzuklagen wäre. Aber so ein Thema wie dich, so eine Figur, die du bist, Hubert, und zu der du jetzt, mit deinem Tod, so einem absurden Tod auch noch, wirst, da müssen sie sich darauf stürzen wie die Wahnsinnigen. In deinem furchtbaren Todeswahn, Hubert, warst du zumindest eine interessante literarische Figur.

Ja, Hubert, vielleicht engagiere ich wirklich so einen Jungautor, der eine Form in deine Texte bringt, eine aufgesetzte Rahmenhandlung und ein paar „sagte er" und „dachte er" einfügt. Ghostwriter sind ja gang und gäbe heute und in deinem Fall wäre das sogar wörtlich zu nehmen. Du lieferst das Leben und die Sprache, die die heutigen Autoren nicht mehr haben. Wenn ich es mir genau überlege, war es bei Bernhard genauso, der war auch nur einer von so vielen Jungautoren damals, der letztlich zum Ghostwriter seines Großvaters mütterlicherseits wurde. Der Großvater war der eigentliche Dichter, während Bernhard nur zu seinem Autor wurde.

Vielleicht lege ich deine Texte sogar in die Hand einer Frau, Hubert, eine Jungautorin, die wie eine Jungbäuerin deine Texte durch den Genderfleischwolf drückt und eine richtig feste Wurst daraus macht, die zumindest für irgendeinen Genuss gut ist. Deine Texte sind nur romantisch und pathetisch, aber es fehlt ihnen jegliche Erotik, jegliche Würze einer wirklichen Leidenschaft, fern deiner Leiden schaffenden Todessehnsucht. Die Hand einer Frau, Hubert, würde dir gut tun.

Hubert, all diese Jungautoren, wenn sie klug sind, werden herkommen, werden sich in dein Werk hineinsetzen und dann schamlos von dir stehlen, sich inspirieren, aufladen lassen von deinem vorgelebten Lebenswahn, und ihn in eine Form pressen, was du niemals konntest, weil du zu nahe dran warst. Sie werden dein Werk aus dem Grab des Textes heben. Buch um Buch und Stück um Stück aus deinen Notizen, Hubert. Es werden hunderte Bücher und Stücke aus deinem Werk entstehen. Ein ganzes Leben vom Tod aus betrachtet. Es steckt darin eine Unendlichkeitsmaschine des Schreibens. Die Autoren, die aus deiner Sprache schöpfen, werden sie in die Welt tragen und alle anderen, die mit ihr im Lesen in Berührung kommen, damit anstecken. Wie ein kollektives Denken wirst du durch all ihre Köpfe rasen. Du wirst die Sprache selbst sein, nur deinen Namen, Hubert, wird niemand kennen. Du und dein Name werden ausgelöscht, während deine Sprache durch die Autoren sprechen wird. Hubert, in einer anderen Zeit hättest du ein Shakespeare sein können, ein Dichtergott, dem sie in ihrer Anbetung ihre Autorschaft vor die Füße warfen, aber an dich wird sich niemand erinnern können.

Ich musste mein Leben mit deinem unfertigen Werk verbringen, Hubert. Wie einen Rucksack hast du es überallhin mitgenommen und es drückte deine Schultern immer weiter hinab. Die Last wurde mit jedem Tag schwerer. Du kamst von keinem einzigen deiner Texte los und konntest dich nie befreien. Die Schwerkraft der unveröffentlichten Texte hat dich immer tiefer und tiefer in die Erde gedrückt, bis du kaum noch über die *Grab*narbe hinwegschauen konntest.

Dein Tod wird dich befreien, Hubert, aber jetzt werde ich von deinen Schriften erschlagen. Vielleicht war das sogar deine Absicht. Es kann dir jetzt natürlich egal sein, was mit deinem Werk passiert, und nur ich habe die Arbeit. Die Aufgabe des Herausgebers ist seit jeher die Undankbarste. Es ist so leicht, sich in die Hände des Herausgebers zu legen, genauso einfach, wie in die Hände des Regisseurs am Theater. Man legt sich in die Hände des Todes und hat mit dem, was danach geschieht, nichts mehr zu schaffen. All deine Schriften liegen vor mir und, egal was ich mache, ich werde die falsche Entscheidung treffen. Man wird es mir vorhalten. Du hast mich mit unbeantworteten Fragen zurückgelassen, Hubert.

Lasse ich alles verbrennen oder nicht? Veröffentliche ich dein Werk in seiner ganzen Rohheit und fragmentarischen Unschärfe oder nicht? Übergebe ich dich in die Hände von Jungautoren? Lasse ich übermotivierte Jungwissenschaftler an deinen literarischen Durchfall ran, die dein Werk so lange in eine Form pressen und durchinterpretieren, bis sie es zu einem zensurierten Literaturhäufchen der heutigen Kulturlosigkeit gemacht haben? Nein, der Germanistik oder sonstigen in der Literaturwissenschaft beheimateten Personen kann ich dein Werk wirklich nicht anvertrauen. Wir sehen, was sie mit all den Nachlässen anstellen, in ihren Nachbearbeitungen, in ihren kommentierten Ausgaben, die ein Werk bis zu seiner Unkenntlichkeit ausdeuten. Die Germanisten sind die wahren Totengräber der Dichter, Hubert. Für so ein Werk wie deines, hätten sie nicht einmal die richtigen Vokabel und Methoden zur Verfügung. Sie würden versuchen, es in ihre vorgefertigten Systeme zu pressen, damit sie es mit den einfachsten Schlagwörtern zusammenfassen und in eine Schublade stecken können. Der „Todeskünstler“ oder „Anti-Beckett“ würden sie vielleicht schreiben, Hubert.

Übergebe ich dich der Wissenschaft, dann schaffen sie es, dich auf einen mickrigen Autor herunterzubrechen, also alles, wogegen wir dein Leben lang gekämpft haben.

Aber vielleicht sollte ich dich wirklich der Wissenschaft überlassen, Hubert. Natürlich nicht den belanglosen Germanisten, sondern den Psychologen. Vielleicht finden sie, in der Psychologisierung deiner Texte, deines Lebens, irgendwo einen Menschen dahinter, dessen Analyse die Symptome unsrer Zeit offenbart. Du als Figur bist vielleicht das einzig Interessante an deinem Werk, Hubert, ich habe es immer geahnt. Alleine deine Träume, die ich nach und nach in deinen Notizen aufgezeichnet fand, sind so einfach, so klar zu deuten, dass ein jeder Psychologieschüler eine große Freude daran hätte, dich gedanklich zu sezieren.

Ein Traum, den du in deinen Aufzeichnungen beschriebst, blieb mir besonders in Erinnerung, weil er endlich einmal auf der Burgtheaterbühne spielt. Zumindest ein Traumstück, Hubert, hast du ins Burgtheater gebracht: Es wird ein Stück von dir gespielt. Du stehst selbst auf der Bühne und sollst die ersten Worte sprechen, aber du weißt sie nicht. Du kennst deinen eigenen Text nicht, Hubert. In deinem Kopf rasen die Gedanken. Worte mit Bedeutung müssen es sein, wie du im Traum denkst. Junge Schauspieler huschen an dir vorbei. Du stehst stoisch in der Mitte der Bühne, in einer Szenerie, wie für den Sommernachtstraum gemacht. Jetzt und jetzt, weißt du, folgt dein Einsatz, aber kein bedeutender Satz kommt in dir hoch. Du schwitzt, zitterst und wartest auf die Worte. Plötzlich ist es still. Die jungen Schauspieler verstecken sich hinter der Kulisse, dein Text muss folgen, du musst etwas sagen. Es sind deine ersten Worte auf der größten Bühne unserer Kultur. Dein Leben lang hast du für diesen einen Augenblick gearbeitet. Knisternde Stimmung im Saal. Man könnte eine Stecknadel fallen hören. Ein Husten. Noch ein Husten. Mehrere Huster im Raum. In der Stille ist ein jedes Geräusch reizend, ansteckend. Sie warten. Nichts passiert. Nichts kommt aus dir heraus. Kein Wort, kein Satz, keine Bedeutung, Hubert. Alle blicken zu dir. Dein Kopf ist leer. Leise hörst du die flüsternde Stimme der Souffleuse. Du verstehst sie nicht. Noch einmal wiederholt sie den Satz. Du hörst die Worte, aber sie dringen nicht in dein Verständnis, um sie wiederzugeben. „Wo ist Helena?", sagt die Souffleuse ein drittes Mal und diesmal so laut, dass es das ganze Burgtheater hört. Du hältst inne und blickst in den Zuschauerraum hinein. Es sind nur Silhouetten von Menschen gegen das Licht zu erkennen und den im Raum zu schweben scheinenden Staub. Du trittst einen Schritt nach vor und sagst im reinen Burgtheaterdeutsch, wie du es all die Jahre von den größten Schauspielern in ihrer Intonation der Worte hörtest: „Wo sind die Melonen?" Deine ersten und einzigen Worte auf der Bühne des Burgtheaters, Hubert. Schweißgebadet wachst du auf.

Hubert, man wird sich an dich nicht erinnern. Du hast dich zum Glück nie solch einer Illusion hingegeben und hättest am liebsten einen Grabstein wie John Keats gehabt. Kein Name, sondern nur der am Sterbebett verfasste Spruch: „Here lies One Whose Name was writ in Water." Ein Satz, den natürlich nur ein Jüngling, ein Jungdichter in seinem Sturm und Drang so schreiben kann, der außer seinen gedichteten Versen im Leben nichts hatte, das ihm noch dazu viel zu früh genommen wurde. Natürlich wurde der Wunsch von Keats nach seinem Tod nicht erfüllt. Statt in Vergessenheit zu geraten, wurde er berühmt, und ein Freund mit Geltungsdrang legte sich in das Nebengrab und ließ auf seinen eigenen Grabstein den Namen von Keats gravieren, um die Welt wissen zu lassen, neben mir liegt der große, zu Lebzeiten verkannte Dichter. „Den Handlungen und Absichten der Zurückgebliebenen ist aufs Äußerste zu misstrauen“, hast du, als wir in Rom vor seinem Grab gesessen sind und du diese Geschichte zum ersten Mal gehört hattest, in dein Notizbuch geschrieben, aber hast daraus nicht deine Konsequenzen gezogen.

Gerade am Beispiel der toten Dichter hättest du sehen müssen, dass ein Testament nie erfüllt wird und noch in der präzisesten Niederschrift ein Deutungsspielraum bleibt. Es ist immer möglich, sich die Worte so hinzubiegen, wie man sie gerade braucht. Hubert, in und mit der Sprache ist alles möglich. Du hast dein Leben lang auf dein Testament hingeschrieben, versucht, alles so klar wie möglich zu deuten, aber zurück bleiben deine Entwürfe, die ein Dokument deiner Unschlüssigkeit sind.

Wie soll ich aus den unendlichen Aufzeichnungen deinen letzten Willen deuten, Hubert? Was ich auch mache, es wird die falsche Entscheidung sein.

Hubert, schau dir den an! Er schreibt und schreibt und schreibt. Seit wir in den Pavillon getreten sind, schreibt er in sein schwarzes Notizbuch und hat einfach weiter geschrieben, als du auf die Seite gekippt bist. Er lässt dich einfach sterben, Hubert. Fahrlässige Tötung! Ich könnte ihn verklagen. Er schreibt lieber, als dir das Leben zu retten, so weit sind wir gekommen.

Hubert, schau ihn dir an! Er tut so, als würde er uns nicht hören, aber er hört alles. Ich habe ein Gespür für Menschen mit Gehör. Es war auch das Erste, das ich an dir erkannt habe, wie du weißt. Ich wette, er weiß bis jetzt nicht, was er da eigentlich schreibt. Ich habe das so oft an dir beobachtet, Hubert. Schau ihn dir an. Er sitzt uns die ganze Zeit gegenüber und jedes Mal, wenn ich „Hubert" sage, dann blickt er auf.

Hubert, er weiß vielleicht gar nicht, dass du stirbst. Er hat nicht reagiert, als die Museumswärterin deinen Puls gemessen hat, als sie fast panisch zu ihrem Telefon gestürzt ist. Er fühlt sich unsicher, weil er in einem Raum der Kunst ist. Es könnte alles nur Kunst sein, Hubert, die Gefahr besteht in solchen Räumen. Im Theater, im Museum, in allen Kunsträumen besteht die Gefahr, in die Kunstfalle zu tappen und selbst Teil des Spiels zu werden.

Hubert, schau, der Text ist ihm aus der Hand geglitten. Ich kenne den Gesichtsausdruck von dir. Der Text rutscht ihm durch die Finger. Es hätte einfach ein Dramolett sein sollen, eine kleine Szene vielleicht, die er notieren wollte, als ein altes Ehepaar, als wir den Österreich-Pavillon der Biennale in Venedig betreten haben. Nichts weiter als eine Notiz, ein Satz der Wirklichkeit, eine wirkliche Szene des Lebens, in der eine 90jährige

Frau, mit ihrem fast 85jährigen Gatten an ihrer Seite, in den Kunstraum tritt, den Kopf schüttelt und nach einer Weile den alles entscheidenden ersten Satz sagt, der etwas in ihm freibrechen lässt: „Typisch Österreich, Hubert!"

Hubert, ein Satz ist ihm aus den Fugen gerutscht und er will einfach nicht enden. Ein Satz, eine Stimme, die nicht zu reden aufhören kann. Hubert, ich rede weiter und weiter, bis du nicht mehr da bist.

Hubert, schau ihn dir einmal ganz genau an. Furchtbar! Überleg dir, was das für ein Text werden muss. Ich wette, er steckt alles hinein, was er hat. Er legt alles hinein in das Schreiben. Schau, wie er am ganzen Körper zittert. Schau, wie er im Kopf zitiert, was er all die letzten Jahre, in der ersten Zeit seines Schreibens aufgesaugt hat, mit seinen glänzenden braunen Augen. Schau, wie seine Hände vibrieren, nur weil er denkt, jetzt hat er endlich das Ventil gefunden, um seine aufgestauten Gedanken freizulassen. In manchen Zügen erkenne ich dich darin, Hubert, wie du in dem Alter dagesessen bist und dich das Schreiben gepackt hat, weil du dachtest, etwas ganz Neues, etwas ganz Großes zu schaffen.

Hubert, er geht ab und lässt dich auf der Seite liegen. Ich wette, er hat wirklich die Frechheit über uns zu schreiben, aber ich sehe in seinen Augen, dass er von all dem nichts versteht. Wie soll er es auch verstehen? Was will mir ein Mensch im Frühling vom Herbst des Lebens erzählen?

Wie bei dir, Hubert, wird alles in der ersten Erregung ersticken. Er wird seine Notizen zu all seinen anderen

Textleichen in eine dunkle Ecke werfen. Hubert, du wirst mir nur deine Leiche lassen. Mehr nicht.

Hubert, er hat vermutlich genauso wenig Vorstellungskraft wie du und deshalb hast du nie etwas erfunden. Du hast nur von echten Menschen geschrieben, echten Figuren, aber erst nach ihrem Tod. Du konntest nie einen Satz über Lebende schreiben. Nur, wenn du ihre Totenmasken trugst, dann konnten sie Eingang in deine Sprache finden.

Erst im Tod, Hubert, wirst du Teil deiner eigenen Sprache werden. Ein Fremder, Hubert, wird deine Totenmaske tragen.

Eines Tages habe ich in deinen Schriften bemerkt, wie dein Vergessen eintrat, Hubert. Du hast die Anzeichen schon früh erkannt, aber hast nichts gemacht. Wenn du kurz über deinen Schriften eingenickt bist, wusstest du nicht mehr, wo du warst, und auch nicht mehr, wer du warst. Du hast zwar ständig geschwiegen, Hubert, aber jetzt war es ein anderes Schweigen, eine Stille, als hättest du auch noch dein Gehör verloren. Ich redete mit dir, aber du hast mich nicht mehr gehört. Erst als ich begann, dir unaufhörlich von unserer Geschichte zu erzählen und dir Passagen aus deinen Notizen vorlas, da sah ich, dass du dich an etwas erinnern konntest. Hubert, ich wollte dich zurückholen und die Stille brechen.

Du wusstest, irgendwas stimmte nicht. Irgendwo lag ein ganzes Leben in dir, aber du konntest dich nicht mehr erinnern. Von meinem Mund hast du dein Leben gehört, Hubert. Auch wenn du nicht mehr da, im Geiste schon lange gegangen warst, behandelte ich dich wie sonst auch. Ich konnte es einfach nicht akzeptieren und in manchen Momenten gelang es mir, da warst du wieder ganz klar, als hätte sich nichts geändert. Auch heute, Hubert, warst du so klar wie seit Jahren nicht mehr. Der Gedanke, wieder zurück in dein Dorf zu fahren, und die Aufregung über das Begräbnis deines Totengräbers haben längst verloren geglaubte Lebensgeister in dir erweckt. Du wolltest sogar einen Stift und ein Notizbuch von mir und ich war voller Euphorie. Ich dachte, du würdest jetzt endlich dein Werk abschließen können, dachte, der Tod deines Totengräbers würde dich endlich aus den Klauen des Todes befreien und dein Schweigen brechen, aber als der Stift das Blatt berührte, konntest du nur noch Wellen zeichnen. Es war zu spät, Hubert. Du schwiegst wie ein Grab.

Hubert, ich musste der Tragik deines Lebens beiwohnen und sehen, wie du das Einzige vergessen hast, wofür du dein Leben lang gekämpft hast: Den Tod bewusst zu sterben. Hubert, du stirbst auf die furchtbarste Art, die du dir ausdenken hättest können. Du stirbst, ohne zu wissen, dass du stirbst. Von allen Todesarten hast du dir die Feigste gewählt, Hubert: Das Vergessen.

Stets hast du dich dafür eingesetzt, dass man selbstbestimmt gehen darf, im vollen Bewusstsein den Todesweg einschlagen, aber hast dein Ende zu lange hinausgezögert und den Punkt verpasst, den letzten Punkt selbst zu setzen.

Es liegt wieder einmal an mir, dich zu befreien, Hubert, dich gehen zu lassen. Ich rede so lange mit dir, bis es keine Rettung mehr gibt.

Du stirbst, aber das Leben geht weiter, als wäre nichts gewesen. Hubert, du stirbst, machst deine letzten Atemzüge und keiner reagiert, nichts ändert sich. Das Leben bemerkt deinen Tod gar nicht. Es geht einfach weiter. Du stirbst, wie du gelebt hast, Hubert, still und leise. Du stirbst, als würdest du nur kurz über deinen Schriften einnicken, mitten im …

Ich lege meine Hand auf deine Brust.
Fühle den letzten Schlag.
Du atmest ein.
Tief, lange.
Ein letzter tiefer Atemzug:

Alleine, Hubert! Hubert, jetzt bin ich alleine. Ich habe alles für dich geopfert, habe mich selbst geopfert, um dich zu retten, und was bleibt mir noch? Hubert, jetzt hast du mir erst letztes Jahr diesen blöden Dackel geschenkt. Warum hast du das gemacht? Jetzt habe ich deinen blöden Dackel Hubsi am Hals, Hubert. Ich weiß nicht, ob das einer deiner blöden Scherze war. Du weißt, ich bin ein Katzenmensch und du kommst mit so einer Wurst an Hund nach Hause, der in seiner Haltung eine Biegung wie eine Knackwurst macht. Jetzt kann ich mit ihm jeden Tag spazieren gehen und ihn die Stiegen zu unserer Wohnung rauftragen, weil sein Bauch nicht über die Stiege kommt. Der blöde Dackel, den du mir unbedingt schenken musstest. Vielleicht deine letzte Geste der Zärtlichkeit? Ich weiß es nicht. Sehe ich Hubsi, denke ich an dich, Hubert. Er hat dein Gesicht, deine Augen. Es ist furchtbar. Sogar deine Stumpfsinnigkeit steht ihm ins Gesicht geschrieben. Ich schaue in seine Augen und erinnere mich zurück, wie ich dich das erste Mal sah, den Moment, bevor ich dich gerettet habe. Hubsi, Hubert, er ist genauso lethargisch wie du und genau wie du, hasst er das Theater. Als wir das letzte Mal um die Burg spaziert sind, hat er unter dem Hamletplakat sein Lackerl gemacht, als müsste er für jede übertrieben theatralische Geste sein Haxerl heben. Hubert, ich habe mich geniert. Das ist wirklich kein Theaterhund, der Hubsi. Kommen wir nur in die Nähe des Burgtheaters, dann beginnt er zu bellen. Riecht er einen Schauspieler, dann knurrt er. Es ist eigentlich bemerkenswert, wie er sofort die Schauspieler aus einer Menge herausriechen kann und sie sofort an ihrem lächerlichen Gang erkennt. Ein solcher Theaterungeist, dieser Hund, und sein Hauferl macht er prinzipiell nur vor dem Grillparzerdenkmal im Volksgarten. Würde ich nicht einmal am Tag mit ihm zum Grillparzer laufen, dann würds den Hund zerreißen. Er hält es so lange zurück, bis er, mit dem Gesicht zu Grillparzer und dem Arsch Richtung Burgtheater gewandt, sein Gackerl macht. Ganz so unrecht hat er ja nicht. Grillparzer sieht wirklich so aus, mit seinen angespannten Gesichtszügen und seiner ungelenken Haltung, als würde er am Scherben sitzen. Da kann man schon einmal inspiriert werden, seinen eigenen Haufen zu hinterlassen. Hubert, es ist so, als wäre dieser Hund die letzte Pointe einer wirklich schrecklichen Komödie, die du dein ganzes Leben lang erschrieben hast. Hubsi, Hubert, furchtbar!

Hubert, vielleicht gehe ich jetzt, wo du weg bist, nach Baden. Vielleicht gehe ich den letzten Weg mit all meinen geliebten Burgschauspielern im Künstlerheim und verbringe dort meinen letzten Burgtheaterabend. Überleg dir, welche Stücke sie in ihrer anbrechenden oder bereits ausgebrochenen Demenz aus ihrem Gedächtnis rezitieren können. All die Burgschauspieler im Künstlerheim auf ihrem letzten Weg, auf ihren Abgang, den soufflierten Einsatz des Todes wartend. Es wäre die ideale Vorbereitung für mein Himmelstheater. Sie würden sich an all ihre schönen Texte, an ihre Schauspieljugend erinnern können, die im Alter plötzlich wieder so klar vor ihnen steht. Hubert, jeden Tag ein anderes Stück und ich wäre ihr ideales Publikum. Es ist ein ganz anderes Spiel möglich, wenn man ein Leben voller Theater hinter sich hat – die Utopie vom reinen Lebenstheater. Irgendwie werde ich die Statuten schon umgehen können und verbringe meinen letzten

Abend in Baden, Hubert, wie ich mir das manchmal erträumt habe. Nur ist Baden natürlich zu weit von meinem wirklichen Burgtheater weg. Ich würde verwelken, hätte ich keine direkte Verbindung ins Burgtheater.

Wir haben sogar eine Reise nach Orawitz unternommen, Hubert. So weit ging meine Burgtheaterbegeisterung, dass wir nach Rumänien reisten. Nicht wegen des nostalgischen Monarchiebezugs, womit sie die Leute locken und dann ausnehmen, weil sie sonst keine Industrie mehr haben, sondern alleine wegen des wahren Burgtheaters dort, das sie originalgetreu, den Originalplänen folgend, nachgebaut haben. Hubert, so oft bin ich am Michaelerplatz in Wien gestanden, habe die Augen geschlossen und mir vorgestellt, wie ich in das Theater nächst der Burg hineingehe. Hier begann alles, Hubert, wie oft habe ich dir die Geschichte des Burgtheaters schon erzählt? In einem Turnsaal des Kaisers, der auch einmal ein Schweinestall war, begann ein Mythos, der, trotz so vieler Nachahmer, einzigartig ist. Ich hätte alles dafür gegeben, einmal auf direktem Weg durch die Gänge der Hofburg, vorbei an den großen Gemälden der Schauspieler, ins Theater hineinzugehen. In die letzte Vorstellung vielleicht, Goethes „Iphigenie“. Stell dir das vor, Hubert! Wie gerne wäre ich dabei gewesen. Ich glaube, in das Theater wärst auch du gerne gegangen. Hubert, in dem Schweinestall der Kunst hättest du dich sicher heimischer gefühlt als in dem heutigen Prunkhaus.

Das Urburgtheater wurde gleich nach der Eröffnung des Theaters am Ring abgerissen, aber als wir nach Orawitz fuhren, habe ich mir meinen Traum erfüllt und eine Zeitreise zum Beginn, zu den Wurzeln des Burgtheaters gemacht. Hubert, als wir in Orawitz waren, habe ich den Mythos Burgtheater überwunden und konnte ihn für mich neu schreiben. Ich saß dort, schloss die Augen und war in einer anderen Zeit, in einem anderen Wien, das für mich bestimmt gewesen wäre. Hubert, ich hätte damals einem reinen Theater beiwohnen können und wäre aufgeblüht. Ich bin zur falschen Zeit geboren und dachte, mit dir, Hubert, mit deinem Schreiben, könnte ich das Theater zum Urzustand zurückführen. In dich, Hubert, habe ich meine letzte Hoffnung gesetzt, mir ein Theater zurückzugeben, das ich niemals erleben durfte. Tabula rasa, Hubert, mehr habe ich von dir nicht erwartet. Du solltest das Burgtheater und mit ihm unsere ganze Kultur zu seinen Ursprüngen zurückführen. Hubert, ich habe dich gebraucht, um meinen Mythos des Burgtheaters ins Leben zu ziehen. Ohne dich, Hubert, wäre ich jeden Tag in einer Lebenslüge erwacht.

Ich habe mich aller Mythen bedient, um unsere Geschichte zu erklären und sie zu etwas Großem zu machen, aber du hast deinen eigenen Mythos nie verstanden. Hubert, war es falsch, das Höchste von dir zu verlangen, das Höchste aus dir herausholen zu wollen? Vielleicht hättest du auch ohne mich geschrieben, dich der Dichtung hingegeben, wer weiß, aber wäre dir das genug gewesen? Ein zweitklassiger Provinzdichter, der nie aus seiner Bauernerde herausgewachsen wäre und nicht bis über die nächste Ernte blicken hätte können. Wäre dir das wirklich genug gewesen, Hubert?

Was wolltest du, Hubert? Sag es mir endlich. Sag mir was du willst! Deine ständige Oppositionshaltung mir gegenüber, meiner Wünsche und Erwartungen, kann nicht dein ganzes Leben gewesen sein. Du kannst einfach nicht so ein makabres Spiel mit mir gespielt und dein Leben zur Vernichtung meiner Träume geopfert haben. Nein, Hubert! Da muss mehr sein in deinem Leben als meine Vernichtung. Mehr, Hubert, als dein Märtyrertum gegenüber meinen Träumen und Ideen!

Aber vielleicht hast du, wie ich, irgendwann erkannt, Hubert, welche Kraft deine Dichtung gehabt hätte und hast sie deshalb im Verborgenen gelassen. Ein Werk, Hubert, aus deiner Feder, und wir hätten die Büchse der Pandora geöffnet und alles niedergebrannt, alles ausgelöscht, was bisher da war. Da bin ich mir ganz sicher. Du hast gesehen, welche Konsequenzen deine freigelassene Sprache gehabt hätte, hast sie zurückgehalten und sie nicht ausbrechen lassen. Mit deiner Verweigerung hast du die Welt gerettet, Hubert, und sie ihrer furchtbaren Stumpfsinnigkeit und Verblendung überlassen, mit der wir heute leben müssen. Die Welt ist nicht mehr zu retten, Hubert, warum hast du das nicht eingesehen? Nur die Auslöschung hätte etwas bewirkt, um auf unberührtem Boden eine reine Kultur zu erziehen. Hubert, du hättest der Welt mit deiner Sprache einen unverfälschten Spiegel vorgehalten, um die letzte Hoffnung, das größte Übel von allen, auszulöschen und die Welt von ihrer Niedertracht befreit.

Du hättest eine Erde schaffen können, in der die Poesie wieder stärker als jedes Schwert schneidet, aber du wolltest die nötigen Opfer dafür nicht bringen. Auslöschung, Hubert, eine andere Möglichkeit gab es nicht mehr. Auslöschung! Sie waren es alle nicht wert, unseren Platz im Hochgeistigen einzunehmen – das können wir jetzt ohne jeglichen Zweifel sagen –, und du hättest sie alle vernichten müssen. Ich weiß es, Hubert, der reine, der heilige Geist des Theaters hätte herrschen können. Hubert, ich hatte dir das alles bereits diktiert. Immer und immer wieder! Jeden Tag habe ich dir diktiert und du hättest es nur in deine Sprache, deine Natürlichkeit tauchen müssen, um den Zünder scharf zu machen. Meine Ideen und deine natürliche Diktion, Hubert, hätten eine Pandemie der reinen Sprache hervorgebracht und die Welt aus ihren Angeln gehoben. Hubert, wir hätten ein für alle Mal Tabula rasa geschaffen und es hätte nur noch das Wahre, das Gute und das Schöne existiert.

Warum, Hubert? Warum konntest du das einfach nicht sehen und mir ein Werk schenken? Deine Sprache, Hubert, ist der Schlüssel!

Hubert, ich musste dein Werk befreien.

Hubert, ich habe nichts gesagt!
Ich habe dich sterben lassen.

Hubert, ich habe geschwiegen.
Ich habe *mich* gerettet!

Hubert!

Ich weiß, du bist tot, Hubert. Sie können die Rettung gleich wieder wegschicken. Ich werde meinen Mann wohl besser kennen als so ein Itakerarzt, nicht, Hubert? Aber ein Laie darf den Tod nicht feststellen. Ein Laie kann nicht sagen: „Du bist tot, Hubert." Egal, wie oft ich auch sage: „Hubert, du bist tot." Du bist nicht tot, Hubert. Solange nicht ein Arzt kommt und auf einen Zettel deinen Tod niederschreibt – mit Todeszeitpunkt und Unterschrift – solange rede ich mit dir, Hubert, und nicht mit deiner Leiche.

Ein Mann tritt in den Pavillon, Hubert. Er ist ganz in Weiß gekleidet. Gegen das Licht erkenne ich sein Gesicht nicht. Der Mann tritt an deine Seite, berührt dich und stellt fest, was ich schon lange weiß.

Hubert, du bist kalt geworden. In deinen Augen herrscht kein Leben mehr. Auf die Rückseite eines Rezeptblockes notiert der Mann deinen Todeszeitpunkt. Wie spät ist es geworden, Hubert? Ich sage ihm nicht, wann du gestorben bist. Für mich bist du schon lange tot. Ich habe dir das so oft gesagt, Hubert, bis es keine leere Phrase mehr war. Hubert, du bist tot.

Schau, Hubert, da kommen zwei Gestalten in Schwarz. Sie tragen einen grauen Metallsarg in den Pavillon und stellen ihn neben dich. Hubert, sie versuchen mir etwas zu sagen, aber ich verstehe sie nicht. Sie öffnen den Sarg und lehnen den Deckel an die Wand. Hubert, einer von ihnen packt dich an den Schultern und der andere bei den Knöcheln. Mit einem Ruck heben sie dich in den Sarg.

Hubert, wie du ausschaust. Dein Mund ist weit offen, deine Augen aufgerissen, aber ich sehe nur das

Weiß in ihnen. Du starrst ins Nichts, Hubert. Sie lassen mich mit dir alleine bei offenem Sarg, damit ich mich verabschieden kann. Da ist eine Leere, ein Schmerz, der sich mit keiner Klage füllen lässt. Hubert, ich weiß, du bist schon lange nicht mehr da, es lässt sich nichts mehr machen, aber ich schreie laut auf.

Ich könnte schreien vor Wut. Hubert, wärst du nicht schon tot, ich könnte dich erschlagen. Du bist nichts wert. Du stumpfsinnige, du niederträchtige Person. Ich hasse dich, dein Land, deine ganze Sippschaft der Schweiger und Verschweiger. Wie einfach ist es, nichts zu sagen und nur blöd zu schauen, während ich dich zu Tode rede, Hubert. Ich verabscheue dich für dein Schweigen, für deine Art, für alles was du bist und warst. Hubert, spürst du das? Spürst du das! Ich schlage auf einen Toten ein und sie werden alle denken, es ist ein letzter Akt von Liebe. Nein!

Hubert, ich schlage auf dich ein mit allem was ich noch habe, was ich noch geben kann. Ich habe jeden Tag auf dich eingeschlagen, aber du hast keine Reaktion gezeigt. Du bist nichts, kannst nichts und wirst nie etwas sein, Hubert. Du sollst elendig verrecken. Am liebsten würde ich dich hier liegen lassen, damit die Aasgeier deine Augen auspecken und dich völlig zerpflücken können. Die Würmer im Grab werden die Ersten sein, die ganz in dich eindringen, Hubert, und deine Mauern überwinden. Du leistest keinen Widerstand mehr. Ich werde in dein Grab spucken, statt dir deine geliebte Bauernerde nachzuwerfen. Ich werde eine Rose mit Dornen auf deinen Sarg schmettern und dich verfluchen. Hubert, genau dort gehörst du hin, in diesen lehmigen, stinkenden Boden, der deine Todesromantik im Keim erstickt. Endlich wirst du dein Ziel erreichen und deine Heimat bei den Toten finden, Hubert, endlich hat deine schreckliche Sehnsucht ein Ende. Ich hasse dich, Hubert. Ich hasse dich! Wie kannst du mir das antun, nachdem was ich für dich getan, was ich alles geopfert habe. Hubert, wie soll ich jetzt das Burgtheater erobern? Wie soll ich meine Träume erfüllen, wenn du tot bist? Wir brauchen uns, Hubert. Ohne einander wären wir schon lange zugrunde gegangen. Ich weiß es. Wir sind uns stets als Einziges geblieben.

Vielleicht hätte ich dich niemals retten dürfen, Hubert. Vielleicht hätte ich dich in deiner Bauernerde wachsen lassen sollen, damit du in völliger Naivität leben hättest können. Hubert, ich weiß, es kann nicht nur deine Verweigerung gewesen sein, die meine Träume ruiniert hat. Die reine Natur, die ich in dir sah, habe ich mit der Kultur befleckt und du warst, wir waren nicht stark genug, um sie zu überwinden.

Unsere Wurzeln lassen sich nicht auslöschen, hast du einmal geschrieben, Hubert, und du hast Recht behalten. Nie konntest du dich von deiner Heimat lösen, hingst an ihr wie an einer Nabelschnur und bist langsam in der Hochkultur verwelkt. Keine Pflanze wirft ohne ihre Wurzeln Früchte ab. Ich habe die Mohnblume aus der Landschaft gerissen und sie ist in meinen Händen verwelkt. Hubert, meine kleine Mohnblume, du.

Hubert, ich habe dich vernichtet. Ich trage die Schuld, die ich dir gegeben habe. Ich weiß es, Hubert. Mein Hochkulturfanatismus hat dich zerstört. Du brauchst es gar nicht zu sagen, Hubert. Ich weiß, es war mein blinder Glaube an die Kultur, die unsere beiden Wurzeln tötete. Aber ich habe es ja nur gut gemeint. Hubert, ich wollte dich zum größten Dichter unserer Zeit erheben. Zu einem Mann der höchsten Kunst, der für die Ewigkeit gelebt hätte. Wir hätten gemeinsam den Tod überlisten können. Stell dir das vor!

Ich habe dich vernichtet, Hubert, und konnte es einfach nicht sehen. Hubert, ich habe den Kampf verloren. Ich habe dich verloren. Was bleibt mir noch?

Hubert, du kannst jetzt nicht tot sein. Nein, Hubert! Ich bettle dich an, ich gehe sogar auf die Knie, wenn du willst. Was du nie gemacht hast. Bitte steh auf. Steh auf, Hubert, bitte! Bitte, Hubert, wach auf. Ich brauche dich doch. Hubert, ich brauche dich! Hatten wir nicht auch eine schöne Zeit?

Die Leichenabholer kommen zurück. Sie wollen dich zurechtrücken, aber ich stürze mich auf dich. Hubert, sie können dich mir nicht wegnehmen. Niemand kann dich mir entreißen, nicht einmal der Tod. Ich weiß es doch.

Ich rüttle dich, Hubert, so fest ich kann. Ich werfe den Sarg um, schlage auf dich ein, aber du bewegst dich nicht. Hubert, dein Schweigen ist zum Tod geworden. Sag doch was, Hubert. Ich bitte dich. Sag was! Dein Schweigen kann nicht das Ende sein!

Die Museumswärterin hilft mir auf. Sie versteht meine Klagen nicht. Vielleicht wird sie es niemals verstehen. Die Zeit ist eine andere, Hubert.

Die Männer in Schwarz rücken den Sarg gerade, rücken dich gerade, Hubert, und verschränken deine Hände, in die sie ein Kruzifix stecken. Ich schreie noch einmal auf. Sie glauben, ich weine um dich, Hubert, aber ich möchte ihnen einfach verständlich machen, dir das Kreuz aus den Händen zu nehmen. Ich bin zu schwach, um mich weiter aufzuregen. Sie verstehen mich nicht. Hubert, hilft's nichts, schad's nix. Das waren deine Worte, nicht?

Ich habe zu wenig Zeit, mich von dir zu verabschieden. Es geht viel zu schnell. Sie schließen den Sarg ohne Gebet oder Schweigeminute. Hubert, du hast in deinem Leben genug geschwiegen.

„Sprich nur dann, wenn du etwas Wertvolleres zu sagen hast als dein Schweigen." Dieses Zitat von Dionysius hast du aus deinem Tages-Spruch-Kalender herausgerissen und in eines deiner frühsten Notizbücher geklebt, Hubert. Vielleicht habe ich dein Schweigen und deine Verweigerung, dein Werk zu beenden, völlig falsch verstanden. Die einzige Entscheidung, die du jemals getroffen hast, war, nichts zu sagen. Vielleicht warst du damit der einzig wahre Dichter deiner Generation und hast das völlig Richtige in dieser Zeit gesagt: Nichts!

Schweigen oder nicht? Schweigen, Hubert!

Es kommt mir so vor, als wärst du vor Jahren gestorben, Hubert, als sei das alles schon gewesen und ich sitze alleine hier an deinem Sterbetag. Hubert, du bist weg und ich habe nur noch die Sprache. Als würde ich auf einer schwarzen Bühne sitzen und langsam tauchen die Worte deines Ablebens wieder und wieder auf. Als würdest du für mich jedes Mal aufs Neue sterben. Die Sprache bricht über mir zusammen. Wenn man die Sprache der Welt in sich einlässt, dann verbindet sich alles miteinander und der Rahmen löst sich auf, Hubert, das waren deine Worte. Das Ich der Erinnerung gibt es nicht mehr und man wird selbst Teil der Sprache. Wir lösen uns alle irgendwann in Sprache auf. Ein schöneres Bild für Verwesung gibt es nicht. Ein Leben lang sind wir anwesend, bis wir endlich verwesen. Ein Satz, den du in deinen Notizbüchern unterstrichen hast und dein einziger Beitrag zur sogenannten Sprachkunst. All die Stimmen meines Lebens brechen über mich herein, Hubert. Manchmal weiß ich gar nicht, wer da aus mir spricht, wenn ich spreche. Hubert, wer spricht? Und sag jetzt nicht, es kümmert dich nicht.

Hubert, falls ich noch einmal hieher komme, werde ich deinen Sterbetag wieder neu erleben. Was ist heute für ein Tag, Hubert? Ich muss ihn mir merken, damit ich ihn jedes Jahr aufs Neue feiere. Dein Todestag wird der Geburtstag deiner Sprache sein, Hubert. Deine letzte Stunde, deine Todesstunde, Hubert, wird für mich zu einer Theateraufführung. Dein Tod wird für mich zu einem Stück der Erinnerung werden, in dem alles aufbricht. Wenn ich noch einmal den Raum betreten sollte, dann wirst du für mich eine Figur des Theaters sein, eine Figur wie Hamlet.

„Der Rest ist Schweigen“, hörst du, Hubert?

Die Leichenabholer heben dich ohne Mühe an, Hubert, als wäre die Last deines Werkes von dir abgefallen. Du hast kein Gewicht mehr. Ich sehe, wie sie dich aus dem Österreich-Pavillon tragen, gehe dir aber nicht nach. Hubert, ich bleibe hier und höre, wie das Boot der Bestatter abfährt. Es ist vorbei, Hubert. Jetzt bist du weg. Du gehst deinen letzten Weg ohne mich. Ich bleibe noch etwas hier, während du den Fluss überquerst. Sie bringen dich ans andere Ufer und ich lasse deine leere

Hülle in deiner Bauernerde zurück. Vögel zwitschern. Es ist fast kitschig, Hubert.

Hubert?

Ich sehe deine furchtbare Bestattungsanzeige direkt vor mir:

Der ehemalige Bestattungsangestellte und Beamte der Stadt Wien i. R., Hubert H., starb im 85igsten Lebensjahr im Österreich-Pavillon der Kunstbiennale Venedig plötzlich und unerwartet. Er hinterlässt seine tieftrauernde Gattin Hedwig.